W0061789

Björn Kern // **DIE
ERLÖSER AG**

Björn Kern // **DIE
ERLÖSER AG** Roman

C.H.BECK

© Verlag C.H. Beck oHG, München 2007
Gesetzt aus der Giovanni Book bei Fotosatz Amann // Druck und Bindung:
Pustet, Regensburg
Gedruckt auf säurefreiem, alterungsbeständigem Papier // (hergestellt aus
chlorfrei gebleichtem Zellstoff) // Printed in Germany // ISBN 978 3 406
56374 4

www.beck.de

Ich werde niemandem, auch nicht auf seine Bitte hin, ein tödliches Gift verabreichen. // Hippokrates

ERSTES KAPITEL

1.

REGIERUNGSVIERTEL IM REGEN

Paul Kungebein stand zehn Stockwerke über dem Potsdamer Platz an ein Fenster gelehnt, an eine Glasfassade vielmehr, im Redaktionsraum der DEUTSCHLANDZEITUNG und ließ seinen Blick über Reichstag, Kanzleramt und Hauptbahnhof streifen, über riesige Hundehaufen, wie er dachte, dunkel und verschwommen im Nieselregen, unappetitlich getürmt.

Kungebein überlegte, wann er das letzte Mal Sonnenschein über Berlin gesehen hatte und warum die Stadt nicht einfach kapitulierte und ineinanderfiel, vom Bauschimmel befallen und bis auf die Fundamente durchweicht, er massierte seine Stirn und seine Schläfen, seine Augenbrauen bewegten sich auf und ab.

Genau genommen aber war es nicht der Regen, der das Regierungsviertel zu einer feuchten und haufengleichen Kulisse degradierte, sondern Kungebein selbst, oder treffender: sein Blick, dieser Blick, der sich längst wieder verengt und nach innen gekehrt hatte, der allenfalls durch eine verträumte Nebelschicht noch die Außenwelt zu ihm hindurchdringen ließ.

Verdammt noch mal!

Kungebein schreckte aus seinen Träumereien, die seit einigen Monaten Albträumereien waren, wie er verbittert feststellte, er fragte sich umgehend, warum ein Journalist seines Kalibers auf ein derart hilfloses Wort kam, Albträumereien, und drehte sich um. Seine Redakteurin schien bereits mehrfach nach ihm gerufen zu haben, ihre Schläfen waren gerötet, ihr Blick hatte etwas Gierendes, Schäumendes, Kungebein fühlte sich geradezu chemisch abgestoßen, was ihm sonst nur bei Männern passierte, als sondere die Redakteurin eine giftige Substanz ab oder einen Gestank gewordenen Fluch.

Die Frau griff in eine Schale Studentenfutter, schob Haselnüsse und Rosinen und Sonnenblumenkerne mit dem Zeigefinger beiseite, bis sie auf eine Walnuss stieß, dann lehnte sie sich kauend zurück und verschränkte die Arme hinter dem Nacken, was nach einer angestrengt einstudierten Herrschaftsgeste aussah, wie Kungebein befand, und bei einer Frau eher obszön wirkte denn jovial, sie wies auf die Glasfront ihres Büros, als wolle sie ihrem Mitarbeiter zu verstehen geben, dass ihr nicht nur dieser grandiose Arbeitsplatz gehöre, sondern das dahinterliegende Regierungsviertel noch dazu.

Unmerklich schüttelte Paul Kungebein den Kopf. Die Redakteurin kannte ihn schlecht, wenn sie glaubte, er habe es auf ihren Designersessel abgesehen, auf ihre Position bei der DEUTSCHLANDZEITUNG, auf diesen protzenden Blick. Man sieht die Macht von hier oben, aber man hat sie nicht, dachte er, man kommt ihr nah, aber sie einem nicht – was er alles in allem für eine schöne Umschreibung seines Berufsfeldes hielt, immer handelten andere, dachte er, und immer war er es, der nur darauf reagierte.

9

Mit der Unverwundbarkeit eines Mitarbeiters, der seine eigentliche Berufung weit außerhalb des Arbeitsplatzes sah, erkundigte er sich in nur leicht überheblichem Tonfall, was denn anliege, die Redakteurin riss eine Seite aus ihrem Drucker, Kungebein tat ihr den Gefallen, ging zwei Schritte auf sie zu und nahm das Papier entgegen. BUNDESMINISTERIUM DER JUSTIZ. 14.00 UHR. BUNDESPRESSEKONFERENZ. DER MINISTER IST ANWESEND.

Kungebein war irritiert. Natürlich wusste er, dass seit dem Morgen das Parlament tagte, nur wenige hundert Meter nördlich, unter Ausschluss der Öffentlichkeit, die Republik hatte diesem Morgen seit Monaten entgegengefiebert, einem Frühjahrsmorgen, der sich als verregnet und blass entpuppt hatte und dennoch den Schlussstrich unter eine Epoche ziehen, womöglich eine neue Zeitrechnung heraufbeschwören sollte, wie die einen hofften und die anderen fürchteten, mit Blick auf diesen historischen Frühjahrstag waren Weltanschauungen aufeinandergeprallt und Weltanschauungen zusammengebrochen, hatten Gralshüter einer vergangenen Epoche den Untergang des Abendlandes verkündet, waren Geistliche liberal und Liberale orthodox geworden – kaum einer hatte sich aber getraut, die Abschaffung von Paragraph 216 als das zu bezeichnen, was sie Kungebein zufolge für Deutschland bedeutete: als allerletzte Chance.

Warum beauftragte man ausgerechnet ihn, fragte er sich, mit einer Konferenz, die einen Keil in die Gesellschaft treiben, die keinen Stein auf dem anderen lassen, die den Krieg gegen den Terror von der internationalen

Agenda stoßen und das Augenmerk auf ein drängenderes Problem lenken würde, das es über die Grenzen von Staaten und Religionen und Schichten hinweg zu lösen galt.

Kungebein wusste um seine Stellung bei der DEUTSCHLANDZEITUNG, er war nicht fest angestellt, aber der einzige Mitarbeiter unter vierzig, der Herausgeber schätzte ihn, und seit wenigen Tagen war er Träger des Methusalempreises für Publizistik, eine halbseitige Reportage hatte genügt. Dennoch geboten die Spielregeln des gehobenen Zeitungswesens, dass Johann Wullbaum einen Termin dieser Tragweite wahrnahm, als Chefredakteur, oder gar der Herausgeber selbst. Hatte sich das Schicksal von Kungebeins Vater in der Redaktion herumgesprochen? Erwartete man von Kungebein eine engagierte Berichterstattung, weil er persönlich betroffen war?

Nun hören Sie endlich mal zu!

Die Redakteurin zielte mit mehreren Rosinen auf ihren Papierkorb, stand auf, um die Fehlschüsse vom Teppich zu sammeln, und erklärte unter heftigem Zucken ihrer Augenlider, dass eigentlich Wullbaum auf die Konferenz angesetzt sei, dass Wullbaum aber seinen Leitartikel nicht fertigbekomme, überhaupt könne ja außer ihr selbst keiner mehr konzentriert arbeiten in diesem Haus, sagte die Redakteurin, und er, Kungebein, solle nicht schauen wie ein Schaf, sondern diesen Wisch nehmen und auf die Konferenz fahren, es sei bereits Viertel nach eins.

Paul Kungebein blickte auf sein Handgelenk. Es war Viertel vor zwei. Wullbaum, dachte er. Drei Packungen Marlboro, achtzehn Pernod zu zweit. Schlesische Straße, morgens um vier. Kungebein hatte seinem beruflichen Ziehvater und Zechgenossen erzählt, dass sein Vater barfuß einkaufen gehe, Passanten mit Schneebällen bewerfe, nackt im Schnee tolle. Hatte Wullbaum wirklich geplaudert? Etwas drückte auf Kungebeins Magen, für einen Moment wurde ihm flau.

Dann schnappte er seine Akkreditierung.

2.
DIE WÜRFEL SIND GEFALLEN

Vor dem Bundespressehaus war bereits alles dicht. Auf dem Vorplatz standen Übertragungsbusse und Streifenwagen ineinander verkeilt, mit nur wenigen Zentimeter Abstand, als habe man kurz vor einer Massenkarambolage das Bild festgefroren. Die letzten Journalisten kämpften sich durch Absperrgitter und bettelten um Einlass, und am Bundespressehaus schlossen soeben die Glastüren.

ARD und ZDF, die Privaten, sogar CNN und BBC waren längst vor Ort, aber die DEUTSCHLANDZEITUNG schaffte es nicht, rechtzeitig einen Reporter zu schicken! Paul Kungebein spuckte aufs Pflaster. Er streckte seine Einmetersiebzig um zwei oder drei Millimeter und schritt auf einen Wachmann zu, der mit runden Lippen Zigarrenrauch zu Kringeln formte, Kungebein ekelte sich vor der Genusssucht des Beamten, der ihn zudem nicht bemerkte oder vielmehr, was Kungebein mit den Zähnen knirschen ließ, ignorierte, und ohne die gewünschte Wirkung wedelte Kungebein mit seiner Akkreditierung.

Die Limousine des Ministers überquerte indes die Marschallbrücke und näherte sich dem Bundespressehaus, Kungebein rammte seine Ellbogen in Magengruben und Hüften, als er endlich den silbernen Haarkranz des Justizministers im Fond erkannte, er schaffte es, seine Existenzberechtigung gegen die Seitenscheibe der Limousine zu klatschen, sofort nahm ihn ein Beamter in den Polizeigriff. Der Minister aber schien das Logo der DEUTSCHLANDZEITUNG erkannt zu haben oder gar Kungebein selbst?, der Minister beugte sich zu seinem Fahrer vor, der etwas in sein Handy sprach, und wenig später ließ man Kungebein durch die Absperrung.

Noch Jahre später, als Paul Kungebein längst kein Journalist mehr war und sich auf anderem Gebiet einen gefürchteten Namen gemacht hatte, verengten sich seine Augen bei der Erinnerung, wie er an AUENTALER BOTEN und MARIENDORFER STIMMEN vorbei ins Bundespressehaus gelotst wurde, wie sich die Glastüren für ihn erneut öffneten und nach ihm wieder schlossen, und wären ihm Enkel vergönnt gewesen, hätte er noch zu deren Abitursfeiern von seinen fünf großen Minuten geschwärmt, aber Kungebein war gerade erst vierunddreißig und nicht einmal Vater, sondern Single, was er im Übrigen sein Leben lang bleiben würde.

Paul Kungebein hatte es mal wieder geschafft. Im Bundespressesaal pfropfte sich eine knisternde Stille auf seine Ohren, die Luft im Saal war schon jetzt verbraucht. Er kämpfte sich durch die Meute nach vorne, zu den Kollegen der großen Onlineportale und Tageszeitungen, in die vorderste Reihe, man erkannte ihn, man machte ihm Platz. Die Stimmung im Saal war aufgeladen, als warte eine Sektengemeinde auf ihre Erleuchtung, auf ihren Messias, und zu Kungebeins Verärgerung übertrug sich die

Stimmung auch auf ihn, auf seinen Nacken, in dem er ein Kitzeln verspürte, auf seine Unterarme, die eine Gänsehaut überzog, er schüttelte sich und fühlte sich primitiv wie ein Tier.

Kaum hatte Kungebein Platz genommen, erklomm der Minister auch schon die Stufen zum Podest, nicht ohne Anstrengung, wie die Fotografen sofort bemerkten, denn der Minister war kleinwüchsig, und die Stufen waren hoch. Im Blitzlichtgewitter bewegte sich der hagere Mann wie im Stroboskoplicht eines Nachtclubs, eckig und ungelenk, dachte Kungebein, dem der ganze Auftritt wenig staatstragend erschien und peinlich obendrein.

Als die Rufe der Fotografen abschwollen, bitte mal hierher!, weiter nach rechts!, noch mal wie eben!, platzierte der Minister eine wirkungsvolle Kunstpause, fingerte an seinem Ansteckmikrofon und deklamierte mit nicht eben sonorer Stimme, wobei er die einzelnen Wörter unnatürlich in die Länge zog: Meine Damen und Herren, das Parlament hat mit 451 zu 123 Stimmen die Abschaffung –

Weiter kam er nicht. Wie auf Knopfdruck brach Lärm aus, schrien Fotografen und Journalisten durcheinander, Skandal!, Hört, hört!, sprangen Männer und Frauen von ihren Sitzen auf, applaudierend oder fingerreckend, verschafften sich Kameramänner mit Faustthieben freie Sicht, stürzte eine Plastikwasserflasche vom Ministerpodest, bündelten sich Blitzlichter zu einem gleißenden Lichtstrahl, stolperten Journalisten mit gereckten Diktierstiften über TV-Displays, lächelte Kungebein still vor sich hin.

Abgeschafft, dachte er.

Der Minister bewegte die Lippen, ohne sich Gehör zu verschaffen, der Tumult fieberte seinem Höhepunkt entgegen, Kungebein machte sich von den Armen und Händen frei, die sich um ihn schlangen, die nach ihm griffen, wie unbeteiligt bahnte er sich eine Schneise zum Podest, bückte sich nach der Wasserflasche und stellte sie zurück auf den Tisch.

Der Minister nickte ihm zu, dankbar, machte eine besänftigende Geste, mit ausgestreckten Armen, die Handteller nach unten weisend, was laute Pfiffe zur Folge hatte, jubelnd oder protestierend, das war kaum mehr auszumachen, der Minister wirkte wie der Papst vor einem aufgebrachten Fußballstadion, quittierte mit einem bitteren Lächeln die Absurdität seiner Situation und lehnte sich wartend und mit verschränkten Armen zurück.

Noch bevor der Ministerrücken die Stuhllehne erreichte, sah Kungebein das Messer im Licht der Fotografen aufblitzen, mit obszön breiter Klinge, wie in Zeitlupe sah er die Person, die das Messer hielt, eine schwarz gekleidete Frau, nach vorne schnellen, mit weißer Halskrause, eine Nonne, wie Kungebein folgerte, bevor das Adrenalin in seinen Adern weitere Folgerungen verunmöglichte, bevor er einfach nur losschrie, bevor die Klinge sich dem Minister näherte, der Minister vom Stuhl glitt und nach einer gefühlten Ewigkeit zwei Leibwächter die Nonne überwältigten.

Im Saal war es totenstill.

3.
MASSENTÖTUNG

Der Mann schien unverletzt. Er krabbelte langsam auf seinen Stuhl zurück, was erneut die gebührende Würde vermissen ließ, wie Paul Kungebein selbst in dieser Situation befand, der Mann zitterte, schluckte, seine Hände krallten sich an der Tischkante fest. Vor dem Podest hatte sich in Sekundenschnelle eine Reihe von Polizisten positioniert, mit den Rücken zum Redner, die Meute im Blick.

Der Justizminister öffnete den Mund, die Lippen lösten sich mit einem Schmatzen voneinander, einem Schnalzen vielmehr, das sich unangenehm laut in den ganzen Saal übertrug, der Minister schloss die Lippen wieder, fasste sich ans Herz, setzte noch dreimal vergeblich an, vor laufender Kamera, wie Kungebein düpiert konstatierte, bevor der Mann mit dünner Stimme vor sich hin flüsterte, monoton und als höre ihm nicht eine Menschenseele zu.

Paragraph 216 Strafgesetzbuch sei abgeschafft, der Gesetzestext werde ersatzlos gestrichen. Im Saal verwoben sich Schimpfen und Rufen erneut zu einem Protestteppich, Skandal!, Hört, hört!, oder auch zu einem Netz der Zustimmung, Kungebein war da noch immer unsicher, der Minister räusperte sich, trank einen Schluck, fasste sich endlich, fuhr mit festerer Stimme fort: Die Entscheidung sei vor einer halben Stunde im Parlament gefallen, unter Ausschluss der Öffentlichkeit, mit der nötigen Zweidrittelmehrheit, und noch vor der ersten Frage wolle er hinzufügen, dass er die Emotionalisierung verstehe, dass man sich aber nicht gegen ihn persönlich wenden möge, da er die Entscheidung nicht getroffen habe, sondern nur repräsentiere, was auf unzähligen Notizblöcken als Distanznahme mitstenografiert wurde – kurz: Noch zu Beginn der Konferenz redete sich der Mann um Kopf und Kragen, und nicht einmal besonders regierungstreue Blätter entschuldigten das, am nächsten Morgen, mit seinem Schock nach einem vereitelten Attentat.

Der Justizminister rief nun einzelne Journalisten auf, man erkundigte sich, ab wann die Abschaffung rechtskräftig sei und wie die Opposition abgestimmt habe, ein älterer Herr im Kordjackett fragte gar, wie es dem Herrn Politiker nach dem Attentat gehe, Kungebein schüttelte ob der gesammelten Ignoranz für jedermann sichtbar den Kopf. Wie immer oblag es ihm, dachte er, die wesentlichen Fragen zu stellen, wie immer erführe die Nation ohne ihn, dachte er, nicht einen relevanten Satz.

Er blätterte in seiner Pressemappe und suchte den genauen Wortlaut des Gesetzestextes. PARAGRAPH 216, fand er auf der letzten Seite der Mappe, TÖTUNG AUF VERLANGEN:

1) IST JEMAND DURCH AUSDRÜCKLICHES VERLANGEN ZUR TÖTUNG BESTIMMT WORDEN, SO IST AUF FREIHEITSSTRAFE VON SECHS MONATEN BIS ZU FÜNF JAHREN ZU ERKENNEN.

2) DER VERSUCH IST STRAFBAR.

Als Paul Kungebein die Pressemappe mit einer schmissigen Geste vor sich auf den Boden warf und gerade zu der, wie er fand, alles bestimmenden Frage ansetzen wollte, räkelte sich ein wohlbeleibter Mann einige Plätze weiter rechts, wie Kungebein im Augenwinkel erkannte, der Mann war deutlich älter als Kungebein, hatte seinen Körper in sorgsamen Stoff gehüllt, schwarzes Leinen über hellblauem Hemd, und mit einem Selbstbewusstsein, das die Geste aus Schülertagen auch bei einem Erwachsenen nicht würdelos erscheinen ließ, streckte der Mann seine rechte Hand, der Minister erteilte ihm umgehend das Wort.

Paul Kungebein kannte den Mann nicht, und die Aufmerksamkeit, die der Bundesminister dem Fremden entgegenbrachte, versetzte seinem Stolz kleine Schläge. Als der andere nahezu im Wortlaut genau die Frage vortrug, die auch Kungebein auf den Lippen lag, schlug er mit aller Kraft seine Fäuste gegeneinander, wobei drei Fingergelenke auf einmal knackten. Wer war dieser Mann?

Ohne Umschweife kam der Dicke zur Sache, sein Gesicht leuchtete rötlich: Das Ergebnis der Abstimmung sei vorherzusehen gewesen, da verstehe er den Tumult nicht, der Paragraph sei ein wahrer Anachronismus, rief der Mann mit einer Stimme, die sich Gebrüll annäherte, freundlichem Gebrüll, wie Kungebein zugestehen musste, während sich erste feuchte Flecken auf dem hellblauen Hemd des Fremden bildeten, schließlich gehe es nicht um eine Handvoll Perverse, die sich gegenseitig die Penisse abknabberten und sich dann ganz auffräßen, sondern um ein Massenphänomen, von Interesse sei daher nur dies, der Mann hatte sich inzwischen erhoben und fragte, halb an den Politiker und halb an den Saal gewandt: Welche Bedeutung, meine Damen und Herren, hat die Abschaffung von Paragraph 216 StGB für die Dementen und Todkranken in unserem Land?

Der Minister zuckte zusammen. Der Saal schwieg. Paul Kungebein, der sich normalerweise von jedem Alphatierchen abgestoßen fühlte, bei dem es sich nicht um ihn selbst handelte, verspürte ein ungewohntes Gefühl dem Fragesteller gegenüber, er war sogar geneigt zu verzeihen, dass der andere seine eigene Frage vorweggenommen, Kungebein um einen öffentlichen Moment beraubt hatte, in dem er sich erneut im Glanz seines gefürchteten Verstandes hätte sonnen und von der amöbenhaften Masse der Journalisten hätte abheben können.

Aber schließlich ging es hier nicht um Selbstprofilierung, sagte sich Kungebein im Wissen um seine charakterliche Integrität, schließlich ging es hier um einen verkalkten Politiker, der so überfordert war wie unbeliebt, oder letztlich ging es, dachte Kungebein, wobei seine eigene Bedeutung ihm leichten Schwindel bereitete, um das Schicksal einer ganzen Nation.

Der Justizminister schwieg noch immer. Paul Kungebein sah den Moment für seinen Auftritt gekommen. Ohne um das Wort zu bitten, ohne in die Höhe zu schnellen, seine Autorität einzig aus der berüchtigten Ruhe seines Tonfalls und seinen geschliffenen Sätzen beziehend, begann Kungebein sein Bombardement.

Es sei doch kein Zufall, dass Paragraph 216 in genau dem Jahr versenkt werde, sagte er, wobei er das Zischen seiner streng vorgetragenen S-Laute genoss, in dem erstmals mehr Neunzigjährige die Bundesrepublik bevölkerten als Zwanzigjährige, in dem erstmals mehr Greise gefüttert würden als Babys gesäugt, in dem erstmals mehr als eine halbe Million Hundertjährige der Pflege bedürften.

Er ließ seine Worte wirken. Der Minister spielte nicht mit den Fingern, er fiel seinem Angreifer nicht ins Wort, er verkapselte sich nicht in Politikerhülsen, sondern starrte nur in die Luft, mit einem Blick, den Kungebein von seinem Vater kannte, mit einem Blick, in dem Kungebein die Anzeichen einer Krankheit erkannte, die fast das ganze Land befallen hatte, mit dem Blick der Demenz.

Paul Kungebein lachte innerlich bei dem Gedanken, dass der Bundesminister ihn durch die Polizeiabsperrung geschleust hatte und nun von ihm auseinandergenommen wurde, dann fuhr er fort: Er wolle sich seinem Vorredner anschließen, auch er frage sich, ob Ärzte nun jeden Alten von den Schläuchen zupfen dürften, der einmal nach dem Tod geschrien habe, es müsse doch ganz genaue Richtlinien geben, einen Fragenkatalog, wann ein Arzt liquidieren dürfe, wann der Wille zu sterben glaubhaft sei, es genüge doch nicht, dass eine faltige Alzheimerkranke mit brüchiger Stimme vortrage: Herr Doktor, mir reicht's!

Herr Minister, schloss Kungebein und genoss seinen bereits erzielten Etappensieg, sicherlich fehlt in meiner

Mappe nur aus Versehen der längst ausgearbeitete Richtlinienkatalog! Paul Kungebein schielte Beifall heischend nach rechts, von wo der Dicke im inzwischen großflächig durchschwitzten Baumwollhemd anerkennend und zustimmend herübersah, für den Bruchteil einer Sekunde trafen sich die Blicke, man kannte sich nicht und hatte sich dennoch erkannt.

Und als wäre die Taktik zuvor abgesprochen worden, erhob sich nun der Dicke wieder, dessen Nase von einem leuchtenden in ein schwärzliches Rot übergegangen war, und komplettierte Kungebeins Diskurs mit einem verstörenden Schluss: Oder, fragte der Mann, wurde vielleicht bewusst offengelassen, nach welchen Kriterien ein Arzt nunmehr töten dürfe, der Mann holte Luft und platzierte die letzten Silben wie Salvenschüsse: Sollten einer initialen Massentötung womöglich keine Steine in den Weg gelegt werden?

Der Minister schrie ein einziges Wort in sein Mikrofon: Nein!, dann heftete er wieder seinen leeren Blick auf die Decke des Saals, in dem nun Tumult ausbrach, Schreie wurden von Gelächter durchsetzt und Gelächter von Schreien, niemand schien zu wissen, ob der schwitzende Dicke einen Witz gemacht hatte, initiale Massentötung!, oder womöglich ein Tabu berührt, das Gelächter verebbte sehr schnell, endlich ergriff der Politiker wieder das Wort.

Alte Menschen, die sterben wollten, seien ja nun ein spezielles Phänomen, sagte er, das nur einen Bruchteil aller Fälle betreffe, hier aber gehe es um eine Gesetzesnovelle im Allgemeinen oder, genauer gesagt, um eine Abschaffung, wobei eine Abschaffung ja auch eine Art Novelle sei, nur ohne neuen Text, der Minister hielt inne, sah sich nach seinem Berater um, sagte schließlich, dass selbstverständlich Richtlinienkataloge in den Ausschüssen vorbereitet seien und dem Parlament vorlägen, aber nur für normale strafrechtliche Fälle, also weder, der Justizminister stockte erneut, sagte: das Abbeißen von Penissen betreffend noch den Wunsch seniler Alter, getötet zu werden, es gehe wie immer in der Gesetzgebung darum, gesellschaftliche Normen in Paragraphen zu übersetzen, und wer sterben wolle, dem solle das vergönnt sein, anders als vor zwanzig Jahren sei das heute gesellschaftlicher Konsens, diese Euthanasiegeschichte liege nun lange genug zurück, man brauche da keine Angst mehr zu haben, alle sollten glücklich werden, die Lebenden wie die Toten und, nicht zu vergessen, die Sterbenden, irgendwann kam sein Berater ans Podest, winkte den Minister vom Stuhl und verschwand mit ihm durch den Hinterausgang.

4.
GÖTTERDÄMMERUNG

Hendrik Miller tupfte sich die Stirn. Nach dem Abgang des Ministers bestand die Bundespressekonferenz nur noch aus Stühlerücken, Aktensortieren und Kabeleinrollen. Vereinzelt buhten Journalisten, die meisten spürten aber, dass etwas nicht stimmte, dass die Buhrufe eher auf den Protestierenden zurückfielen als dem Minister gerecht wurden, schließlich hatte es so wenig Sinn, einen Lahmen zum Sprint zu animieren wie einen verkalkten Politiker zum logischen Satz, die Tage des Ministers waren seit langem gezählt.

Auch Miller hatte eher mitleidig denn vorwurfsvoll den Kopf geschüttelt, als der Minister seinen Epilog vorgetragen hatte, ohnehin war Miller mehr mit der eigenen, unsinnigen Drüsenproduktion beschäftigt als mit der Wirkung des Ministers auf die anwesende Journaille, ein einziger kluger Kopf schien sich eingefunden zu haben, einige Plätze weiter links, ein schmaler Jeansjackenträger von vielleicht dreißig Jahren, wie Miller sich knapp verschätzte, man hatte sich zugenickt, wenigstens einer hatte begriffen, dass ab heute ein neues Zeitalter begann.

Hendrik Miller schwante Großes. Seit die Abschaffung von Paragraph 216 aktenkundig war, spürte Miller das Adrenalin, diese flattrige Nervosität, die in seinem Leben stets besonderen Ereignissen vorangegangen war, seiner Ernennung zum Chefarzt, seiner Heirat mit Elena, in den letzten Jahren aber, wie Hendrik Miller unter selbstverachtendem Schaudern bemerkte, nicht einmal mehr besonders tragischen Fällen in der Kommission.

Miller liebte dieses Gefühl, diese nervöse Leichtigkeit, die nicht nur seine Magengrube befiel, die auch in seine Glieder streute, kribbelte, vor seinem Intimsten nicht halt-machte, dieses Gefühl, das pubertärer Verliebtheit glich und die Welt für ihn verzauberte, als präsentierten sich Journalisten und Mikrofone plötzlich in anderer Farbe, in anderer Form.

Genau genommen war es mehr als ein Gefühl, das Hendrik Miller befallen hatte, war es letztlich ein Zustand, der ihn durchdrang, ein Zustand, in dem er sich auch vor Operationen befunden hatte, als er noch selbst operierte, hoch konzentriert und aufnahmefähig für das kleinste Detail seiner Umgebung, für einen Bruch in der Fugenmasse im gekachelten OP, für eine tiefer gefurchte Falte auf der Stirn der Assistentin, er fühlte sich elektrisiert wie in den Morgenstunden nach einer durchfeierten Nacht, wenn das Serotonin das Blut anheizt – Hendrik Miller fühlte sich jung.

Zaghaft dämmerte ihm, dass sein Status als Chefarzt, sein Haus am Müggelsee, sein Vorsitz der Ärzte-Ethik-Kommission und vielleicht sogar, und bei diesem Gedanken weiteten sich erstaunt seine Augen, seine Liebe zu Elena zu verwitterten Wegmarken seines Lebenslaufs verfallen würden, wenn sein Plan oder eher sein Vorhaben, treffender vielleicht: seine Vision, die ihm soeben auf der Pressekonferenz gekommen war und seine flatterhafte Nervosität überhaupt erst bedingte, wenn diese Vision eines Tages Gestalt annähme.

Hendrik Miller erwachte aus seinen Tagträumen, als der Jeansjackenträger mit ausgestreckter Hand vor ihm stand. Paul Kungebein, sagte Kungebein und fügte hinzu: Von der DEUTSCHLANDZEITUNG. Hendrik Miller, sagte Miller, Ärzte-Ethik-Kommission, und ergänzte nach einer winzigen Pause: CHARITÉ. Hendrik Miller hielt die DEUTSCHLANDZEITUNG für ein strukturkonservatives Blatt, dessen guter Ruf in keinem Verhältnis zur bescheidenen Qualität stand, er wunderte sich, dass dennoch ein so kluger Kopf dort arbeitete, und lud Kungebein zu einem Bier ein, Miller wolle ohnehin noch etwas essen, die Konferenz habe ja mehr Fragen aufgeworfen als beantwortet, vielleicht finde man gemeinsam den Ansatz einer Lösung, Kungebein willigte ein.

Und so liefen ein rotgesichtiger, für sein Alter überraschend vollhaariger Mann im schwarzen Leinenanzug und ein jüngerer schmaler Mann, der etwas fröstelte, durch den Berliner Nieselregen, genauer gesagt, schleppte der Dicke sich vorwärts, während der Schmale stolzierend um Größe rang, sie hatten die Spree zu ihrer Rechten, eine graue träge Schlange an einem grauen trägen Frühjahrsnachmittag, kurz hinter dem BERLINER ENSEMBLE bog man nach rechts in die Friedrichstraße, man lief gemächlich, man schwieg.

5.
LEERE

Berlin war leerer denn je. Auf den Straßen fuhren hauptsächlich Krankentransporte, auf den Bürgersteigen humpelte man seinen Gehböcken hinterher, Speichel tropfte, Gebisse malmten, es lebten bereits mehr Demente in der Stadt als Jugendliche, aber das Bild der stark entvölkerten Friedrichstraße, das Hendrik Miller in den letzten Jahren zunehmend wehmütig gestimmt hatte, berührte ihn heute nicht.

Miller war gut gelaunt. Ein neuer Lebensabschnitt stand bevor, das spürte er, und Miller liebte das Neue, er liebte es, morgens aufzuwachen, ohne zu wissen, wie der Tag enden würde, er liebte es, ohne Landkarte durch Brandenburg zu rasen, über Feldwege, durch Alleen, das Fenster heruntergekurbelt, die Musik aufgedreht bis zum Anschlag, er liebte es, dann plötzlich auf die Grenze zu stoßen, nach Polen zu fahren, die Schilder nicht mehr zu verstehen.

Was für eine Melodie er da summe, wollte Paul Kungebein wissen, der neben Miller auf dem Gehweg lief, mit hochgeschlagenem Jackenkragen, den Blick stur auf den Boden geheftet. Oh!, entfuhr es Miller, hatte er gesummt? Elena bedrängte ihn seit Jahren, er solle wenigstens die Melodie wechseln, wenn er schon ständig vor sich hin summe, insofern war die Wahrscheinlichkeit groß, dass er auch nun wieder diesen Oldie gesummt hatte, er sagte: So einen Hit aus dem letzten Jahrhundert, Kungebein maulte: Nicht ganz meine Zeit.

Also, gesprächig ist er ja nicht, dachte Hendrik Miller, der breitbeinig durch die Pfützen stapfte, während Kungebein ein ums andere Mal deren Ränder umschritt, da steht man am Beginn einer neuen Zeitrechnung, dachte er belustigt, und kommt nicht miteinander ins Gespräch! Aber noch glaubte er an seinen neuen Gefährten, dem war nur einmal die Schale zu knacken, dachte Miller, dem war nur einmal das Hirn zu schütteln, dann wäre er für seine Vision genau der richtige Mann.

Gehen wir ins XERXES?, fragte Paul Kungebein, als sie den einstigen Prachtboulevard Unter den Linden erreichten. Vereinzelte Rollstuhlfahrer standen in der Mitte der Straße unter den Bäumen, ein Wasserstofftaxi fuhr vorbei, eine Privatlimousine, ein zweites Taxi, sonst war es still. Hendrik Miller entließ ein wenig zivilisiertes Geräusch aus seiner Kehle, er hasste das XERXES, dessen Livreekellner, dessen Gäste, die ausschließlich über die eigene Bedeutsamkeit sprachen, über ihren wachsenden Ruhm. Miller schlug vor, lieber weiter nach Süden zu gehen, nach Kreuzberg, am Halleschen Tor gebe es eine hervorragende Dönerbude, im alten Stil, bei dem Wort Dönerbude blieb Paul Kungebein so abrupt stehen, dass ein Rollstuhl mit ihm zusammenstieß, der Rollstuhlfahrer quakte eine Entschuldigung oder einen blutleeren Fluch, das war nicht genau zu verstehen.

Er habe im XERXES Rabatt, sagte Kungebein, als er sich von dem Rollstuhl befreit hatte, bei der DEUTSCHLAND-ZEITUNG gingen alle ins XERXES, was Hendrik Miller sofort glaubte, nicht zuletzt deshalb wollte er nicht dorthin. Etwas zu brüsk fuhr der andere fort, dass er erst gestern den Vommer am Nebentisch gesehen habe, der übrigens, Kungebein sah Miller in die Augen und lachte, gewisse Ähnlichkeiten habe mit Hendrik Miller. Miller konnte es nicht mehr hören. Das Gequatsche über Prominente an Nebentischen, seine vermeintliche Ähnlichkeit mit diesem blöden Vommer, einem fetten Volksschauspieler aus Bayern, diesen Kult um Personen, die alle austauschbar waren und zur Hälfte dement.

Andererseits kam es Hendrik Miller durchaus gelegen, dass Kungebein sich von der aufgeblasenen Welt im XERXES angezogen fühlte, von Vommer und Vommers Verehrerinnen, vielleicht, spekulierte er, war Kungebein mit seiner Arbeit bei der DEUTSCHLANDZEITUNG nicht ganz zufrieden, würde sich Kungebein dankbar in eine Aufgabe stürzen, die ihn vom Berichterstatter zum Gegenstand der Berichterstattung machen würde und berühmt noch dazu.

Aber gemach, dachte Hendrik Miller, für überstürzten Aktionismus war seine Vision viel zu gut. Zunächst galt es auszukundschaften, wie standfest Kungebein war und wie mutig, alles Weitere würde dann folgen, Schritt für Schritt. Mit dem Versprechen, seinen Döner ohne Knoblauchsoße zu bestellen, überredete Miller seinen kultivierten Begleiter, sie bogen nicht zum XERXES ab, sondern liefen weiter die Friedrichstraße entlang, bis an ihr südliches Ende, im U-Bahnhof Hallesches Tor stellten sie sich um einen Bistrotisch, über ihnen fuhren vereinzelt die Bahnen, draußen nieselte der Regen, Miller war glücklich, und Kungebein war es nicht.

6.

DREI BIER SPÄTER

Hendrik Miller hatte Durst. Er fühlte sich, als hätte er auf der Konferenz mehrere Liter Wasser verloren, zudem war es dringend an der Zeit, diesen Kungebein neben ihm aufzutauen, der Mann war nicht abweisend, aber auch nicht eben einnehmend, und seit er die Pressekonferenz verlassen hatte, seit ihm ein Publikum fehlte, war er ein anderer Mensch geworden, waren seine Schultern herabgesackt, Hendrik Miller bestellte zwei große Flaschen Bier.

Die Dönerbude roch nach Zwiebeln und Öl, ganz im alten Stil, lobte Miller, hinter der Theke vermischte sich der Schweiß des Usbeken mit dem Fett des Kebabs, Kungebein weigerte sich, ebenfalls einen Döner zu bestellen, er habe Probleme mit dem Magen, was seinen Mundwinkeln anzusehen war, wie Miller schweigend befand, er tippte auf einen HELICOBACTER PYLORI, und bald kaute er genüsslich seinen Brei aus Teig, Fleisch und Salat, der nun doch mit Zwiebeln durchsetzt und in Knoblauchsoße ertränkt war. Er prostete Kungebein zu, zupfte Fleischspäne aus seinem Brot, hielt sie dem anderen vor die Nase.

Paul Kungebein wollte durchaus nicht von Millers Menü kosten, öffnete vielmehr ein Fenster, an dem der Regen perlte, sog ostentativ die hereinströmende Luft ein, und nachdem er sein ziemlich großes Bier mit ziemlich wenigen Schlucken geleert hatte, fragte er, warum Miller die Konferenz eigentlich besucht habe, wenn er kein Journalist sei, normalerweise bekomme doch kein Fachfremder eine Akkreditierung. Ob Miller womöglich, fragte er etwas nervös, persönlich mit dem Minister bekannt sei?

Hendrik Miller schmunzelte. Er wischte sich Soße vom Kinn und wiegelte ab, bekräftigte, dass er den Minister nicht nur nicht kenne, sondern ihn verabscheue oder gerne verabscheuen würde, wenn das einem nahezu Dementen gegenüber gestattet wäre, er sei einfach frühzeitig zum Bundespressehaus gefahren, hier flunkerte Miller ein wenig, um Kungebein in Sicherheit zu wiegen, da sei noch nicht so streng kontrolliert worden, eine VIP-Akkreditierung besitze er, wie Hendrik Miller nun handfest log, leider nicht.

Kungebein atmete spürbar auf. Und warum er also auf der Konferenz gewesen sei? Miller winkte erneut ab, sagte: BUSINESS, er bestellte zwei neue Flaschen Bier und für sich einen zweiten Döner, bald verschwand sein Kinn erneut im Fladenbrot, wobei Miller nicht entging, dass Kungebein auch sein zweites Bier eher schüttete denn trank, dass Kungebein erst nach der zweiten Flasche in der Lage war, ihm länger als eine Sekunde in die Augen zu sehen, auch egal, dachte Miller, eine kleine Psychose kann nicht schaden, eine kleine Soziophobie, das macht ehrgeizig, dachte Miller, das macht hörig, Paul Kungebein ist genau mein Mann!

Als er sich von den beiden nicht gerade winzigen Kebabs

endlich gesättigt fühlte, erzählte Miller scheinbar übergangslos, in Wirklichkeit aber einer speziellen Dramaturgie gehorchend, dass die Entscheidung des Parlaments überfällig gewesen, dass die Entscheidung des Parlaments gerade für ihn als Arzt von eklatanter Bedeutung sei, Paul Kungebein nickte und schaute erstmals seit Ende der Konferenz ernsthaft interessiert.

Miller berichtete nun vom Alltag in der Ärzte-Ethik-Kommission, erzählte von Organen, die mit dem Taxi vom Unfallort an die CHARITÉ gefahren würden, in Kühlboxen, wie Miller ergänzte, ein Krankenwagen dürfe nur Verletzte transportieren, nicht aber einzelne Organe, er erzählte von Wartelisten für Herzen und Nieren, stellte die Frage in den Raum, ob einem Vierzigjährigen eher eine neue Leber zustehe als einem Dreißigjährigen, einem Vater eher als einem Single, Miller berichtete, unter welchen Umständen einem todkranken Siebzehnjährigen gestattet werde, ein letztes Mal mit seiner Freundin zu schlafen, und wann besser nicht.

Kungebein verschluckte sich an seinem Bier, Miller klopfte ihm auf den Rücken und sprach von der Belastung, die eine erotische Abschiedsgabe für die Freundin bedeute, von der Gefahr eines Herzstillstands beim Vollzug, zumal bei einem medikamentenverseuchten Körper, der seit Monaten ans Bett gefesselt sei. Miller hielt inne, bestellte neues Bier, ärgerte sich, dass er Kungebein noch immer nicht richtig gepackt hatte, dass der andere noch immer seinen Schutzschild emporhielt, der Mann war nicht leicht zu knacken, nicht mal beim dritten Bier, das

Kungebein erneut herunterstürzte, wie Miller nun doch leicht düpiert feststellte, vielleicht, dachte Miller, müsse er konkreter werden, einen Fall auspacken, einen Versuch war es wert.

Der Usbeke rief ein Sonderangebot über den Tresen, zwei neue Döner zum Preis von einem!, Miller und Kungebein lehnten ab, dankend der eine, empört der andere, über ihren Köpfen glitt eine Rapidbahn vorbei, der Tag wurde immer dunkler, der Usbeke knipste ein bläuliches Licht an, draußen fiel unermüdlich der Regen.

Vor einem Monat, berichtete Miller, habe er Gott gespielt, vielmehr spielen müssen, er habe das Leben in den Händen gehalten wie jetzt diese Bierflasche, in Form einer Leber, er berichtete routiniert, unterbrach sich nur, um die Flasche an die Lippen zu setzen, und diese Leber habe er einer älteren Frau zunächst zugesprochen und dann, als die Ärmste bereits narkotisiert war, wieder aberkennen müssen, die Nachfrage nach Organen übersteige seit langem erstmals wieder das Angebot, so Miller, nichts sei schwieriger zu ergattern als eine Leber, denn die künstliche Generierung sei seit Monaten im Verzug.

Die Frau habe nicht nur eine kranke Leber gehabt, ergänzte Miller, sie sei zudem verwirrt gewesen, ansprechbar nur noch in seltenen Phasen. Hendrik Miller bemerkte, wie sein Gegenüber zusammenzuckte, sich an dem Bistrotisch festkrallte, Paul Kungebein fragte nach dem Alter der Frau, sie war vielleicht, sagte Miller, erinnerte sich nicht genau an das Alter der Patientin, sagte: Hätte Ihre Mutter sein können.

Paul Kungebein schwieg. Seine Augen flackerten. Miller, der durchaus ein Gespür dafür hatte, dass er dem Journalisten zu nahe getreten war, setzte seinen Bericht umso sachlicher fort: Die Frau sei keine klassische Alkoholikerin gewesen, habe erst spät mit dem Trinken angefangen, und das nicht sonderlich exzessiv, und hier griffen Miller und Kungebein gleichzeitig nach ihren Flaschen, was ein gequältes Lächeln in ihre Gesichter schrieb.

Ein genetischer Defekt, erklärte Hendrik Miller nach zwei tiefen Schlucken, habe den Alkoholabbau im Blut der Frau erschwert, Kungebein könne sich das wie bei einer Exponentialkurve vorstellen, wenn die Frau doppelt so viel getrunken habe, sei ihre Leber viermal so stark beansprucht gewesen, und dazu kam diese unerbittliche Demenz.

Hendrik Miller bat Kungebein, das Fenster zu schließen, die hereinströmende Luft hatte zunächst auf angenehme Weise sein Hemd und seine langen Haare getrocknet, die noch immer feucht waren von der Pressekonferenz, nun aber fröstelte er in dem Luftzug, Kungebein kam der Bitte nach, wobei seine Hand zitterte, Miller erzählte weiter.

In einer klaren Phase der Frau habe man zu dritt zusammengesessen, die Frau, ihr Sohn und er, Hendrik Miller, die Frau habe nur geseufzt und immerzu den Kopf geschüttelt, der Sohn aber habe zur Operation gedrängt, die Frau unterschrieb, wenn du willst, habe sie zu ihrem Sohn gesagt, warum auch nicht, habe sie zu ihrem Sohn gesagt, ist mir egal, habe sie gesagt, und schon wenige Wochen später ging Millers Piepser, wurde die Patientin ins Krankenhaus gerufen, wo sie, hier zögerte Miller für den Bruchteil einer Sekunde, wenig später narkotisiert auf dem OP-Tisch lag.

Hendrik Miller brauchte sich nicht mehr von Kungebeins Interesse zu überzeugen, selbst usbekische Jugendliche, die johlend zur Tür der Dönerbude hereinkamen, vermochten die Spannung zwischen den beiden Männern nicht mehr aufzulösen. Wirklich OLD SCHOOL, freute sich Miller, mit echten Jugendlichen, er betrachtete Turnschuhe und Kettchen und glatte Haut.

Die Frau, sagte er, sobald die Jugendlichen bedient waren, wachte nicht mit einer neuen Leber auf. Wieder und wieder deklamierte sie: Man hat mir die Leber gestohlen, man hat mir die Leber gestohlen! Was nicht ganz stimmte und nicht ganz falsch war, wie Miller seine Erzählung zu Ende führte, man hatte einen anderen Patienten auf der Warteliste übersehen, zehn Jahre jünger, in leitender Position. Die Leber der alten Frau quittierte nach wenigen Tagen ihren Dienst, die Patientin war inzwischen tot.

Hendrik Miller blickte von seiner Bierflasche in Kungebeins Gesicht, fragte sich, ob Kungebeins Augen tatsächlich nach drei Flaschen Bier bereits glasig waren oder ob der Mann etwa heulte oder einfach nur melancholisch war, jedenfalls schlug Millers Bericht endlich eine Brücke, oder vielleicht war es auch das Bier, senkte Kungebein endlich sein Schutzschild, und als Miller dem anderen sein Angebot unterbreiten, den anderen von seiner Vision in Kenntnis setzen wollte, sah Kungebein auf seine Uhr und sagte erschrocken, er müsse sofort in die Redaktion.

7.

IM NACHTHEMD

Paul Kungebein starrte auf den U-Bahn-Plan, dessen bunte Linien wie immer seine ganze Konzentration einforderten, und als er endlich die richtige Bahn gefunden hatte, sagte die Anzeigetafel eine halbe Stunde Wartezeit voraus, Kungebein spuckte auf die Magnetgleise, dann ging er eben zu Fuß!

Er konnte nicht glauben, dass die Bahnen um die Jahrtausendwende im Fünfminutentakt gefahren waren, wie alte Berliner einstimmig behaupteten, in den letzten Jahren waren die Züge, die noch verkehrten, nie richtig voll, und die BVG plante, die äußeren Linien ganz zu schließen.

Es waren immer weniger Menschen unterwegs in Berlin. Der ehemalige Verlauf der Berliner Mauer markierte ziemlich exakt die Grenze des Altenghettos, das sich im Westteil der Stadt etabliert hatte. Charlottenburg und Wilmersdorf entbehrten jeder Jugend und jeder Lebendigkeit, hier arbeitete kaum jemand mehr, hier feierte kaum jemand mehr, hier starb man still vor sich hin.

Aus dem Geschichtsunterricht kannte Kungebein die Bilder der Menschen, die 1989 die Mauer gestürmt hatten, seltsam, fand er, hatten die ausgesehen in ihren altmodischen Hosen, vor allem aber in ihrer schieren Masse, außer im Fernsehen, dachte er, außer auf Bildern von früher hatte er noch nie so viele Menschen auf einem Fleck gesehen.

Paul Kungebein verließ die U-Bahn-Haltestelle Hallesches Tor und überquerte die Straße, quietschende Reifen rissen ihn aus seinen Gedanken, eine Limousine fuhr in scharfem Bogen davon. Mit pochendem Herzen blickte er der Limousine hinterher, schwarz, glänzend, kastenförmig, Kungebein vergaß immer öfter, nach links und rechts zu sehen, bevor er eine Straße überquerte, die Straßen waren allzu oft frei.

Hinter sich hörte er jemanden an eine Scheibe klopfen, ein Fenster aufstoßen und rufen, und sobald Kungebein den sicheren Bürgersteig erreicht hatte, drehte er sich um und erkannte Hendrik Miller. Der saß noch immer in dieser Fressbude und verschlang honigtriefendes Baklava, wie Kungebein nicht ohne Ekel erspähte, mit der freien Hand fuchtelte Miller in der Luft herum und schrie über die Straße: Aufpassen, Kungebein! Ich brauche Sie noch!

Der so Gerufene zog seine Mundwinkel nach oben und winkte, wobei er die Hand schon auf halber Höhe wieder sinken ließ, dann machte er sich auf den Weg in die Redaktion. Seltsamer Mann, dieser Miller, dachte Kungebein, kleidet sich in schwarzes Leinen, hat einen Topjob, trägt eine Mähne wie ein Philosoph, schwitzt und frisst aber wie ein Tier. Was wollte der überhaupt von ihm? Kungebein hatte sich nur kurz vorstellen wollen auf der Konferenz und gemeinsam über den Minister spotten, aber dieser Miller war ja geradezu über ihn hergefallen, hatte sich fast bei ihm untergehakt!

Auch wenn er sich das nur halbherzig eingestand, ärgerte sich Kungebein aber nicht über Hendrik Miller, der ihm ungemein gleichgültig sein konnte, in Wirklichkeit ärgerte sich Kungebein über sich selbst, der er längst wieder die Hoheit über seine Gedanken verloren hatte, sosehr er auch versuchte, über das ausgestorbene Berlin zu sinnieren oder über Millers schillernde Erscheinung, beschäftigte ihn doch wieder nur ein Gedanke, fragte er sich doch wieder nur, ob sein Vater gerade die Wohnung anzündete, ob sein Vater gerade Putzmittel als Shampoo benutzte oder vielleicht den Musikplayer zerlegte und die Einzelteile mit dem Löffel verspeiste.

Als Hendrik Miller seine Geschichte heruntergeschnurrt hatte, von der alkoholkranken Frau, die keine Leber bekam, hatte Kungebein sich nicht ganz im Griff gehabt, hatte er anstelle der Frau seinen Vater auf dem OP-Tisch liegen sehen, Kungebein hielt sich vor, dass sein unsouveräner Auftritt auch seinem Trinkverhalten geschuldet war, immer schüttete er alles herunter, nach zwei oder drei Bier war er noch lang nicht betrunken, aber doch leicht benommen, und wann immer er neue Menschen kennenlernte, kennenlernen musste, brauchte er dieses Gefühl.

Kungebein bog in die Stresemannstraße und stolperte über zwei wächserne Beine, die auf dem Bürgersteig im Nieselregen lagen. Bereits vor einer Woche war er einem Greis auf die Füße getreten, immer wieder schafften es

Alte und Demente nicht, ihre Sozialstation aufzusuchen, und blieben irgendwo liegen, gerade noch hatten sie sich geweigert, ins Altenghetto in den Westen zu ziehen, und schon rutschte ihnen der Katheter aus der Bauchdecke, begann der Luftröhrenschnitt zu brodeln, explodierten die Säckchen für den künstlichen Darmausgang.

Paul Kungebein blickte auf den Körper zu seinen Füßen. Eine Frau lag da, an einen Stromkasten gelehnt, abgemagert, vielleicht neunzig Jahre alt. Sie steckte in einem Nachthemd, das noch im alten Jahrtausend gefertigt sein musste, voller Spitzen und Stickereien, die Mühe machte sich die Textilindustrie schon lange nicht mehr. Das Gesicht der Greisin verzerrte ein Grinsen, sie kaute auf ihrer Unterlippe, der Regen hatte das Nachthemd an ihren Körper geklatscht, an ihr knöchriges Becken, die Frau bewegte sich nicht.

Im Ghetto würde man die Alte noch einige Monate zu Tode pflegen, überlegte Kungebein, während er seinen Schritt verlangsamte und schließlich ganz stehen blieb, der letzte Monat eines Siechen kostete zehntausend Euro, überlegte er, wobei er seinen Blick nicht von dem Antlitz der Frau lösen konnte, von ihren weißen Haaren am Kinn, und würde man die Geräte zwei Wochen früher abschalten, wären die Kassen saniert. Aber das brachte Kungebein im Moment auch nicht weiter. Er wandte den Blick von der Frau ab und lief mit zügigen Schritten davon. Die Altenstreife würde die Frau in wenigen Minuten auffinden, und Kungebein war ohnehin viel zu spät dran.

8.

MILLER AUF ALLEN KANÄLEN

Kungebeins leichte, alkoholbedingte Benommenheit erleichterte ihm die Fahrt im Aufzug, Platzangst wollte gar nicht erst aufkommen, sicher und ruhig surrte die Kabine in den zehnten Stock. Die Redakteurin erwiderte den Gruß ihrers Mitarbeiters mit einem stummen Blick auf ihre Armbanduhr, und als Kungebein so wortreich wie beschwingt ausholte, sich zu entschuldigen, vom Trubel auf der Konferenz berichtete, der Schwierigkeit, dem Chaos zu entkommen, erkundigte sich seine Chefin, ob er wieder getrunken habe, er brauche nicht zu leugnen, sie könne ihm sogar die Biermarke nennen, BERLINER PILSNER, hier übrigens irrte die Chefin, man hatte badisches ROTHAUS PILS getrunken, was Kungebein wohlweislich für sich behielt.

Als Paul Kungebein mit seiner Jeansjacke am Schreibtisch der Redakteurin hängen blieb und ihre Kaffeetasse vom Tisch auf den hellen Designerteppich fegte, platzte der Chefin der Kragen. Die ersten Agenturberichte seien längst eingetroffen, rief sie mit einer Miene, die nur noch entfernt etwas mit ihrem eigentlichen Gesicht zu tun hatte, ihre Nase keilte sich wie ein Fremdkörper zwischen die Wangenknochen, und ihre Lippen wurden weiß.

Kungebein könne sich hier nicht benehmen wie der

Boss persönlich, rief die Redakteurin, nur weil Wullbaum ihn protegiere und wochenends mit ihm saufen gehe, da brauche Kungebein gar nicht den Ahnungslosen zu mimen, das wisse die ganze Redaktion, und wenn es nach ihr ginge, rief sie, wäre Kungebein längst gefeuert, was im Übrigen leicht vonstatten gehe, im Gegensatz zu ihr sei er nicht einmal fest angestellt. Die Frau suchte in ihrem Schälchen nach Walnüssen, und sobald sie den Blick gesenkt hielt, musste sie schmunzeln, als ob sie ihre Standpauke selbst nicht ganz ernst nähme, oder aber in Vorfreude auf das besonders stattliche Nussexemplar, das sie prüfend zwischen den Fingern hielt.

Kungebein konnte nicht behaupten, dass er seine Arbeit liebte. Sosehr ihm draußen das Logo der DEUTSCHLANDZEITUNG Autorität und nahezu überall Zugang verschaffte, so sehr schrumpfte er vor seiner Redakteurin zu einer belanglosen und austauschbaren Ansammlung von Knochen und Muskeln und Bindegewebe, draußen König, dachte Kungebein, drinnen Lakai, nicht er selbst war etwas, sondern die DEUTSCHLANDZEITUNG machte ihn zu etwas, ohne die DEUTSCHLANDZEITUNG, dachte er, war er so bedeutend wie eine Hundertjährige im Altenghetto, wie ein Zahnloser im Sterbehospiz.

Paul Kungebein brauchte einen Neuanfang. Er konnte nicht glauben, dass er sich von einer blond gefärbten Frau seines Alters zurechtweisen lassen musste, als absolviere er sein erstes Praktikum, er war immerhin Paul Kungebein, der in zwei Zügen einen Bundesminister matt gesetzt hatte, er war immerhin frisch gekürter Träger des Methusalempreises für Publizistik, und ohne seine Wut zu kaschieren, stapfte er in sein Büro und schlug geräuschvoll die Tür hinter sich zu.

An seinem Schreibtisch hörte er die Redakteurin noch eine Weile schimpfen, dann schnalzte ein Feuerzeug, und die Frau wurde ruhig. Kungebein zog einen Flachmann aus seiner Schublade, leerte ihn zur Hälfte und klickte sich durch den Nachrichtenticker. In Brandenburg kämpfte die Stadt Hohen-Kremmen ums Überleben, der Stadt starben die Einwohner davon. Eine amerikanische Firma hatte einen Multifunktionsrollstuhl auf den Markt gebracht. Eine dreiundneunzigjährige Autofahrerin war in ein Schaufenster gerast, weil sie Bremse und Gas verwechselt hatte. Die Bahn plante, weitere Nebenstrecken stillzulegen. Ein Hundertneunjähriger hatte seine Stationsgenossen erstochen und sich dann aus dem Fenster gestürzt. Nichts Neues, gähnte Kungebein, dann aber stieß er auf die Eilmeldung von der Konferenz.

TÖTUNG AUF VERLANGEN STRAFFREI
BERLIN. DAS PARLAMENT HAT AM MITTAG DIE ABSCHAFFUNG VON PARAGRAPH 216 BESCHLOSSEN. TÖTUNG AUF VERLANGEN WIRD DAMIT STRAFFREI. DIE ABGEORDNETEN STIMMTEN MIT 451 ZU 123 STIMMEN GEGEN DEN UMSTRITTENEN PARAGRAPHEN. DIE NÖTIGE ZWEIDRITTELMEHRHEIT IST DAMIT GEGEBEN.

ALS DER JUSTIZMINISTER DAS ERGEBNIS BEKANNT GAB, EREIGNETEN SICH TUMULTÄHNLICHE SZENEN IM BUNDESPRESSEHAUS. EINE ORDENSSCHWESTER SIMU-

LIERTE EIN ATTENTAT AUF DEN MINISTER, DIE KLINGE IHRER TATWAFFE BESTAND ALLERDINGS AUS SCHAUM-STOFF.

ENTGEGEN ALLGEMEINER ERWARTUNGEN GAB DER MINISTER KEINE WEITEREN EINZELHEITEN BEKANNT. NOCH IST DAHER UNKLAR, AUF WELCHE WEISE STER-BEWILLIGE IHREM WILLEN NACH TÖTUNG AUSDRUCK VERLEIHEN KÖNNEN. HENDRIK MILLER, LEITER DER ÄRZTE-ETHIK-KOMMISSION AN DER BERLINER CHARITÉ, FORDERTE EINEN GENAUEN RICHTLINIENKATALOG, NACH DEM GETÖTET WERDEN DÜRFE. DER JUSTIZMI-NISTER GING AUF DIE FORDERUNG NICHT EIN.

SEIT DER SOGENANNTEN SIAM-AFFÄRE, IN WELCHER DER MINISTER EINEN STAATSGAST MIT DEM NAMEN SEINER HAUSKATZE ANGESPROCHEN HATTE, BOT DIE GEISTIGE VERFASSUNG DES MINISTERS WIEDERHOLT ANLASS ZU SPEKULATIONEN.

EINZELHEITEN UND HINTERGRÜNDE UM 18.00 UHR.

Kungebeins Gesicht war blass, als er zu Ende gelesen hatte. Nichts als Lügen! Mit einer Wucht, dass ein Arsenal Flach-männer klirrend durch die Luft flog, zog er die Schublade aus seinem Schreibtisch, griff sich die erstbeste Flasche vom Boden und leerte sie in einem Zug. Sein Magen schäumte.

Hendrik Miller!

Dieser korpulente Arzt mit seinen fein ondulierten Haa-ren hatte die richtigen Fragen gestellt, zugegeben, aber die entscheidende, die Frage nach dem Richtlinienkatalog, stammte noch immer von ihm, Paul Kungebein, dem Aushängeschild der DEUTSCHLANDZEITUNG, der Nachwuchshoffnung der ganzen Republik! Kungebein grunzte vor Wut. Er fixierte den Bildschirm, hob und senkte den Kopf dabei, verdrehte ihn nach links und nach rechts, bis er endlich sein blasses Spiegelbild erkannte, dann strich er seinen Seitenscheitel glatt. Schließlich klickte er die Agenturen weg, holte sich das Fernsehprogramm auf den Bildschirm und zappte durch die Sender, um sich zu beruhigen.

Seit es kaum noch Jugendliche gab, gab es auch kein Musikfernsehen mehr, was Kungebein noch nie so verflucht hatte wie in dem Augenblick, als er Hendrik Miller in Großaufnahme auf der Pressekonferenz erkannte. Dieser wichtigtuerische Geck! Kungebein schaltete um. Im nächsten Sender saß Miller bereits in einem Fernsehstudio, mit frischem Hemd, die Haare glänzend vor Brillantine, er machte, wie Kungebein zugestehen musste, eine gute Figur.

Wie hatte er das geschafft? Seit sie sich in der Fettbude getrennt hatten, waren noch keine zwei Stunden vergangen. Und was erzählte er da? Kungebein erkannte wortgleich seine eigenen Formulierungen wieder. Es sei ja kein Zufall, sagte Hendrik Miller auf dem Bildschirm, dass Paragraph 216 in genau dem Jahr versenkt werde, in dem erstmals mehr Neunzigjährige die Bundesrepublik bevölkerten als Zwanzigjährige, in dem erstmals mehr Greise gefüttert würden als Babys gesäugt, in dem erstmals mehr als eine halbe Million Hundertjährige der Pflege bedürften.

Wenn ab sofort jeder jeden töten könne, der einmal nach dem Tod geschrien habe, fuhr Hendrik Miller auf dem Bildschirm fort, wenn man Paragraph 216 abschaffe, ohne Richtlinien für das Töten vorzustellen, dann könne dies doch nur eines heißen, schloss Miller: Dann könne das doch nur heißen, dass einer Massentötung keine Steine in den Weg gelegt werden sollen, Ärzte!, könne das doch nur heißen, wann bringt ihr die Alten und Siechen nun endlich um!

Ruf! Mich! An! Eine Achtzigjährige präsentierte ihre Oberweite, dann erschien Werbung für Gehhilfen und Treppenlifte, ein etwa Neunzigjähriger bleckte sein saniertes Gebiss, das aussah wie zubetoniert, handflächengroße Kurzwahlziffern bettelten um Bestellanrufe, man konnte Nackenkissen erwerben und Erinnerungssets für Alzheimer im Alltag.

Kungebeins Blick fiel noch auf den Bildschirm, aber er sah längst nicht mehr hin. Dieser Miller, gestand er sich widerwillig ein, war wirklich nicht dumm! Treffsicher hatte der Mann den wunden Punkt erwischt, und die Art, in der er von Massentötungen sprach, gefiel Kungebein gut. Fast schien es, als wolle dieser Sittenwächter von der CHARITÉ mit seinen schallenden Formulierungen tarnen, dass er genau das für angebracht hielt: Alte und Demente in Massen umzubringen.

Kungebein erschrak. Dann lächelte er. Sein Ärger war längst wieder unter den Siedepunkt gefallen, am Ende hätte es ohnehin nur Werbung für die DEUTSCHLAND- ZEITUNG bedeutet, wenn man ihn und nicht Hendrik

Miller gefilmt hätte, am Ende war es auch gleichgültig, ob er oder Hendrik Miller die Sätze aus der Agenturmeldung gesprochen hatte, und weit entfernt noch spürte er, wie schon am Vormittag auf der Konferenz, Hochachtung vor Hendrik Miller, Bewunderung fast, eine rätselhafte Neugierde in jedem Fall.

Er würde diesen Mann wiedersehen.

Zuerst aber musste er zu seinem Vater.

9.
SHAMPOO IM TEE

In der Oranienburger Straße rannte Paul Kungebein die Treppen zu seinem Loft hinauf, das über den Dächern von MITTE thronte, im fünften und letzten Stock eines Altbaus, Pauls Schritte hallten in der Grabesstille des Treppenhauses, bis auf seine Dachzeile war das Gebäude nicht mehr bewohnt.

Mit zitternden Fingern schloss er die Wohnungstür auf, ein unangenehmer Geruch drang durch den Türrahmen, der Vater musste wieder vergessen haben zu spülen, wenigstens roch es nicht verbrannt, den Herd hatte der Vater diesmal nicht angerührt, Paul machte Licht.

Vor dem großen Wandspiegel im Flur türmten sich Abfalltüten und Wäschesäcke, der Vater hatte offensichtlich in ihnen herumgewühlt, oder gab es Ratten in der Wohnung?, die Tüten waren aufgerissen, Bananenschalen und Milchtüten quollen heraus, verglich er seinen Vater nun schon mit Ratten? Kungebein schüttelte ungläubig den Kopf und suchte in der Küche, wo niemand steckte, in der Galerie, die verwaist war, im Arbeitszimmer, das still im fahlen Licht des Regennachmittages lag.

Victor?

Im Bad brannte Licht. Die Badezimmertür war geschlossen, aber durch das kleine Fenster über dem Türrahmen leuchtete es hell. Kungebein drückte die Türklinke herunter, die Tür war verriegelt. Victor!, rief der Sohn erneut seinen Vater, bist du da drin? Victor antwortete nicht. Kungebeins Puls jagte, an seinem Hals juckten rötliche Flecken.

Alles blieb still.

Paul Kungebein machte einen Schritt zurück, um durch das kleine Fenster über der Tür ins Bad zu sehen. Der Winkel war noch immer ungünstig, Pauls Blick streifte lediglich die Deckenlampe oder genau genommen den Ort, an dem sie am Morgen noch gehangen hatte, wie Paul in Panik begriff, die Lampe schien aus der Verankerung gerissen, lose Stromkabel baumelten aus einem Loch in der Decke, wenn sie denn baumelten!, schoss es Kungebein durchs Hirn, die Kabel hingen straff!

Victor!

Kungebein trat die Tür ein, versuchte es vielmehr, die massive Holztür splitterte nicht, er trat und nahm Anlauf und sprang wie besessen, irgendwann riss das Schloss aus der Wand, Kungebein stürzte der Tür hinterher, ins Bad hinein, zog sich eine brennende Schürfwunde am rechten Unterarm zu und landete dann vor seinem Vater auf den Fliesen.

Victor baumelte nicht an den Stromkabeln. Er saß nackt auf den Fliesen vor der Wanne, im Licht einer Stehlampe, den Stoffbären im Arm, und sah seinen Sohn mit großen Augen an, ein bisschen erstaunt, ein bisschen belustigt, als bewunderte er den Zaubertrick eines Clowns, schließlich begann er herzhaft zu lachen, sagte: Paule, Paule, du machst aber Sachen!

Paule rieb seinen Unterarm und versäumte den winzigen Moment, in dem er seine Anspannung in Heiterkeit hätte auflösen können, in dem er mit seinem Vater ein gemeinsames, wenn auch ungleiches Gelächter hätte anstimmen können, stattdessen blieb er todernst, prüfte wieder und wieder, ob der Vater wirklich nicht an der Decke baumelte, dann sah er sich um.

Kacheln und Armaturen waren mit Kot beschmiert, erst jetzt, als sein Puls sich langsam normalisierte, stach Kungebein der beißende Geruch in die Nase, auf dem Wannenvorleger türmte sich ein gekringelter Haufen, braune Schlieren überzogen die weißen Kacheln, Kungebein suchte nach der Deckenlampe, fand sie in der Toilettenschüssel, einzelne Scherben waren über Wannenrand und Waschbecken verstreut, auf den Schenkeln seines Vaters trocknete der Kot bereits, wurde rissig, mit breitem Lächeln betrachtete Victor seinen Sohn.

Der band sich ein Tuch vor den Mund und machte sich an die Arbeit. Er hatte genau eine halbe Stunde Zeit. Wenn er länger bräuchte, würde die Redakteurin ihn im zehnten Stock aus dem Fenster werfen, und der Artikel über die Pressekonferenz musste noch am Abend raus.

Warum er die Lampe aus der Decke gerissen habe und wie er überhaupt da hochgekommen sei, erkundigte sich Paul Kungebein. Der Anblick seines Vaters, der auf den Fliesen kauerte, setzte ihm kleine Nadelstiche ins Herz, und Paul half dem Vater auf die Toilette. Das könne man so und so sehen, verkündete Victor, der nicht nach Mensch roch, der nach Tier stank, wie sich sein Sohn unwillig eingestand, während Kot von Victors Hand auf die seines Sohnes fand. Den Stoffbären hielt Victor fest im Arm.

Als sein Vater nackt und schmutzig auf der Toilette saß und es bereits plätscherte, fiel Kungebein ein, dass unter dem Gesäß seines Vaters noch immer die Deckenlampe in der Toilettenschüssel ruhte, aber darauf kam es jetzt auch nicht mehr an. Sein Vater pfiff eine altmodische Melodie, die Kungebein heute schon einmal gehört hatte, einen Oldie aus dem letzten Jahrhundert, das konnte doch nicht wahr sein!, kopfschüttelnd sammelte Paul Kungebein die Scherben aus der Wanne und ließ Wasser ein.

In der Eile rutschte er auf den nassen Fliesen aus und schlug der Länge nach hin, was Victor zu einem herzlichen und unbesorgten Lachanfall animierte, sein Sohn strich sich über den Unterarm, die Schürfwunde schmerzte noch stärker, und mit aller Kraft unterdrückte Paul den Impuls, seinen Vater zu schlagen, seinen leiblichen Vater!, dachte er, wo führte das noch alles hin!

Er nahm Victor den Stoffbären ab und half dem Vater in die Wanne, Victor bedankte sich artig, sein Sohn sei ja so aufmerksam heute!, Paul fragte, ob die Temperatur des Wassers in Ordnung sei, das könne man so und so sehen, antwortete der Vater, dann schrubbte ihn sein Sohn nicht ganz ohne Ekel ab. Victor setzte seinem Sohn Paul derweil Schaumgebilde auf den Kopf und pustete sie ihm von den Haaren, die Lampe habe nicht gehalten, beschwerte er sich, plötzlich in jammerndem Tonfall, nichts funktioniere, wenn Paul nicht bei ihm sei, mein Paule, sagte er und setzte seinem Sohn einen Kuss auf die Wange und fing dann, sein Brustkorb bebte, an zu schluchzen.

Als Kungebein seinen Vater weinen sah, hörten die kleinen Nadelstiche in seinem Herzen augenblicklich auf zu schmerzen, schienen die kleinen Nadelstiche in seinem Herzen eher ein Anästhetikum zu injizieren, das sein Herz unempfindlich machte und kalt. Sollte der Vater nur heulen, dachte Paul, sollte er nur scheißen, Mitleid hatte er deswegen noch lange nicht!

Er wickelte seinen Vater in einen Morgenmantel und legte ihn ins Bett. Die Beschwerde ließ nicht auf sich warten, er lasse sich nicht abschieben, deklamierte der Vater, es sei mitten am Tag, er wolle mehr Licht haben und seinen Stoffbären, draußen sei immer nur Regen, drinnen sei es immer nur dunkel, vor allem im Schlafzimmer, das Licht aus dem Badezimmer wolle er haben, das leuchte schön hell.

Paul startete einen letzten Versuch, fragte seinen Vater, ob er die Lampe aus der Decke gerissen habe, um sie ins Schlafzimmer zu stellen, ob Paul die Stehlampe aus dem Bad holen solle oder einen Deckenfluter kaufen, das könne man so und so sehen, antwortete der Vater, Kungebein hielt ihm eine halb volle Tasse an den Mund, den kalt gewordenen Tee, den er am Morgen gekocht hatte, der Tee schimmerte regenbogenfarben und roch nach Shampoo, Kungebein gab auf. Er lief ins Bad, fischte die Deckenlampe aus der Toilettenschüssel und wischte die Fliesen, dann brach er auf in die Redaktion.

10.
MITLEID

Warum musste Kungebein immer an dieser blond gefärbten, sogenannten Frau vorbei, wenn er in sein Büro wollte? Was hatte sich der Architekt eigentlich bei der Raumaufteilung gedacht? Bereits im Aufzug malte sich Kungebein das schlimmste Szenario aus, die Redakteurin durch das Büro polternd, das Gesicht rot vor Wut, ein Szenario, das sich im Übrigen nicht bewahrheitete, denn seine Chefin schwieg.

Seine Chefin schwieg gekonnt, sie schwieg schmerzhaft, Kungebein spürte, wie sich sein Brustkorb verengte, als er sich ihrem Schreibtisch näherte, das hatte er nicht nötig, sagte sich Kungebein, und selbst wenn sie mit der Kündigung drohte, beruhigte er sich, wäre ihm das nur recht, unter seiner Kopfhaut zuckte dennoch ein Netz elektrischer Signale, spielten Nerven und Haarwurzeln und Poren verrückt.

Als Paul Kungebein den Schreibtisch der Redakteurin bereits im Rücken hatte, sich bereits in Sicherheit wähnte und seiner Bürotür näherte, malträtierte eine metallische Stimme seine Ohren. Es sei schön, dass ihr Mitarbeiter auch mal wieder vorbeischaue, man habe sich lange nicht gesehen, sagte die Redakteurin in einem kalten Flüstern, aber es liege auch nichts Besonderes an, diese kleine Pressekonferenz sei natürlich nicht von geringstem Belang, im Übrigen wünsche sie ihrem Mitarbeiter gute Besserung wegen seiner Armverletzung, das habe sicher wehgetan, das Hemd sei ja ganz blutgetränkt an den Manschetten, ob ihn beim Trinken der Schwindel befallen habe, ob er über seine eigenen Füße gestolpert sei, ganz im Ernst, sagte die Redakteurin und senkte abermals ihre Stimme, bis Kungebein kaum noch ein Wort verstand: Ihr Mitleid sei ihm gewiss.

Kungebein blickte auf seinen Unterarm, den er sich verletzt hatte, als die Badezimmertür aus den Angeln gerissen war. Er hatte die Ärmel der Jeansjacke hochgeschoben, damit sie nicht auf der Wunde scheuerten, und tatsächlich war der Stoff seines Hemds darunter rötlich gescheckt. Vor seinem inneren Auge tauchte nackt und kotverschmiert der Vater auf. Kungebein verdrängte das Bild, indem er die Redakteurin fixierte. Die Frau war eine Retortenschöpfung, die das Labor nie verlassen hatte! Einser-Abi, Eliteuni, Promistelle und vom Leben keine Ahnung. Wortlos und mit einem folgenreichen Plan im Kopf betrat Kungebein sein Büro, die Tür ließ er lautlos ins Schloss gleiten.

Als Erstes klickte er sich durch den Nachrichtenticker, um zu sehen, was er verpasst hatte. Um 17.07 Uhr hatte DDP gemeldet, der Justizminister habe mit sofortiger Wirkung alle Ämter niedergelegt. Kungebein blickte auf seine Armbanduhr, es war kurz vor sechs, bis Redaktionsschluss blieben noch zwei Stunden. Aber Paul Kungebein wusste ohnehin, was er schreiben würde. DEUTSCHLANDZEITUNG, ade!, dachte er grinsend.

Der Kanzler hatte die gute Zusammenarbeit mit seinem Minister gelobt und betont, die Entscheidung sei einvernehmlich gefallen. Der Minister selbst hatte sich nicht mehr zu Wort gemeldet, nach Aussage des Kanzlers aber gesundheitliche Gründe geltend gemacht. Was denn sonst!, schüttelte Kungebein den Kopf, der Mann war eine Blamage! Dann aber stellte er sich den Minister nackt im Badezimmer vor, wo er Kungebeins Vater mit Kothaufen bewarf, daraufhin fielen sich Vater und Minister kichernd und verschmiert in die Arme, Kungebein nahm einen tiefen Schluck aus seinem Flachmann.

Eine neue Eilmeldung erschien auf dem Flachbildschirm. Kungebein überflog die Überschrift und las sich sofort fest. Es gab sehr wohl einen Richtlinienkatalog für das Töten auf Verlangen, wie REUTERS berichtete, ein fertiges Exemplar hatte in der Aktentasche des Ministers gesteckt. Das vielseitige Konvolut hätte am Morgen auf der Pressekonferenz präsentiert werden sollen, der Minister hatte den Katalog schlicht vergessen.

Paul Kungebein pfiff durch die Zähne. Deutschland war wirklich ein Tollhaus geworden. Selbst die Wärter schienen vom Wahn befallen. Reflexartig klickte er das Telefonsymbol auf seinem Bildschirm an, er brauchte sofort diesen Katalog! Als die Lautsprecher tuteten und Kungebein die ersten Ziffern bereits eingetippt hatte, ließ er den Arm wieder sinken. Nichts brauchte er!, dachte er, keinen Katalog und keine Meldungen, keine Fakten und keine Informationen, er wusste ohnehin längst, was er schreiben würde, seine Chefin konnte ihm nicht mehr reinreden, denn Paul Kungebein oblag heute die Schlussredaktion …

11.
KEINE ORGIE

Als Hendrik Miller erwachte, hatte Elena ihm bereits ihren Hintern zugewandt und rieb mit kreisenden Bewegungen sein Glied. Hendrik hatte sich schon immer gefragt, warum seine Frau lieber morgens mit ihm schlief als abends, am Morgen wiege er nicht so viel, hatte Elena einmal gesagt, nicht einmal spöttisch, und nach dem Abendessen habe sie Angst, zerquetscht zu werden. Miller selbst fühlte sich abends entspannter, nach einer Flasche Wein, einem Cognac, andererseits aber war er froh, dass Elena überhaupt noch mit ihm schlief, nach über dreißig Jahren.

Elena Miller zog ihren mehr als rundlichen Mann mit eher mageren Armen zu sich, sie vereinigten sich ohne Aufregung, bewegten sich langsam, sprachen erst nach dem Ende des Aktes ein erstes Wort. Ob Hendrik sich an diese Orgie im Film erinnere, fragte Elena, und Hendrik wusste sofort, dass seine Frau wieder schlecht geträumt hatte. Elena zögerte, wie gewöhnlich musste ihr Mann in Dingen der Populärkultur aushelfen, obwohl Elena täglich das Feuilleton las, Miller fragte: Im Netz oder im Fernsehen?

Fernsehen, sagte Elena, der Film sei uralt.

Miller hatte die Szene sofort präsent. Ein Saal voll kopulierender Paare auf einem Maskenball, Akte im Stehen, im Sitzen, im Liegen, Akte zu zweit und zu dritt und zu viert, hektisches Stoßen der Becken. Elena und er hatten den Film erst kürzlich gesehen. Wirklich ein alter Streifen, dachte Miller, der auf ihn keinen besonderen Eindruck gemacht hatte.

Miller erinnerte sich sogar an die Namen der Darsteller, Tim Cross und Nickie Kadmin, zwei längst vergessene Schauspieler, die im vergangenen Jahrtausend einige Erfolge gefeiert hatten und letztmalig durch ihren Doppelselbstmord in die Schlagzeilen geraten waren, die beiden, hieß es, hatten ihre Visage und ihre Vergesslichkeit nicht mehr ertragen.

Genau!, rief Elena, als ihr Mann Titel und Regisseur genannt hatte, und sie berichtete, dass ihr die gleiche Szene im Traum erschienen sei, das gleiche Haus, die gleichen Masken, die gleiche Orgie, nur habe man bei ihr nicht vor Lust gestöhnt, nur habe man bei ihr vor Schmerz gestöhnt, die Paare in ihrem Traum hätten nicht miteinander geschlafen, sondern sich gegenseitig vergiftet, und am Ende sei ein vielgliedriges Zucken durch den Raum gegangen, Elena griff nach der Hand ihres Mannes, schmiegte ihren Kopf auf seinen weichen Brustkorb, sagte: Ein großer breiter Mann im weißen Kittel thronte über dem Saal, mit einer riesigen Spritze, und beobachtete das Geschehen, und dann waren bis auf den Mann alle tot.

Hendrik Miller fragte sich nicht zum ersten Mal, ob seine Arbeit als Mediziner, ob sein trauriger Tagesbericht, den er allabendlich mit nach Hause brachte, seine Frau früher oder später in den Wahnsinn trieb. Hendrik drückte Elenas Kopf fest an seine Brust, strich über Elenas blonde Haare und hatte zum zehntausendsten Mal das Gefühl, dass diese großartige Frau etwas Besseres verdient hatte als ihn, Hendrik Miller, als seine Geschichten von Leben und Tod, als seine nahezu unappetitlich feiste Gestalt.

Hendrik konnte nicht glauben, dass er im Gegenteil noch ein paar Kilo mehr vertrüge, wie Elena regelmäßig betonte, dass Elena stolz auf ihn war, auf seinen breiten Körper, auf sein jugendlich volles Haar, dreißig Jahre nachdem er sie geheiratet hatte, war Elena noch immer das Wunder seines Lebens, und Hendrik machte sich selbst dafür verantwortlich, dass seine Frau in den letzten Jahren schlecht schlief, dass sie mehrmals die Woche von Albträumen heimgesucht wurde, dass ihr schöner und schmaler Kopf mit dunklen und morbiden Träumen an-gefüllt war.

Hendrik Miller schlug seiner Frau eine gemeinsame Dusche vor, sie hatten seit Jahren nicht mehr gemein-sam geduscht, er wolle ihr diese traurigen Träume vom Kopf waschen, sagte Hendrik, und Elena willigte ein. Mil-ler hatte einen anderen Körper in Erinnerung als den, der nun nackt und glänzend unter der Dusche stand, da schlief man Morgen um Morgen mit seiner Frau und wusste nicht einmal, wie sie unter der Dusche aussah, wunderte sich Miller, der umso mehr Shampoo in Elenas Haare rieb, je stärker ihn die Erinnerung an ihren früheren Körper überfiel.

Warum er ihr die ganze Packung auf den Kopf leere,

fragte Elena, und ob es schon immer so eng gewesen sei, zu zweit in der Dusche, sie boxte Hendrik in die Bauchringe, und Hendrik genierte sich ein wenig und merkte dann, wie unangebracht das war, Elena gegenüber, seiner großartigen Elena gegenüber, und er lächelte und spülte ihr Haar.

Als Miller wenig später am Kiosk stand, wo die Aufmacher der Zeitungen ihm den gestrigen Tag in Erinnerung riefen, wo der Geruch von Laserfarbe den Duft von Elenas Haar aus seiner Nase vertrieb, fühlte sich Miller, als sei er aus dem Paradies gestolpert, als habe er statt seines Heims eine Insel verlassen und triebe nun schutzlos im wild gewordenen Strom. Ohne zu zögern und ganz gegen seine Gewohnheit griff Miller nach der DEUTSCHLANDZEITUNG, der Aufmacher stammte von Paul Kungebein.

Elena hatte ein Frühstück gerichtet, wie sie es liebte, zwei Teller, zwei Toasts, zwei Schalen Kaffee auf dem schlichten Aluminiumtisch, schon Butter und Besteck störten für ihren Geschmack die archaische Symmetrie. Hendrik reichte seiner Frau das Feuilleton, Elena war süchtig nach dem Klatsch über ihre Kollegen und suchte nach ihrem eigenen Namen, wenn eine Ausstellung von ihr in den Galerien der Republik zu sehen war.

Miller verspeiste sieben Toasts, wobei er Elenas Spielregeln akzeptierte und die Plastikpackung unter dem Tisch versteckte, wenn er ihr nicht gerade eine Scheibe entnahm, schließlich wendete er sich der DEUTSCHLANDZEITUNG zu und las den Aufmacher.

TÖTUNG AUF VERLANGEN STRAFFREI

VON PAUL KUNGEBEIN

BERLIN. DAS PARLAMENT HAT AM MITTAG DIE ABSCHAF-
FUNG VON PARAGRAPH 216 BESCHLOSSEN. TÖTUNG
AUF VERLANGEN WIRD DAMIT STRAFFREI.

Hendrik Miller stutzte. Die Formulierungen kamen ihm
bekannt vor. Er las den Anfang ein zweites Mal und überflog dann den restlichen Artikel. Der Text glich aufs Wort
dieser Agenturmeldung, die man ihm gestern vorgelegt
hatte, im Fernsehstudio, damit er vor seinem Auftritt auf
dem neuesten Stand wäre. Miller verstand nicht viel von
Journalismus, aber man schickte doch nicht einen eigenen Reporter, um dann den Bericht einer Agentur zu
drucken!

Zudem war die Meldung am frühen Nachmittag raus-
gegangen, gleich nach der Konferenz, da war der Minister noch gar nicht gefeuert, Miller suchte nochmals den
ganzen Aufmacher ab, der Rauswurf des Ministers wurde
mit keinem Wort erwähnt. Hendrik Miller verstand nicht.
Auf Seite zwei hatte ein Johann Wullbaum den Kommen-
tar zur Sterbehilfe verfasst, pro, wie Miller befriedigt zur
Kenntnis nahm – und das in der DEUTSCHLANDZEI-
TUNG! –, Seite drei endlich meldete den Rücktritt des Ministers, seltsam, dachte Miller, sehr seltsam. In ein und
derselben Zeitung war ein und derselbe Mann sowohl im
Amt als auch gefeuert, Deutschland war wirklich ein Tollhaus geworden. Was war in diesen Kungebein gefahren,
wunderte sich Hendrik Miller, der augenblicklich einen

Verdacht hegte, und sein Verdacht war nicht wirklich falsch.

Elena lachte lauthals los. Der Krögenhöver!, rief sie, der Krögenhöver! Der Mann, ein Studienkollege von der UdK, habe in München eine Ausstellung, rief Elena, auf der er DIGISCANS zeige, die er auf seiner letzten Ausstellung in Hamburg gemacht habe, da könne er sich ja gleich selbst ausstellen!, rief Elena und verschüttete ihren Kaffee, der Krögenhöver!, Scannt seine eigenen Fotos!, Und an die Besucher verteilt er Wasserbälle!, amüsiert schüttelte Elena wieder und wieder den Kopf.

Hendrik war sich nicht sicher, was genau seine Frau gerade gesagt hatte, und ließ sicherheitshalber ein zustimmendes Brummen über seine Stimmbänder rollen, was Elenas Kommentaren zu ihrer Zeitungslektüre in den meisten Fällen gerecht wurde. Er musste Kungebein so schnell wie möglich unter vier Augen sprechen, dachte er.

12.
STREICHHOLZSCHACHTEL

Ob Kungebeins Halbleiterplatine endgültig durchgebrannt sei, bedrängte ihn Wullbaum noch im Aufzug, ob er wisse, was das für seine Karriere bedeute, ob er getrunken habe am Abend zuvor oder gar etwas geraucht? Wütend trat Johann Wullbaum gegen die Fahrstuhltür, der Stahl schepperte, die Kabine schwankte, die Seile ächzten, was Wullbaum kaltließ und Kungebein eine ungesund weiße Farbe ins Gesicht trieb.

Wullbaum konnte nicht glauben, dass Paul ihm hinterrücks ein Messer in den Rücken gerammt, dass er wirklich diese Agenturmeldung abgedruckt hatte, nach all den Jahren, in denen Wullbaum seinen Ziehsohn aufgebaut und in der DEUTSCHLANDZEITUNG etabliert hatte. Wullbaum klatschte die aktuelle Ausgabe gegen Kungebeins Brust. TÖTUNG AUF VERLANGEN STRAFFREI, äffte Wullbaum den Aufmacher nach, VON PAUL KUNGEBEIN. Warum zum Teufel der folgende Artikel eben nicht von Paul Kungebein sei, sondern ein vollkommen veralteter Agenturbericht? Paul betrachtete den schlohweißen Haarkranz auf Johanns Kopf und schwieg.

Was das solle?! Johann Wullbaum überbrüllte das Klingelzeichen des Aufzugs, nur an der erleuchteten 10 über der Fahrstuhltür erkannte Kungebein, dass sie die Redaktionsetage erreichten. Der Fahrstuhl verlangsamte. Kam zum Stehen. Die Tür ging nicht auf.

Kungebein spürte, wie das Adrenalin seinen Körper stimulierte, seine Knie schlotterten, einen kurzen Moment lang sah er schwarz. Als er wieder sehen konnte, war die Fahrstuhltür noch immer geschlossen. Aus diesem Fahrstuhl, glaubte er, käme er nicht wieder raus, aus diesem Fahrstuhl, der nicht hochfuhr und nicht hinunter, der noch immer stillstand, aus diesem Fahrstuhl, dessen Tür sich nicht öffnete, dessen Licht bald zu flackern beginnen und dann erlöschen würde, wie Kungebein nicht eine Sekunde bezweifelte, und vor seinem inneren Auge lief in wenigen Sekunden sein ganzes Leben ab.

Paul Kungebein sah die Blicke der Kindergärtnerinnen und Lehrerinnen, er sah die Blicke der Verkäuferinnen und Nachbarinnen, diese Blicke, die immer dann sich einstellten, wenn der kleine Paul vom Verbleib seiner Mutter sprach, Kungebein sah sich im Kreis der Abiturienten dozieren, vielleicht doch ein wenig hochnäsig, wie er erstmals selbst gestand, er sah sich mit dieser Frau schlafen, die dann doch nur ein Mädchen war, mit diesem Mädchen schlafen, auf das keine Frauen folgten, und er spürte den Knoten, der mit jeder Erinnerung an diese Blamage enger wurde, erneut in seiner Brust, Kungebein sah sich in der ersten Reihe bei Preisverleihungen, ein Bürgermeister oder ein Minister hielt die Laudatio auf ihn, er sah den Vater die Diagnose in der Hand halten, schwarz auf weiß, und dann sah Kungebein noch etwas, verschwommen und ungenau, das er noch nicht durchlebt hatte, das vielmehr noch bevorstand, das sein Leben von Grund auf revolutionieren und aus Kungebein einen neuen Menschen machen würde, und plötzlich atmete er freier, alles in allem war er doch viel zu bedeutend, beruhigte er sich, als dass man ihn bereits heute und aus diesem Aufzug heraus in den Himmel berief.

Wullbaum hatte unvermindert weitergepoltert, was Kungebein erst bemerkte, als seine Knie einen noch immer unwürdigen Rest Standfestigkeit wiedererlangt hatten. Er erwarte eine Antwort, rief Wullbaum, wobei mehrere Gelenke seines hageren Körpers knackten, ob Kungebein vielleicht stolz auf seinen Coup sei, ob er seine aggressiven Schübe unbedingt an der DEUTSCHLANDZEITUNG auslassen müsse, ob er bedacht habe, dass ein Selbstmörder, der sich vor den Zug schmeiße, nicht nur sich selbst schade, sondern auch dem Lokführer und den Passagieren noch dazu!

Johann, flüsterte Kungebein, die Tür geht nicht auf! Für einen winzigen Moment war es still in der Fahrstuhlkabine, und Kungebein musste sein Herz mit aller Kraft daran hindern, aus dem Brustkorb zu springen, dann legte Wullbaum nach. Ob das der Dank sei für fünf Jahre Aufbauarbeit, für all die Türen, die Wullbaum seinem Ziehsohn geöffnet habe, ob Paul womöglich, nach seinem Vater, ebenfalls dement geworden sei? Erschrocken über sich selbst, brach Wullbaum ab.

Paul Kungebeins Nervensystem war zu sehr mit der Enge des Fahrstuhls beschäftigt, mit dem Aufrechterhalten vitaler Körperfunktionen, als dass ihn Wullbaums

Unverschämtheit wirklich erreicht oder gar ernsthaft gekränkt hätte. Erwärmte sich nicht bereits die Luft in der Kabine? Diese lächerliche Streichholzschachtel voll Sauerstoff, die ihnen zum Atmen blieb? Man würde sie erst am Montag finden, wenn der Hausmeister aus dem Wochenende zurückkäme, und auf der Konferenz hieße es derweil: Der Paul, der hat sich gedrückt.

Er habe im Übrigen nichts ausgeplaudert, sagte Johann Wullbaum deutlich leiser, Victors Demenz nicht und die gemeinsamen Abende in der Schlesischen Straße nicht, auch Wullbaum habe sich gefragt, warum die Redaktion ausgerechnet Paul auf die Pressekonferenz angesetzt habe, an Kungebeins Vater, an Victors Demenz aber, liege es ganz sicher nicht.

Johann, versuchte es Kungebein erneut, wir müssen hier raus! Johann Wullbaum nahm verwundert zur Kenntnis, dass auch Kungebein die Gabe zu sprechen besaß, erneut knackten seine Gelenke, dann blickte er auf die Fahrstuhltür, auf die erleuchtete 10 darüber, er drückte verschiedene Knöpfe, trat links und rechts gegen die Kabinenwand, dann betätigte er den Alarmknopf.

Nichts geschah.

Wullbaum vermutete, dass man in Kürze in die Tiefe stürzen werde, das könne durchaus Spaß machen, sagte er, wie bei einem Fallturm etwa, auf dem Jahrmarkt, dann trat er auf den Fahrstuhlboden ein, bis die Kabine schlingernd gegen den Schacht schlug und erneut die Seile ächzten, Kungebein schloss die Augen und versuchte durchzuatmen, was ihm gründlich misslang.

Technische Leitstelle Potsdamer Platz!, dröhnte aus der Notrufanlage. Wullbaum erzählte, er liebe Fahrstühle der Marke – er zögerte, blickte auf den Schriftzug unter dem Bedienfeld – OTIS, aber nun wolle er doch ganz gern wieder raus! Sein Kollege sei im Übrigen kurz vor einer Ohnmacht, Wullbaum und der Mann von der Leitstelle lachten, aus Berufszynismus der eine, trotz allem freundschaftlich der andere, und Kungebeins Puls näherte sich langsam wieder normalmenschlichen Bereichen.

Die quälenden Minuten, die nun folgten, nutzte Kungebein, um seinen Ziehvater aufzuklären, es fielen die Wörter STUDENTENFUTTER und RACHE, es fielen die Wörter PROJEKTIDEE und SELBSTÄNDIGKEIT, und es fiel der Name HENDRIK MILLER. Nach einigen Minuten kam Johann Wullbaum nicht umhin, Kungebeins Mut und Eigensinn Respekt zu zollen, indem er nickend durch die Zähne pfiff, und als ein Mechaniker endlich die Fahrstuhltür zur Seite schob, sagte Kungebein: Ich konnte nicht anders, Johann, es tut mir leid.

13.

DIE WAHRHEIT IST NICHT ZUMUTBAR

Auf der Redaktionskonferenz nahm Kungebein seine Kündigung gelassen entgegen, dankbar fast, sein Plan war erwartungsgemäß aufgegangen, die Kollegen schnitten ihn, als würde das Blatt wegen seiner Verfehlung kurzerhand eingestellt. Das Blatt wurde nicht eingestellt, jedoch Kungebeins Mitarbeit, ganz wie der sich das gewünscht hatte, und so ließen ihn die kleinen und großen Ungeheuerlichkeiten, die man ihm an den Kopf knallte, unerhört kalt.

Als Kungebein und Wullbaum gemeinsam und verspätet in den Raum eilten, ging das Getuschel los, die Zecher sind da!, meinte Kungebein zu hören, noch ein Bier!, Wullbaum stotterte etwas von FAHRSTUHL und TECHNISCHE LEITSTELLE POTSDAMER PLATZ, den Herausgeber interessierte das nicht.

Die Redaktion konferierte in einem fensterlosen und haluxbeleuchteten Raum, der noch immer nach den Lösungsmitteln des Designerteppichs roch, die Wände waren schwarz-weiß gemustert, die Luft war trocken, und Kungebein fühlte sich wie in einem überdimensionierten Sarg, unterkühlt und zittrig fühlte er sich, wie in der Kühlkammer eines Krematoriums.

Der Herausgeber sprach entrückt in seinen Diktierstift,

er schien nichts weiter wahrzunehmen als das elektronische Spielzeug, er hielt sich das Gerät zum Abhören ans Ohr, schien mit der Aufnahmequalität unzufrieden, schüttelte es und knallte es auf den Boden. In aller Ruhe wandte er sich dann an Kungebeins Redakteurin, auch hier ging dessen Plan auf wie gewünscht, die Redakteurin trage als Vorgesetzte die volle Verantwortung, sagte der Herausgeber ohne jeden vernehmbaren Ärger und ohne die Stimme zu heben, die Frau erhielt vor aller Augen eine Abmahnung, im bläulichen Haluxlicht blinzelte sie mit den Augenlidern, als habe sie einen Tick. Sie schob sich Nuss um Nuss in den spitzen Mund, vergaß sogar, die Rosinen auszusortieren. Fehlte nur noch ein Fell!, dachte Kungebein, er fand seine Chefin doch nicht etwa süß?

Da gebe es nichts zu grinsen, rief der Herausgeber nun doch etwas entnervt, Kungebein brauche hier nie wieder aufzukreuzen, vor seinem Verschwinden erwartete er aber noch eine Erklärung, vorher verlasse niemand den Raum!

Kungebein schwieg, er schwieg lange, er schwieg, bis die Aufmerksamkeit ihren Höhepunkt erreicht hatte und sich in Flüchen und Beschimpfungen aufzulösen drohte, er fixierte ein letztes Mal die Gesichter seiner Kollegen, dann legte er los. Im Gegensatz zu ihm habe wohl selbst die DEUTSCHLANDZEITUNG nicht erkannt, dass man am Anfang einer neuen Zeitrechnung stehe, dass es absolut gleichgültig sei, ob man einen Agenturbericht abdrucke oder einen selbst geschriebenen, solange man ohnehin nicht die Wahrheit schreiben dürfe, solange die Wahr-

heit der Redaktion nicht zumutbar sei und der Bevölke-
rung schon gar nicht, epochale Veränderungen stünden
bevor, die es Kungebein nicht erlaubten, sein Talent und
seinen Tatendrang in einem Kleinkrieg mit einer blond
gefärbten Frau aufzureiben, mit einer Frau, die das Leben noch nicht einmal mit Gummihandschuhen berührt
habe, die hinter ihrer Glasfassade im Himmel sitze und
glaube, die nächsten vierzig Jahre verliefen wie die letzten
vierzig, ja, Kungebein habe es auf einen Eklat abgesehen,
und er freue sich über seinen Erfolg dabei, die DEUTSCH-
LANDZEITUNG mache sich zum Gespött der Nation seit
dem Morgen, das rüttle endlich mal wach, das richte den
Fokus endlich auf eine so einfache wie unschöne Wahrheit: dass Deutschland kurz vor dem Zusammenbruch
stehe, dass man in den Straßen über Greise stolpere, dass
Deutschland kollektiv verblöde, und hier sei der Moment,
ein Geheimnis zu lüften: Kungebein wisse sehr gut, wo-
von er spreche, sein Vater kote sich ein und diskutiere mit
der Klospülung, was im Übrigen Kungebeins zahlreiche
Fehlzeiten erkläre, er müsse sich kümmern um den Mann,
aber so etwas sei einer Redakteurin der DEUTSCHLAND-
ZEITUNG ja fremd, bei einer Redakteurin der DEUTSCH-
LANDZEITUNG glänze ja alles vor Glas und Kevlar und
Stahl, und die Flecken, über die berichte man sauber
aus dem Büro heraus, wenn überhaupt, die Flecken be-
schmutzten immer die anderen, man selbst strahle rein-
lich und weiß, niemand im Saal wisse, wie sehr ihn das
aufrege, außer Wullbaum vielleicht, so sehr, dass seine
Chefin ihm beinahe schon leidtue, Kungebein fürchte,

auch so zu werden, zu einem, der sich von der Welt draußen verabschiede, hinter Glas und in Watte gepackt, erste Anzeichen habe er längst an sich bemerkt, auch er fühle sich schon als etwas Besseres, nur weil er mit dem Ausweis der DEUTSCHLANDZEITUNG herumlaufe, das müsse man sich mal vorstellen, man habe die Macht hier oben nicht, man berichte nur über sie, Kungebein aber wolle die Gunst der Stunde ergreifen und selbst aktiv werden, sich vom Berichterstatter zum Gegenstand der Berichterstattung mausern, es dauere nicht lange, dann werde die gesamte Redaktion über ihn berichten, er lasse schon bald von sich hören.

Paul Kungebein stolzierte aus dem Raum, ohne sich umzusehen. Nur Wullbaum begleitete ihn, schüttelte ihm die Hand, fragte, warum er nicht genau diese Rede auf der Eins gedruckt habe? Kungebein zögerte. Ein veralteter Agenturbericht, sagte er dann, auf Seite eins der DEUTSCHLANDZEITUNG, das entspreche exakt dem Demenzniveau seines Landes.

Und inwiefern man noch von ihm hören werde?

Geduld! Kungebein lief am Fahrstuhl vorbei und nahm die Treppe.

ZWEITES KAPITEL

1.
GEGRILLTES HUHN

Elsa Lindström lauschte seit Stunden der Stille, diesem leise surrenden Nichts, das sich ungeniert breitmachte, auf Kommodendecken und Kleiderzipfeln, auf Bücherbergen und Trockenblumensträußen, als wäre nicht Elsa, als wäre die Stille die rechtmäßige Bewohnerin der Sonntagstraße 11. Elsa öffnete ihren Mund, die Lippen brachen auseinander, und mit der Zunge fuhr sie über die Striemen auf den Innenseiten ihrer Wangen, über wunde Striemen, die sich in ihrem Mund bildeten, wenn sie die Wangen unbewusst und über Stunden an ihrem Gebiss festsog.

Roch da nicht etwas?

Elsa stemmte sich aus dem Stuhl, ihr Gebiss klapperte. Sie hasste dieses Geräusch. Sie hasste alle Geräusche, die ihr Körper verursachte, das Knirschen der Nackenwirbel, wenn sie ihren Kopf bewegte, das Knacken der Gelenkkapseln in den Knien, das Schmirgeln der trockenen Haut, wenn sie an ihre Wangen fasste, das stundenlange Rumoren im Bauch.

Jetzt roch es deutlich!

Elsa ängstigte sich in der Stille, gegen die auch das Tönen ihres Körpers nicht ankam, in der DEUTSCHLAND-ZEITUNG hatte sie von diesem Dementen gelesen, den man tagelang im Krankenhauskeller vergessen hatte, und sie fühlte sich, als sei sie bereits seit Jahren vergessen, nicht im Keller, aber in ihrer Wohnung, in ihrer Stadt, in ihrem Leben, das schon lang keines mehr war.

Verbrannt …

Elsa Lindström lebte seit Jahrzehnten allein. Die Mieter über ihr und unter ihr waren ausgezogen aus der Sonntagstraße, manchmal im Halbschlaf hatte sie noch das Geräusch von Stiefelabsätzen im Ohr, die über ihr auf den Dielen klackten, oder das Rauschen einer Abwasserleitung, den Schrei eines Kindes vielleicht, aber sobald sie endgültig erwachte, wusste Elsa, dass sie nur in ihrer Erinnerung noch etwas hörte und nicht mit dem Ohr.

In der Küche qualmte es bereits stark. Elsa hustete und hastete zum Fenster, versuchte es vielmehr, der Gehbock stellte sich quer, sie hatte Schwierigkeiten, ihre Finger um die Griffe zu schließen, die Finger krümmten sich ungern, der Gehbock blieb in einer Bodenrille hängen, Elsa schob fester, mit einem Satz sprang der Bock aus der Rille, Elsa verlor das Gleichgewicht, riss den qualmenden Kochtopf vom Herd und fasste an den Rand der glühenden Herdplatte.

Elsa Lindström schrie auf, zog die Hand fort, fand Halt am Griff der Backofentür. Eine süßliche Note geriet in den Gestank, wie gegrilltes Huhn, dachte Elsa, die seit Jahren kein gegrilltes Huhn mehr gegessen hatte, sie glaubte, die Haut würde ihr von den Handknochen schmelzen, sie verwünschte, dass sie ihre Kraft verloren hatte in den letzten Jahren und ihr Gedächtnis, der Schmerz aber unvermindert stark blieb.

Elsa atmete Rauch ein, endlich schaltete sie den Herd aus, mit der unverletzten Hand, endlich öffnete sie das Fenster, dann ließ sie sich auf den Küchenstuhl fallen, wusste nicht mehr, was sie gekocht hatte, fragte sich, was sie essen sollte, wusste nicht, ob sie Hunger hatte, fragte sich, wo sie war, wusste nicht, ob sie schon lange wartete, fragte sich, auf wen.

Vier Stunden blieb sie so sitzen. Der graue Tag draußen wurde dunkel, dann schwarz, eine Straßenlaterne sprang an, davor fiel in dünnen Fäden der Regen. Irgendwann klingelte es an der Tür. Elsa stürzte mit einem erschrockenen Ruck vom Stuhl. Der Mann von der Sozialstation hatte einen Schlüssel, brachte das Abendessen. Ob sie wieder gekocht habe? Sie solle doch nicht mehr kochen! Er komme jeden Abend pünktlich um sechs! Dann sammelte der Mann die Greisin vom Boden auf und legte sie ins Bett, warf das eingetütete Essen auf die Decken.

Die Hand seiner Patientin sehe verfärbt und porös aus, wunderte sich der Mann. Ob sie einen Verband wolle? Und obwohl der Mann der einzige Mensch war, der sich um Elsa kümmerte, zog sie die Hand fort. Der Mann sagte immer, es rieche seltsam bei ihr, Elsa versuchte rechtzeitig zu lüften vor seinen Besuchen, diesmal aber war etwas dazwischengekommen, nur was?

Ob die Zeitung noch regelmäßig komme?, fragte der Mann aus der Küche, wo er mit dem heruntergefallenen Topf hantierte und Spülmittelduft verbreitete, der zu Elsa ins Schlafzimmer drang. Elsa liebte die Zeitung, die Zeitung sprach mit ihr, wenn sonst alle schwiegen, die Zeitung zeigte ihr, worauf sonst keiner sie hinwies, solange die Zeitung noch da war, fühlte sich Elsa nicht ganz tot. Liegt ja noch unter dem Wurfschlitz!, wunderte sich der Mann, brachte seiner Patientin die Zeitung und verabschiedete sich.

Ob der junge Mann noch einen Saft trinken wolle?

Der Mann war nicht jung, und Saft wollte er nicht.

Ade!

TÖTUNG AUF VERLANGEN STRAFFREI, las Elsa, die keine Probleme hatte, die einzelnen Wörter zu erkennen, seit die DEUTSCHLANDZEITUNG vor Jahren ihre Schrifttype vergrößert hatte, VON PAUL KUNGEBEIN, las Elsa, die dennoch nicht verstand, was sie las, die von der Laserfarbe dunkle Fingerkuppen bekam, die bald einschlief, unter Zeitungsseiten begraben, während das Essen in Aluschalen und Plastiktüten neben ihr auf dem Bett erkaltete.

2.

MONDLICHT

Als Elsa Lindström erwachte, war alles schwarz. Für einen Moment glaubte sie, es endlich geschafft zu haben, so schmerzlos, dachte sie, so angstfrei, dann aber hatte sie einen sehr irdischen Geruch in der Nase, fast enttäuscht schon befreite sie sich von den Zeitungsseiten, die auf ihrem Gesicht lagen, Staub mischte sich in den Geruch der Farbpartikel, dazu der eigene faule Atem, noch immer stach nichts aus dem Dunkel hervor.

Wo war sie?

Elsa versuchte sich zu orientieren, in Raum und Zeit, ihren Körper im Zimmer zu verorten, sie suchte das Fenster, sie suchte die Tür, ein Autoscheinwerfer warf Flecken an die Wände, allzu spät war es nicht, dachte sie, es fuhren noch Autos, dann aber war alles wieder schwarz. Elsa strich mit den Handflächen über ihren Körper, über ihr Bett, sie spürte das seidene Hauskleid, die Kordrillen der Decke, sie lag nicht unter den Laken, sie lag auf dem Überwurf, dann ertastete sie eine Plastiktüte, sie griff hinein, ihre Hand stieß auf eine kühle Metallschale.

Elsa verstand nicht.

Sie hörte ein schabendes Geräusch unter dem Bett, endlich gaben die Wolken den Mond frei, Elsa erkannte das matt beleuchtete Fensterkreuz und auf der anderen

Zimmerseite den Türknauf, der glänzte, ein anderes Geräusch fiel mit ein, schaben, dachte Elsa, nagen, sie beugte sich über den Bettrand, sie wohne allein, liebe Schaben!, stammelte Elsa, die schon lange mit Tieren und Dingen sprach, lasst mich allein.

Ein letztes Schleifen erreichte ihre Ohren, ein Chitinpanzer, der auf den Fliesen kratzte oder zwei kollidierende Schaben vielleicht, dann war es ruhig. Elsa zog sich aus, kroch unter die Laken. Sie lauschte ihrem Atem. Der Mond schien nun kräftiger, das Fensterkreuz warf einen Schatten auf die Fliesen. Das Schleifen setzte wieder ein.

Elsa Lindström beugte sich erneut über den Bettrand, die Schaben scherten sich nicht um ihre Mitbewohnerin, sie kratzten und nagten, als säßen sie direkt in Elsas Ohren, in ihrem Hirn. Elsa streckte die Arme aus, um nach den Tieren zu greifen, sie einzeln aus dem Fenster zu werfen, dabei verlor sie das Gleichgewicht und fiel aus dem Bett.

Elsa hatte dreizehn Kilo verloren im letzten Jahr, ihr Aufprall auf die Fliesen klang nicht satt, ihr Aufprall klang knöchern, sie schrie auf und weinte, spitz und heiß stach es ihr in das rechte Knie, etwas knirschte, etwas knackte, sie hatte die Tüte mit sich heruntergerissen, die Aluschale war aufgeplatzt auf den Fliesen, und in Elsas Haaren schimmerte püriertes Huhn, gelblich im Mondlicht, wie eine giftige Substanz.

Nur langsam beruhigte sich Elsas Puls. Direkt vor ihr leuchteten Augen aus dem Dunkeln, unter dem Bett, eine hechelnde Schnauze ragte ins Mondlicht, spitz und behaart, Elsa sah sich in einen Taucherkäfig gesperrt, unter Wasser, vor ihr die Schnauzen der Haie, sie sah sich an einen Raubtierwagen gekettet, im Zoo, niemand kam sie zu füttern, sie sah sich im Tunnel verunglücken, nachts und allein, kaum sichtbar das Licht am anderen Ende.

Elsa spürte die nasse Rattenschnauze an ihren Wangenknochen und den kalten Atem des Tieres, mit letzter Kraft schlug sie nach der Ratte, die endlich von Elsas Gesicht abließ und sich der Tüte näherte und klappernd die Schnauze im Huhn vergrub. Elsa Lindström hatte seit Tagen nicht mehr gegessen, sie würgte trocken, dann schämte sie sich, sie lag halb nackt auf den Fliesen, mit Huhn im Haar, wie sah das denn aus!

Sie döste ein wenig, sah sich im Wald liegen, auf einer Lichtung, über ihr ein Berg voller Insekten, die rasselten, ihr Gesicht war im Waldboden vergraben, sie atmete Sand, und als die Lunge bis an die Ränder damit gefüllt war, schmerzte ihr Brustkorb, platzten die Adern im Hirn, wachte sie auf.

Es war hell geworden.

3.

OLDIE

Brunos Tour endete in der Sonntagstraße 11. Abend für Abend bog Bruno Bunter in die kleinen Straßen von Friedrichshain, wo kaum mehr ein Licht brannte, wo aus den Gullydeckeln das Unkraut spross, Abend für Abend passierte er Häuserschluchten, von denen der Putz auf die Gehwege bröckelte, von denen eine morbide Feuchtigkeit auf das Pflaster strahlte, und nur selten noch blinkten die Reflektoren eines Rollstuhls im Kegel der Scheinwerfer auf.

In Bunters Autoradio lief ein altes Lied, das er noch aus der Kindheit kannte, das schon in seiner Kindheit ein Oldie gewesen war, Bruno regelte die Lautstärke, stellte das Radio versehentlich ganz aus, klopfte dennoch auf dem Lenkrad den Takt weiter, ALWAYS LOOK ON THE BRIGHT SIDE OF LIFE, und sowenig er allabendlich wahrnahm, dass noch mehr Putz von den Mauern bröckelte, dass noch weniger Autos die Straßen durchquerten, so sehr schockierte ihn mit einem Mal die Erinnerung an ein Café in der Simon-Dach-Straße, in dem er diesen Song das erste Mal gehört hatte, zu einer Zeit, als der Kiez noch überquoll und die Häuser frisch renoviert waren, das schien noch gar nicht so lange her.

Bunter ließ nicht zu, dass seine Gedanken ihm die gute

Laune trübten, er hatte nur noch eine Patientin abzufertigen, dann hätte er Feierabend, in seinem Kühlschrank warteten sechs Flaschen Bier. Die Chefin wollte Bruno zudem im Ghetto behalten, ab nächster Woche schon, diese Göttin!, lächelte Bruno erregt, nächste Woche wäre er endlich den Außendienst los, die Wohnungen voll Ratten und Kakerlaken, die Betten voll Urin und voll Kot und das stinkende Wundsekret, die traurigen Greise wäre er los, mit offenen Rücken und offenen Hintern, die traurigen Greise, die mit sich selbst oder überhaupt nicht mehr sprachen, die entstellt auf dem Pflaster lagen, die blau angelaufen am Seil hingen oder mit Schaum vor dem Mund in der Ecke darbten, Bruno dachte: Diese ganzen einsam am Leben gehaltenen Toten. Nur eine Woche noch!

Fast schon überschwänglich fragte er sich, was seine letzte Patientin sich wohl diesmal ausgedacht habe, ob sie wieder am Herd stehe und koche, für die ganze Familie, Bruno Bunter lachte, die Frau lebte seit Jahrzehnten allein, ob sie wieder auf dem Klo eingeschlafen sei und ihr Nachthemd in den Kühlschrank gesperrt habe, ob sie die Fenster wieder mit ihrem gebrauchten Schlüpfer putze oder ihre Lesebrille auf der Herdplatte schmelze, ob sie ihr Bettgestell mit Tomatenmark lasiere oder ihren Mantel zu Konfetti gelocht habe, Bunter wischte sich Tränen aus den Augenwinkeln, er mochte die Frau wirklich gern!

Er bog von der Gryphiusstraße in die Sonntagsstraße und parkte den gelben Kombi vor der Hausnummer 11. Das Fenster der Alten war geschlossen, auch das noch!, dachte Bunter, sonst lüftete die Frau immer, bevor er kam, er hatte oft genug darum gebeten, die Wohnung roch nach Staub und Maden und ranzigem Speck. Bruno stieg das Treppenhaus hinauf, die Türen zu den leeren Wohnungen standen offen oder waren ganz aus den Angeln gekippt, in den Eingangsbereichen wehten großflächige Spinnweben. Er stolperte über den Treppenabsatz im vierten Stock, knallte gegen die Wohnungstür und klingelte bei ELSA LINDSTRÖM.

Elsa Lindström machte nicht auf. Genervt suchte ihr Pfleger den richtigen Schlüssel an seinem riesigen Bund, ein Gemisch organischer Verwesungsgerüche beleidigte seine Nase, sobald die Tür auch nur einen Spalt geöffnet war, Bruno wollte sie am liebsten sofort wieder schließen, er steckte sich ein Kaugummi in den Mund, um den Gestank zu übertünchen, eine Woche noch!, sagte er sich dann, hielt sich das Hemd vor den Mund und rief nach seiner Patientin, die er aus dem Schlafzimmer jammern hörte.

Elsa lag noch immer auf den Fliesen, auf die sie nächtens gestürzt war, sie war nackt bis auf ihren Schlüpfer, sie zitterte vor Kälte, in ihren Haaren und um sie herum klebte eine gelbbraune Substanz. Ihr rechtes Bein stand eigenartig vom Becken ab, am Kniegelenk knickte es noch einmal nach außen, Bruno spürte den Schmerz geradezu selbst. Was sie da in den Haaren habe, fragte er, ihre Familie sei tot, da gebe es nichts mehr zu kochen! Dann legte er Elsa Lindström ins Bett.

Elsa wimmerte. Bruno Bunter entdeckte die aufgeplatzte Alupackung auf den Fliesen und stutzte. Die Frau hatte ja gar nichts gegessen! Was von der Mahlzeit fehlte, war über die Fliesen verteilt. Bruno bückte sich nach der Packung und warf dabei einen Blick unter das Bett. Er glitt auf die Knie, fand weitere Alupackungen, ordentlich gestapelt wie Barren aus Edelmetall, allesamt eingeschweißt, allesamt unberührt.

Frau Lindström!, sagte Bunter viel zu laut, weil er seine Patienten sicherheitshalber auch dann anschrie, wenn sie, wie Elsa, noch tadellos hörten, ich nehme Sie besser mal mit! Seine Chefin hatte vor Monaten schon die Unterschrift besorgt, die Elsa Lindström all ihrer Rechte beraubte, es war einfach geworden, an diese Unterschrift zu gelangen, einen Juristen zu finden dafür, die Fälle häuften sich, und die Nutznießer formierten sich schnell.

Wie zum Abschied musterte Bruno Bunter die weiß lohenden Haare seiner Patientin und die slawischen Wangen darunter, er betrachtete Elsas graue Gesichtsfarbe, ihre geschlossenen Augen, die kleinen Adern auf ihren schmutzigen Lidern. Die Frau krümmte sich auf dem Bett wie ein Säugling, Bruno deckte sie zu, formte ihre Haare zu einem Dutt und wog das Haarbüschel eine Sekunde lang in seiner Rechten, roch schließlich daran und schüttelte sich, als müsse er den Geruch wieder loswerden, als habe er den Geruch nur geträumt.

Dann stellte er Elsas Rollstuhl neben das Bett, griff seiner Patientin unter die Arme und zerrte sie über die Bettkante. Elsa schlug die Augen auf. Als ihr Oberkörper bereits den Rollstuhl berührte, ihr Gesäß aber noch auf dem Bett ruhte und die Beine wie abgeknickt in der Luft baumelten, fiel Bruno ein, dass er Elsa zunächst anziehen sollte, er stieß sie zurück ins Bett und warf ihr ein Nachthemd über, das am Rücken geschlitzt war, so konnte er Elsa bekleiden wie eine Papierpuppe, die Frau war ebenso dünn.

Das rechte Knie seiner Patientin schimmerte gelb und grün, im Ghetto würde man sich darum kümmern, hoffte Bruno, er versteckte das Knie unter einem Tuch, dann zerrte er die Frau abermals in den Rollstuhl, und als die Lehne Elsas Gesäßhälften trennte, entfuhr ihrem Körper Luft, Bruno Bunter würgte trocken, öffnete das Fenster und rumpelte rückwärts mit Rollstuhl und Elsa das Treppenhaus hinab.

Die Ratten, sagte Elsa, die brauchen mich noch!

4.

RUSHHOUR

Bruno Bunter ruckelte über das Kopfsteinpflaster von Friedrichshain, bei jeder Bodenwelle zuckte Elsa Lindström auf dem Beifahrersitz zusammen, schlug ihr Kopf gegen die Seitenscheibe, heulte Elsa auf und sank sofort wieder in sich zusammen. Bruno bog auf die Frankfurter Allee, hatte freie Fahrt bis zum Alexanderplatz, es waren kaum Autos unterwegs, dann zwang ihn ein Krankenwagen, das Tempo zu reduzieren, hupend verscheuchte Bruno die Köter vom Boulevard Unter den Linden, die Köter waren eine Plage geworden in den letzten Jahren, in den Außenbezirken gab es angeblich schon Wölfe, schließlich ging Bruno seinem Lieblingshobby nach, unterquerte mit hochtourigem Motor das Brandenburger Tor, es war kaum ein Mensch unterwegs.

Am Großen Stern verlangsamte er seinen gelben Kombi, Elsa Lindström kippte nach vorn in den Gurt, als Bruno abbremste, vor der Siegessäule kam er zum Stehen. An der Straßensperre zog er seine Chipkarte, die ihn als Mitarbeiter des BERLINER STIFTS auswies, er versuchte viermal, die Karte in die Schranke einzuführen, traf beim fünften Versuch endlich den schmalen Schlitz, ein grünes Licht leuchtete, die Schranke hob sich, man durfte passieren.

Westlich der Siegessäule wurde der Verkehr dichter. Leuchtend gelbe Firmenfahrzeuge des BERLINER STIFTS überholten einen Krankenwagen, der nur Schritt fuhr, Polizeistreifen und Notarztfahrzeuge rollten mit Blaulicht auf dem Standstreifen, dazwischen schlängelte sich die dunkle Limousine eines Chefarztes, gefolgt von einem Leichenwagen.

Auf dem Kurfürstendamm standen die gelben Wasserstoffkombis im Stau, Bunter schaltete die STIFTWELLE ein, er hoffte auf eine Ausweichroute, aber auch die Kantstraße und der Kaiserdamm waren verstopft, es war fast sieben Uhr abends, die Altenstreifen brachten die Gestürzten und Dementen des Tages aus der ganzen Stadt ins Ghetto, ihr hört die STIFTWELLE auf 97.7, tönte das Radio, es ist Rushhour im Ghetto, der Moderator unterbrach sich, korrigierte: Im BERLINER STIFT, auf den Straßen geht nichts mehr!

Bruno Bunter schmunzelte. Das BERLINER STIFT wurde seit Jahren als das bezeichnet, was es war: als Ghetto – allerdings nur hinter vorgehaltener Hand. Dass ein Moderator der STIFTWELLE sich verplapperte, hätte ihn noch vor wenigen Jahren seine Karriere gekostet, dachte Bruno, der von Karriereknicken so wenig Ahnung hatte wie von Karrieresprüngen, weil er seit Beginn seines Berufslebens den gleichen Job ausübte. Inzwischen würde der Moderator nicht einmal mehr eine Rüge bekommen, glaubte Bruno, die Zeiten änderten sich schnell.

Immer noch im Stau? Kein Problem mit der STIFT-WELLE auf 97.7 – ihr schaltet ein, und wir verkürzen euch die Wartezeit! Heute mit ALWAYS LOOK ON THE BRIGHT SIDE OF LIFE. Die letzten Worte des Moderators wurden bereits von dem Song überlagert, von diesem Oldie, der jetzt in voller Lautstärke aus Bruno Bunters Autoradio trällerte und aus Hunderten Autoradios um Bruno herum, er ließ geräuschvoll Luft durch die Nase entweichen, er hatte den gleichen Song schon auf dem Weg zu Elsa Lindström gehört, wieder sah er sich in diesem Café sitzen, in der Simon-Dach-Straße, damals war Bruno Berliner, und heute war er Berliner, aber seine Transmitterflüssigkeit schaffte es nicht, zwischen dem Berlin von damals und dem Berlin von heute eine Verbindung zu ziehen.

Bruno Bunter blickte nach rechts. Elsa Lindström bewegte den Kopf im Takt der Musik, die Augen weit aufgerissen, die Frau summte sogar mit, aus ihren Mundwinkeln tropfte der Speichel, das weiße Haar stand ihr vom Kopf ab, Elsa artikulierte einige Laute, glaubte wohl zu singen, ihr Pfleger lächelte nicht und ekelte sich nicht, ein Mensch bleibt ein Mensch, dachte er und sah wieder stur geradeaus.

Ihr hört die STIFTWELLE auf 97.7, meldete sich der Moderator zurück, es ist sieben Uhr. Die Nachrichten. Berlin. Der Staatssekretär des scheidenden Justizministers hat für den kommenden Montag eine weitere Pressekonferenz anberaumt. Darin soll der Richtlinienkatalog für das Töten auf Verlangen präsentiert werden. Nach der Abschaffung von Paragraph 216 am vergangenen Freitag war unklar geblieben, inwiefern Ärzte dem Wunsch sterbewilliger Patienten nachgehen können. Der Staatssekretär, der die

Geschäfte des Ministers seit Freitag kommissarisch führt, wird in Regierungskreisen als Nachfolger des scheidenden Ministers gehandelt. München. Der bayerische Minister-präsident –

Der Krankenpfleger Bruno Bunter schaltete das Radio ab. Die Lautstärke schrillte in schmerzhafte Höhen, dann fand er den richtigen Knopf. Bruno interessierte sich nicht für Politik. Das Ghetto war längst überfüllt, das sah er ein, aber Paragraph 216 hatte den Alltag im Ghetto ohnehin nicht sonderlich eingeschränkt, wenn er ehrlich war, wer kontrollierte schon die Anzahl der Morphiumampullen, die einem Greis am Ende gespritzt wurden, wer kontrollierte schon die Patientenverfügungen, dafür blieb meist keine Zeit, wer kontrollierte schon, ob ein Patient sterben wollte oder ob sein Pfleger das wollte, gestorben wurde so oder so.

Bunter hielt es ohnehin nicht für richtig, dass gesunde Menschen in kühlen Büros über kranke Menschen in schwülen Kammern bestimmten, sollte das Parlament nur beschließen und reglementieren! Derweil fuhr er zu seiner Chefin und ihren Brüsten, dachte Bruno, dessen Glied sich augenblicklich regte, hinterher würde er sich daheim vor den XXL-SCREEN knallen, und nach einem Sixpack schlief er gar nicht mal so schlecht ein.

Elsa Lindström schlief auch ohne Bier schon, ihr Kopf war auf ihren Schoß gesunken, ihr schmaler Körper wirkte an der Hüfte wie abgeknickt und eingefaltet, und wo Elsas Speichel auf den Rock tropfte, färbte sich der Stoff dunkel, Bruno fasste mit seinem rechten Daumen nach Elsas Handgelenk, fühlte den Puls, den er niemals mit dem Daumen ertasten sollte, wie man ihm unzählige Male erklärt, wie er unzählige Male ignoriert hatte, Elsa Lindström hatte noch Puls, auf seinem Handrücken spürte Bruno ihren schlafwarmen Atem, etwas in seiner Brust geriet durcheinander, als die fremde Luft seine eigene Haut streifte, er spürte ein Stechen, ein Ziehen, für einen kurzen Moment nur, dann schluckte Bruno und zog seine Hand zurück, schaltete in den ersten Gang und beschleunigte, denn in den Stau kam endlich Bewegung.

5.
DIE GÖTTIN

Der Zentralparkplatz des BERLINER STIFTS war zugeparkt, unzählige Kombis standen auf dem ehemaligen Halensee, mit gelben Rückenpanzern, die bei Sonne leuchten würden, aber es regnete und dunkelte bereits, die Kombis leuchteten nicht. Der Halensee war vor Jahren zubetoniert worden, im Osten starben die Straßen aus, im Westen aber, im Ghetto, wurde es eng. Bruno suchte vergeblich eine Parklücke, das war ja wie im 20. Jahrhundert!, schimpfte er und stellte den Wagen auf den Gleisen des Rangierbahnhofs Grunewald ab, auf den Schwellen wuchs seit Jahren das Unkraut und auf den Schienen das Moos.

Bruno Bunter hievte seine Patientin in den Rollstuhl und fixierte sie mit Klettband an den Fußstützen, sonst würden ständig die Füße vor die Räder rutschen, Elsas Kinn sank auf ihre Brust herab, und als der Rollstuhl über das zugewachsene Gleisbett rumpelte, schlug ihr Kopf hin und her wie ein Pendel, Elsa grinste und sabberte, sprach unablässig von gelben Kombis, Bruno lächelte, meldete sie an der nächsten Rezeptionsbox an, um sie herum kurvten Rollstühle, eilten Pfleger, torkelten Kranke, es liefen so viele Menschen durcheinander wie früher an einem Bahnhof, nach einer halben Stunde endlich war Elsa registriert, und wer erst einmal drin war im Ghetto, wusste Bruno, kam so leicht nicht mehr raus.

Er schob Elsa über den Johannaplatz, Bordsteinkanten hinauf und Bordsteinkanten hinunter, Elsas Kopf und ihre Arme schlotterten wie Puppenglieder, nur scheinheilig verbunden mit ihrem Rumpf, an den Straßenecken standen die Dementen, vom Regen durchnässt, hielten Zwiesprache mit ihrem Schoß, ihren Händen, tadelten ihre Schnürsenkel, ihre Hemdsärmel oder weinten einfach still vor sich hin.

Bruno Bunter ignorierte die leeren Blicke, die sich an ihn hefteten und dann wieder ins Nichts abglitten, er ignorierte die Schwestern, die Rollstühle über das Pflaster jagten, die Pfleger, die Bahren trugen, mit oder ohne Leiche darauf, er sah die dunklen Schatten nicht, die ihn umgaben, er sah bereits die Tracht seiner Chefin, ihren nicht ganz festen Busen, weiß beleuchtet im grellen Licht der Station.

Im siebten Stock schob Bruno seine Patientin etwas zu schwungvoll aus dem Lift, die Räder des Rollstuhls verhakten sich in der Türrille, der Rollstuhl machte einen Satz nach vorn, und Elsas Füße touchierten zwei nackte Frauenbeine. Bruno ließ seinen Blick die Waden emporgleiten, auf Höhe der Knie begann ein Schwesternkittel, Bruno zwang sich, seiner Chefin direkt ins Gesicht zu blicken, ohne an ihrem Ausschnitt haltzumachen, die Chefin redete längst munter auf ihn ein.

Bruno!, rief sie erfreut, nicht schon wieder so stürmisch! Mit großer Geste schlug sie sich auf den Kittel, ich spür dich noch von gestern, sagte sie mit tiefer Stimme und hielt sich den Bauch, der sich in rührender Deutlichkeit unter ihrem Arztkittel abzeichnete, sie lachte und wischte sich über die Augen, wobei sie den Lidschatten über ihr Gesicht verteilte, brauchst nicht rot zu werden, sagte sie, oder hast du was mit der gnädigen Dame im Fahrstuhl gehabt?, die Chefin lachte auf, von ihrem Witz begeistert, verlor kurzzeitig die Contenance, küsste Bruno feucht auf den Mund.

Die Ratten brauchen mich noch!, sagte Elsa Lindström und nickte bekräftigend, der Lärm schien sie geweckt zu haben, sie warf flatternd ihre Hände in die Luft, sagte: Schließt mich nicht weg! Bruno und seine Chefin senkten ihre Köpfe, sie hatten Elsa tatsächlich vergessen, die Chefin schwieg eine Sekunde und lachte dann wieder, steigerte ihre Lautstärke gar, rief: Die Ratten, die seien bestens versorgt, mit Laufrad und Tränke, mit Knabberstange und Wetzstein, und die gnädige Dame im Rollstuhl werde auch gleich getränkt, das piekse nur kurz, sagte die Chefin plötzlich sehr leise, und danach sei mindestens bis morgen früh Ruh.

Sie barg Elsa Lindströms Kopf in ihren rundlichen Armen und küsste sie auf die Stirn, sie zwinkerte ihr zu und summte eine Melodie aus besseren Tagen, wen Bruno heute mitgebracht habe, fragte sie dann, das werde sie schon noch sehen, antwortete Bruno, na, dann solle er mal herzeigen, scherzte die Chefin, und Bruno spürte eine Regung, die ihn nur wenige Zentimeter neben Elsa Lindströms Lippen eigenartig beschämte, in Sichtweite seiner

Chefin aber durchaus beglückte, gemeinsam schoben sie Elsa Lindström ins Wartezimmer und verschwanden an Rollstühlen und Hebekränen vorbei ins Chefzimmer.

Es klopfte nach einer Minute. Die Chefin knöpfte ihre Bluse wieder zu, da sitze eine heulende Frau im Wartezimmer, die noch nie auf der Station gewesen sei, rief eine Schwesternstimme durch die geschlossene Tür, die Chefin öffnete ihre Bluse wieder und meinte, das habe noch Zeit, wobei ihr Blick erstarrte und ihre Augen sich trübten, irgendwann winkte sie einfach nur ab.

Bruno riss seiner Chefin, die von einer Hure vielleicht doch nicht nur unterschied, dass sie kein Geld verlangte, das Haargummi vom Zopf, und in langen, ungestümen Bahnen breiteten sich die Strähnen aus, wenig später erzitterten schwere Brüste unter Brunos Stößen. Die Chefin hatte ihren Hintern seinen Hüften zugewandt und hielt sich am Fensterbrett fest, sie stand nach vorn gebeugt, als mache sie eine Turnübung, Bruno fühlte sich wie ein Star auf der Bühne, im erleuchteten Fenster waren sie in der ganzen Straße zu sehen, in einer Straße, in der die Menschen ihre Füße vor sich herschoben und allenfalls auf das Pflaster sahen, aber dafür fehlte Bruno gerade der Blick.

Er spürte das Zucken seiner Chefin und entzog sich ihr, setzte sich auf den Drehstuhl, vor den Schreibtisch, sie stand mit gespreizten Beinen vor ihm und nahm ihn wieder auf, der Stuhl kippte um, gemeinsam landeten sie zwischen Gummihandschuhen und Morphiumampullen, die Bewegungen seiner Partnerin wurden heftiger, ihr Busen und ihre Hüftröllchen bebten auf den Fliesen, mit schnellen Stößen kam Bruno zum Schluss.

Er rollte sich ab und schmiegte sich für die Dauer eines trockenen Kusses an seine Chefin, ganz wie sie das erwartete, dann stand er auf. Er habe ihren Vater am Freitag im TV gesehen, sagte Bruno, dessen Leben jahrzehntelang von sexuellen Enttäuschungen geprägt gewesen war, bis er diese Frau begattet hatte, diese Göttin, dachte Bruno, der nun auf Socken seine Unterhose suchte, während seine Chefin ihre Oberweite in den BH bettete und ein Taschentuch in ihren Slip legte. Die Chefin verschwand für Sekunden in ihrem Kittel, bis ihr Kopf aus dem Ausschnitt hervorsah, sie öffnete das Fenster und sagte, der Vater sei ja auch auf allen Kanälen gewesen, ihr werde schon ganz unheimlich, der Vater habe da so was vor.

6.
NUMMERN 701–703

Diana Miller amüsierte sich über Brunos Versuch, in seine Hose zu steigen, sein rechter Fuß verfing sich zwischen den Hosenbeinen, Bruno hüpfe einbeinig über die Fliesen und fiel dann der Länge nach hin, der Mann war nicht von einschüchternder Souveränität, dachte Diana, aber er fickte wirklich gut. Sie wollte Bruno noch einmal an sich ziehen und seine Nähe spüren, seine Locken zu Strähnen glätten und zusehen, wie sie wieder zu Kringeln wurden, aber Bruno hatte bereits einen Fuß in der Tür, warf Diana einen Luftkuss zu und verschwand auf den Flur. Diana beobachtete, wie die Tür wieder ins Schloss fiel, auf dem Boden lag eine Packung Kaugummis, die vor Brunos Besuch nicht dort gelegen hatte.

Diana bückte sich nach der Packung, steckte sich einen Streifen in den Mund und atmete tief durch, tiefer, als vor dem Akt möglich gewesen war, sie genoss die kleinen Erschütterungen zwischen ihren Beinen, das Gefühl, gerade beschlafen worden zu sein, auch wenn sich ein kleiner Schmerz in die Lust mischte, ein wunder Punkt, der nicht zwischen ihren Beinen, der vielmehr unter ihrem Brustkorb zu verorten war, Diana strich ihren Kittel glatt, und mit einem nur unmerklich getrübten Lächeln, das ihr auf der Station Respekt, Neid und Missgunst zugleich einbrachte, trat sie hinaus auf den Flur und begann ihre Abendvisite.

Friedbert Winkeler auf der 701 war wieder dünner geworden. Dem Mann fielen seit Jahren die Wangen ein, seine Augen versanken immer tiefer in ihren Höhlen, sein Schädel schälte sich kantig und klar aus der Haut. Friedbert Winkeler war einundneunzig, er lebte seit über zehn Jahren auf der Station, und das, wie er täglich beteuerte, überaus gern.

Gnädige Frau, krächzte er, als Diana Miller ihren Busen durch die Tür schob, habe die Ehre! Der Mann verbeugte sich, streckte seiner Besucherin einen kahlen Schädel voller Hautschuppen entgegen, wenn es nach ihm gehe, krächzte er und schnürte mühevoll seine Schuhe, könne man sofort los! Diana ließ sich von der verblassenden Strahlkraft allabendlich vorgetragener Pointen nicht ermüden, ob seine Liebste warte, fragte sie, was sie schon am Abend zuvor und auch vor fünf Jahren schon gefragt hatte, oder wo sonst er so spät noch hinwolle? Diana zog dem Mann die Schuhe wieder aus und massierte seine Zehen.

Friedbert Winkeler sah ihr schelmisch in die Augen, er müsse seine Eltern im Dorf besuchen, das wisse sie ganz genau! Er schritt mit Stock und Hut und barfuß zur Tür. Wie alt die Eltern denn seien?, fragte Diana, nun, sagte der Mann, die gingen auf die zweihundert zu, aber er müsse noch die Kartons fertigstellen in der Fabrik, er zwinkerte seiner Komplizin zu, im Übrigen gebe es noch Arbeit für zwei.

Diana Miller lächelte still, sie drückte den Alten an ihren Busen, der Mann verschwand ein beachtliches Stück darin, sein Hut segelte auf den Boden, heute Abend sei sie leider schon vergeben, tröstete sie streichelnd den Greis, ein andermal aber gern! Wie sie wolle, erwiderte Friedbert, hob seinen Hut auf und griff nach dem Türknauf, ade! Diana packte Friedbert am Arm und verschloss die Tür. Der Mann blickte irritiert. Sie wolle doch nicht etwa hier und jetzt?

Leider doch.

Diana Miller setzte den Greis aufs Bett, zog eine Spritze auf, schnalzte den Zeigefinger gegen die Nadel und drückte einige Tropfen heraus, bis keine Luft mehr im Zylinder war, dann piekste sie Friedbert Winkeler in den mageren Oberarm, was sie da tue, beschwerte sich der Mann, wie er sich am Vorabend beschwert hatte und Abend für Abend davor, dann wurde er ruhig. Diana bettete Friedbert unter das Laken, faltete ihm beide Hände und löschte das Licht.

Als sie auf den Gang hinaustrat, kam die Nachtschwester herbeigeeilt, im Wartezimmer fiebere eine neue Patientin und spreche von Ratten, die Station platze nur so aus den Nähten, die Nachtschwester sei nicht die Mutter der ganzen Nation, um die Neue könne sie sich keinesfalls kümmern, was man ihr da zumute, wo das noch hinführe, sie kündige, gleich morgen früh.

Richtig, erinnerte sich Diana Miller, Bruno hatte ja diese Frau angeschleppt, aber Diana klopfte bereits an der 702, öffnete die Tür, ohne eine Antwort abzuwarten, und

Elsa Lindström im Wartezimmer war vorerst vergessen. Die Frau auf der 702 zwinkerte mit den Augenlidern, als Diana ihr Zimmer betrat, aber Diana verfehlte den Licht-schalter, das Zimmer blieb dunkel, das Zwinkern ihrer Pa-tientin sah Diana nicht. Umso stärker überwältigte sie der Geruch frisch gewechselter Windeln, süß und schwer, sie roch den Urin, die Wundcreme, sie tastete die Wand nach dem Schalter ab, hörte das Schnaufen der Atemmaschine, einen schnorchelnden Saugeton, dann endlich fand sie das Licht.

Maren Uverath hing im Hebekran über dem Bett, Arme und Beine baumelten abgestorben in der Luft, Ma-ren Uveraths Kopf hing schief über der nackten Schulter, ihr Hals war verdreht. Die Frau trug die Nachtmaske der Atemmaschine, ihr Gesicht war hinter einem quallenarti-gen Kunststoff versteckt, durch den ihr Luft in die Lungen geblasen wurde, die Gurte des Hebekrans schnitten ihr in den Bauch und unter die Schultern, an den Rändern der Gurte wölbte sich die Haut.

Selbst Diana Miller verschlug es für eine Sekunde die Sprache, sie drückte ihr Kreuz durch und rückte ihren Ausschnitt zurecht, dann kitzelte sie ihre Patientin hin-ter den Ohren, da habe sie wohl einer vergessen, flüsterte Diana und versuchte zu lachen, wobei ihr Tränen in die Augenwinkel schossen, wie lang sie da schon am Kran schwebe?, fragte sie leise und griff nach Marens lebloser Hand, das Blut sei ihr ganz aus dem Körper gewichen, ungesund bleich schaue sie aus, aber Diana habe da was für sie, dann sei endlich Ruhe.

Außer einem Lächeln konnte Diana Miller ihrer Patientin nichts schenken, keine Schokolade und keinen Saft, Maren Uverath aß nicht mehr und trank nicht mehr, nur die Dosis konnte Diana erneut hochsetzen, und nachdem sie Maren Uverath in den Schlaf gespritzt hatte, ließ sie ihre Patientin vorsichtig aufs Bett herab, Maren hatte sich eingekotet, die Gurte des Hebekrans glänzten.

Diana zog sich Gummihandschuhe an, dann blickte sie auf die Exkremente und zog die Handschuhe wieder aus, klingelte nach der Nachtschwester, schließlich aber streifte sie ein zweites Paar Gummihandschuhe über und machte sich selbst an die Arbeit, die Gurte waren aus glattem Nylon, die stinkenden Schlieren verschwanden schnell. Gute Nacht, flüsterte Diana nach wenigen Minuten und verließ mit gesetzten Schritten das Zimmer, und Maren Uverath sagte nichts.

Aus der 703 drang schon Stöhnen, bevor Diana Miller die Tür nur geöffnet hatte, Hermann Borges stöhnte seit Tagen, durchgehend und auf beängstigendem Niveau, wie Diana befand, der Mann lag im Pyjama auf dem Bett und hielt sich den Bauch, aus dem die Kollegen von der Chirurgie ein Geschwür geschnitten hatten, der Bauch blubberte gegen das Stöhnen an, als platzten ständig kleine Blasen darin, auch das Stöhnen hatte etwas Rasselndes, Rollendes, als liefe der Atem über Holzperlen, die klackernd im Hals gegeneinanderstießen, der Mann, bedauerte Diana, war das reinste Konzert.

Guten Abend!, sagte sie, Hermann Borges stöhnte und blubberte, er lag geometrisch perfekt auf dem Bett, genau in der Mitte, die Arme symmetrisch abgewinkelt, die Haare zum Seitenscheitel gekämmt. Er wolle nicht schlafen, sagte Hermann Borges, sein Atem rasselte und rauschte, er sei nicht müde, er habe nachzudenken, sein Tag sei noch lang nicht vorbei.

Diana Miller wollte der Nachtschwester nicht zumuten, dass der Mann sie in zwei Stunden von der Nachtpritsche klingelte, er habe doch einen anstrengenden Tag gehabt, sagte Diana, die das nicht einmal zynisch meinte, er habe ausschließlich auf dem Bett gelegen, konterte Hermann, seine Tochter habe ihn doch gut unterhalten am Nachmittag, sagte sie, nein, sagte Hermann, er habe keine Tochter, und Diana beendete mit einer feinen metallenen Nadel den wenig ergiebigen Dialog.

Sie solle schon mal das Pentobarbital richten, sagte Hermann, bevor er einschlief, er mache das nicht mehr lang mit, Abend für Abend hoffe er, die Spritze sei seine letzte, und Morgen für Morgen wache er ohne Sinn wieder auf, sie solle das Gift nicht zimperlich dosieren, einmal die volle Ladung, sagte Hermann schon etwas schläfrig, einmal das Leben aus den Adern knallen, und weiter kam Hermann Borges nicht. Gute Nacht, sagte Diana, faltete Hermann die Hände und verließ das Zimmer, und Hermann Borges sagte nichts.

Kaum hatte sie die Tür hinter sich ins Schloss gezogen, störte die Nachtschwester wieder, die Neue im Wartezimmer heule und zittere, die Neue sei eine Zumutung, so spät am Abend, Diana Miller blickte auf ihren Dienstplan, sie hatte für drei Patienten eine Viertelstunde gebraucht, wenn sie das hochrechnete, wäre sie erst morgen früh um fünf fertig, Diana öffnete ihre zusammengesteckten Haare, kämmte sie mit den Fingern und band sie straffer wieder zusammen, dann eilte sie zu Elsa Lindström.

Elsa saß allein im Wartezimmer, eine Haluxlampe strahlte sie weiß an und bläulich, Elsas Gesicht war nass vor Tränen, die Haare stachen von ihrem Kopf ab, als stünde sie unter Strom, sie fingerte an den Rädern ihres Rollstuhls, der an den Naben fixiert war, sie wirkte so klein und so schmal wie ein zehnjähriges Mädchen und so alt und hoffnungslos wie der Tod.

Diana Miller suchte die Chipkarte, die Elsa an der Rezeptionsbox bekommen hatte, und steckte die Karte in das Lesegerät. Elsa Lindström, erschien auf dem kleinen Bildschirm, Alter: 97, zuletzt wohnhaft: Sonntagstraße 11, Berlin-Friedrichshain, Diagnose: Alzheimer, Stufe III. Unklare Stauchung oder Fraktur am rechten Knie.

Diana schob Elsas Kleid zurecht, das unanständig verrutscht war, das rechte Knie sah grün aus und gelb und geschwollen, Diana löste die Blockierung der Räder und schob Elsa geschwind ins Schwesternzimmer, mithilfe einer Nadel und eines Schlauchs drainierte sie das Kniegelenk, durch den Schlauch floss Eiter ab, Diana sah auf die Uhr und tätschelte die knöchrigen Wangen ihrer Patientin, Elsa Lindström klappte den Kiefer auf und zu und wieder auf.

Nachdem sie Elsa in den Schlaf gespritzt hatte, fiel Diana ein, dass auf der Station kein Zimmer mehr frei war. Sie band ihren Zopf noch enger, bis die Haare an der

100

Kopfhaut ziepten, die Zeit zerrann Diana zwischen den Fingern. Eine Nacht nur, dachte sie, die Ärmste schläft ja ohnehin schon, dachte sie, und kurzerhand schob eine eher kräftige Frau mittleren Alters eine magere Frau in ihren Neunzigern in die Besenkammer und schloss behutsam die Tür.

Dann setzte Diana die restlichen Spritzen.

7.
DIE WELLE

Als die Spritze nachließ und Elsa erwachte, leuchtete ein hellblauer Streifen über den Dächern von Berlin, kündigte die Morgenröte einen Sonnentag an, der wenig später doch wieder in Nieselregen unterging, erloschen die Straßenlaternen, nach Straßenzügen getaktet, wachte Berlin langsam auf.

In ihrer Besenkammer bemerkte Elsa Lindström nichts von all dem. Sie öffnete ihre schlafverklebten Augen, die Lider zitterten, Elsa sah schwarz. Ihr Herz pochte gegen den Brustkorb, ihr Herz schlug unregelmäßig, ihr Herz setzte aus. Elsa blinzelte, die schwarze Wand blieb bestehen. Elsa hasste es, im Rollstuhl zu schlafen. Sie hasste es, an fremden Orten aufzuwachen. Sie hasste es, nicht zu verstehen.

Ihr rechtes Knie schmerzte, als berührte sie glühenden Stahl damit, sie hatte einen pelzigen Geschmack im Mund, ihr Kiefer bewegte sich schwerfällig, da hängt ein Gewicht an meinem Kinn!, dachte Elsa, was ist hier eigentlich los? Erst jetzt stach ihr der Geruch scharfer Putzmittel in die Nase, Chlorwasser, Lösungsmittel, sie hatte ein Leben lang nur Kernseife verwendet, von scharfen Putzmitteln wurde ihr übel.

Elsa fürchtete, dass sie wieder etwas vergessen hatte, die

Angst war zu ihrem ständigen Begleiter geworden, nachts, wenn sie aufwachte, tags, wenn sie einschlief, immer spürte sie diese Leere in ihrem Hinterkopf, die sie vom Leben abschnitt, diese Leere, gegen die sie ankämpfte, an guten Tagen, und vor der sie kapitulierte, an nicht so guten Tagen, immer war da die Angst, noch versuchte Elsa, Land zurückzuerobern, und in klaren Momenten wusste sie, dass sie den Kampf längst verloren hatte, dass ihre Insel unaufhörlich kleiner wurde und irgendwann unter dem steigenden Meeresspiegel verschwand.

Das Denken ermüdete Elsa wie eine physische Anstrengung, gerade noch hatte sie den Zipfel einer Erinnerung erwischt, ein Einfallstor gefunden, in die Abgründe ihres Zustands, und schon spürte sie die Leere wieder, erstarb alles Klare und Fassbare, zerfiel Elsas Hoffnung zu Staub. Sie sah den Gehbock vor sich, die Herdplatte, den Backofengriff, dann roch es nach Huhn, Nagerzähne klapperten, ein Mann kam, der Mann, für den es zu stark roch in der Wohnung, man war Auto gefahren, und dann, dachte Elsa, und die Angst, den Gedanken nicht zu Ende zu bekommen, bewirkte ebendas: Der Gedanke brach ab, verendete in den Weiten des Raums, und Elsa fühlte sich in ihrer Kammer und auf der Erde allein.

Ein heller Strich schnitt in das Dunkel vor Elsas Rollstuhl, unter der Tür, hallo!, rief sie, ich bin hier drin!, selbst Elsa verstand kaum, was sie rief, dann hörte sie Schritte, schwere Absätze, Clogs vielleicht, die sich von rechts näherten, Elsa spürte ihr Blut pulsieren, die Schritte wurden lauter, der Türspalt verdunkelte sich einen Schritt lang, einen zweiten, hallo!, rief Elsa, ich bin hier drin!, die Schritte wurden leiser, eine Tür ging, die Tür fiel ins Schloss, dann war es still.

Elsa wartete.

Bald hörte sie eine Frau auflachen, einzelne Wörter drangen gedämpft durch die Tür, Wie ein Pfahl!, hörte sie, Auf dem Stuhl und auf dem Boden!, die Frau nannte einen Namen, den Elsa kannte, den sie schon einmal gehört hatte, aber welchen Namen hatte Elsa gerade gehört, und woher kannte sie ihn, und wer lachte da, dass die Wände dunkel vibrierten, und worüber denn auch?

Der letzte Gedanke, den Elsa fasste, war der an den Patienten, den man im Keller vergessen hatte, drei Tage lang, sie hatte gelesen davon, sie hatte nichts dagegen, zu sterben, aber bitte nicht so!, und dann brach die Welle des Vergessens über ihr zusammen, wurden Elsas Gedanken fortgespült, blieb Elsa allein auf dem Trockenen sitzen, bis die Welle zurückkam und nach den Gedanken auch das Bewusstsein erfasste, und Elsa starrte im Dunkel der Kammer stumpf vor sich hin.

8.
IM DRECK

Bruno Bunter parkte seinen gelben Kombi vor der Sonntagstraße 11. Es war sechs Uhr abends, es dämmerte, die Luft war warm für die Jahreszeit, am Straßenrand wehten im Abendwind kleine Farne. Bruno stieg aus dem Wagen, er schlug die Fahrertür zu, das satte Schmatzen kam als Echo von der Hauswand zurück. Als er den dritten Stock erreichte, erinnerte er sich, dass Elsa Lindström nun auch im Ghetto wohnte, verfluchte Gewohnheit!, ärgerte sich Bruno, der mit dem Denken gerne erst nach dem Handeln begann, und stieg die Stufen wieder herab.

Er würde Elsas allabendliche Überraschungen vermissen, dachte Bruno, ihre Socken, die sie über leere Flaschen stülpte, ihr Gebiss, dass sie mit der Spülbürste reinigte, ihre Mittagessenkollektion unter dem Bett. Anders als bei seinen übrigen Patienten verspürte Bruno keinen Ekel vor Elsa, und wenn sie gelüftet hatte, betreute Bruno sie sogar gern. Was für ein Schwachsinn!, quittierte Bruno umgehend seinen Exkurs in Sachen Anteilnahme und Barmherzigkeit, natürlich widerte auch Elsa ihn an, gestand Bruno sich ein, als er seinen Kombi startete, ihr Zittern, ihr Sabbern, die ewigen Exkremente, und mit hochtourigem Motor fuhr Bruno davon.

Diana Miller setzte Bruno links und rechts einen Kuss

auf die Wangen und dann einen dritten auf seinen Mund, sie freue sich, ihn zu sehen, sagte sie und betrachtete Brunos abgekämpfte Gestalt, leider aber habe sie überhaupt keine Zeit. Sie zwinkerte ihm zu. Ob sie sich stattdessen vielleicht mal am Abend – zum Essen oder in einem Café? Bruno verbot sich, Dianas Bluse zurechtzurücken, die saß doch ganz schief, dachte er, die musste doch wehtun, er komme nicht wegen Diana, sagte Bruno dann, er komme wegen Elsa Lindström, wo die denn sei?

Diana legte die Stirn in Falten, als habe Bruno auf eine Quizfrage die falsche Antwort gegeben, sie schien etwas vergessen zu haben, dann aber glättete sich ihre Stirn, streckte sie ihren Körper, rannte sie plötzlich davon. Bruno folgte seiner Chefin mit großen Schritten die Gänge entlang, manchmal fand er Diana anstrengend wie ein Kind, vor der Besenkammer hielt sie so abrupt, dass ihre Clogs auf dem Linoleumboden quietschten, dass Bruno gegen ihre Hüften stieß, Diana fand das gerade gar nicht komisch, wortlos öffnete sie die Tür und machte Licht.

Elsa Lindström war aus dem Rollstuhl gerutscht, ihr Gesäß klemmte im Spalt zwischen Rollstuhlfelge und Kammerwand, der Kopf ruhte zwischen Putzeimern und Spiritusflaschen auf einer Ablage, die Füße waren noch immer am Rollstuhl fixiert, Bruno selbst hatte das Klettband angebracht, wie er jetzt nicht wahrhaben wollte, vor mehr als vierundzwanzig Stunden, damit die Füße nicht vor die Räder rutschten, an Elsas Mund hing ein Speichelfaden, der auf einem Kehrblech endete, Elsas Augen waren geöffnet, ihre Lippen bewegten sich monoton.

Diana Miller war blass, unter ihrem Auge pulsierte eine unschöne Ader, vergessen, murmelte sie, überfüllt, sie sagte: überfordert, Bruno hielt sich einen Zeigefinger vor den Mund, versuchte zu verstehen, was Elsa Lindström flüsterte, die Stille, glaubte er zu hören, die Ratten, Kombis, flüsterte Elsa, sie flüsterte: gelb. Tränen mischten sich in ihren Speichel, die Frau klemmte noch immer mit fixierten Beinen zwischen Rollstuhl und Wand.

Bruno Bunter löste die Fixierungen, hob Elsa auf ihr Sitzkissen, Diana hielt ihr die Hände dabei und summte einen Kindervers oder einen Abzählreim, die Greisin stemmte die Augen auf, ihr Blick schien nicht über die Netzhaut hinauszukommen, ihr Blick war milchig und fad, sie spuckte Bruno auf die Hose, dann sackte sie in sich zusammen.

Wie lang Elsa da gelegen habe?, fragte Bruno. Vergessen, murmelte Diana Miller, überfüllt, sie lächelte irr, sagte: überfordert, dann ordnete sie Elsa Lindströms Haare und spritzte ihre Patientin in den Schlaf, sie verschwand mit Elsa in einem freien Zimmer, und Bruno fragte nicht nach. Ab nächster Woche wäre sein Außendienst beendet, dann würde er auf der Station arbeiten, und ob Elsa bis dahin starb oder noch lebte, tangierte ihn, wie er sich einzureden versuchte, nicht einmal peripher.

9.
DIE ANZEIGE

Elsa Lindström erwachte in einem Zimmer, das mit sechseinhalb Quadratmetern gerade noch der gesetzlichen Mindestgröße für Heimzellen entsprach. Das Zimmer war winzig, aber sauber und hell, rundum gekachelt wie ein Schlachthaus, so ließe sich all das problemlos abspritzen, was bis zu Elsas endgültigem Auszug von ihrem Körper noch an die Wände fand.

Sie strich über das Metallgitter ihres Krankenhausbettes, ihre Irrfahrt hatte einen neuen Tiefpunkt erreicht, wie sie intuitiv erfasste, nicht sie selbst hatte ihre missliche Lage verursacht, dieser junge Mann war schuld und diese vollbusige Frau, die Elsa fütterten und spritzten, die Elsa verluden und vergaßen, was sie nicht ganz durchschaute und wovor sie sich umso stärker fürchtete, Elsa wollte hier raus.

Sie wollte raus aus dem Bett mit diesem eisigen Gitter und raus aus dem Zimmer mit diesen eisigen Kacheln, sie wollte raus aus dem Gebäude mit diesen eisigen Fluren, sie wollte einfach nur raus. Wie so oft fühlte sich Elsa, als trenne sie ein Filmriss von der Vergangenheit, von der Außenwelt, wo kam sie her?, wo ging sie hin?, wie so oft sagte sie sich, was sie zweifelsfrei wusste: Elsa Lindström, sagte sie, siebenundneunzig Jahre, geboren in Hohen-

Kremmen, im Ruppiner Land, sie verstellte ihre Stimme, sagte: Nicht immer klar, aber friedlich.

Elsa lächelte. Bruno hatte das gesagt, in sein Handy, als er in der Sonntagstraße war, vor einigen Tagen. Oder vor einigen Jahren? Sie hatte jedes Wort verstanden, nicht immer klar, aber friedlich, Bruno hatte geschrien, er dachte, sie höre ihn nicht. Bruno! Natürlich, so hieß der junge Mann! Solange Elsa nicht zwanghaft nach Namen und Erinnerungen suchte, war ihr Gedächtnis gar nicht so schlecht.

Elsa wusste, dass sie schon in einem Monat nicht mehr wüsste, was sie jetzt noch wusste, ihr blieb nur noch wenig Zeit, sie hatte den ganzen Tag nichts zu tun, aber die Zeit drängte, hier drin würde Elsa im Zeitraffer zu Staub verfallen, man hörte schon jetzt nicht auf sie, obwohl sie vollkommen klar war, scharfsinnig fast, Elsa Lindström, sagte Elsa Lindström, siebenundneunzig Jahre, sagte sie, was kann ich für Sie tun?

Die Zeit, in der sie etwas für andere tun konnte und niemand etwas für sie zu tun hatte, schien ihr einem anderen Leben zugehörig, Elsa war seit dreißig Jahren in Rente, sie hatte Papierwaren verkauft und Briefmarken, Buntstifte und Radiergummis, Elsa war all das unendlich fern und unendlich nah. Sie sah ihre Mutter blass auf der Bahre liegen, in Schlesien, sie sah ihren Vater auf dem Hof im sonnigen Brandenburg, Keltern als Hobby, das Geld kam vom Amt, sie sah ihren eigenen Laden in Friedrichshain, gehalten im alten Stil, mit Auslage und Kasse und echten Kunden.

Die Zimmertür wurde aufgerissen, und diese pralle Frau preschte ins Zimmer. Wie die ihren Busen vorstreckte! Elsa Lindström schüttelte unmerklich den Kopf. Ob man nicht klopfen könne, ihr Zimmer sei zwar klein wie ein Grab, aber sie selbst noch lange nicht tot, und selbst nach ihrem Tod wünsche sie, dass angeklopft werde, was es zu stören gebe, und wo Elsa hier überhaupt sei?

Frau Lindström! Diana Miller konnte nicht glauben, was sie da hörte. War nicht auch der Blick ihrer Patientin klarer geworden? Seit ihrer Einlieferung hatte Elsa keinen einzigen Satz gesprochen, kein einziges klares Wort, hatte sie allenfalls Wimmern und Jammern von sich gegeben, und so fühlte sich Diana, als habe sie eine Tote in der Leichenhalle bei der Reinkarnation erwischt. Frau Lindström, wie schön, Ihre Stimme zu hören!

Elsa spitzte ihre Lippen. Ich bin nicht, sagte sie, bin ich nicht, ich bin nicht, bin nicht ich – ich bin nicht, nicht bin ich nicht … Sie bekam das Wort nicht über die Lippen. Elsa spürte die Angst. Mit Angst konnte Elsa nicht sprechen, mit Angst konnte Elsa nicht denken, mit Angst wurde Elsa so hilflos, wie die Frau vor ihr das glaubte, mit Angst kam neue Angst, und die fraß Elsas Hirn, und sie wurde wütend und boxte gegen das Metallgitter, und ihre Knöchel wurden weiß, und Elsa krächzte, und dann sagte Diana Miller mit erstickter Stimme, sie habe da was für ihre Patientin, und das Pieksen spürte Elsa fast nicht.

Elsa Lindström erwachte am Abend. Sie fühlte sich frisch. Sie klingelte nach der Schwester, wenig später betrat Bruno ihr Zimmer, das sei aber eine Überraschung!, sagte Elsa ehrlich erfreut, ob er auch eingeliefert worden sei, man habe es nicht schlecht hier, nur fehle die Zeitung, sie wolle ja nicht wie die anderen, und hier blickte Elsa schelmisch zu Boden und tippte sich an die Schläfen, er wisse schon, die DEUTSCHLANDZEITUNG halte sie fit.

Bruno Bunter nahm den Schlüpfer von der Nachttischlampe, mit dem Elsa sich vor dem allzu grellen Licht hatte schützen wollen, der Schlüpfer war angeschmort, wo er die Birne berührt hatte, und Bruno sagte, die DEUTSCHLANDZEITUNG, die führe man auf der Station leider nicht. Wenn sie aber –

Elsa war empört. Sie sei doch hier nicht in einem Heim für arbeitslose Seefahrer, Bruno solle ihr jetzt nicht mit KOMPAKT kommen, diesem lausigen Blatt für senile Alte, oder was sonst man hier lese, sie, Elsa Lindström, sei siebenundneunzig Jahre alt, geboren in Hohen-Kremmen, im Ruppiner Land, sie lese die DEUTSCHLANDZEITUNG seit siebzig Jahren, und etwas anderes, das lese sie nicht.

Bruno, der in seinem Leben noch nie dieses Besserwisserblatt aufgeschlagen hatte, konnte nicht glauben, dass seine Patientin die unbehauenen Textblöcke darin wirklich verstand, aber darum ging es auch gar nicht, wie Bruno erahnte, als er den angeschmorten Schlüpfer in den Mülleimer warf und Elsa unter Tränen auf das Metallgitter ihres Krankenhausbettes einschlug, oh nein, darum ging es nun wirklich nicht.

Ich hol Ihnen die Zeitung!

Ach, Bruno!

Wenige Minuten später saß Elsa aufgerichtet in ihrem

111

Bett, vor sich die DEUTSCHLANDZEITUNG, ihre Finger färbten sich von der Laserfarbe, sie las und vergaß einen Artikel über die neue Jahrtausenddürre, sie las und vergaß einen Artikel über die neue Jahrtausendflut, sie las und vergaß einen Artikel über den neuen Justizminister, dann stieß sie auf die Anzeige, Halbseitenformat, schwarz auf weiß, mitten im Mantel.

HILFE FÜR DIE LETZTEN STUNDEN

AMK

WEB WWW.AMK.DE
FON 030 767 767

Elsa erschrak. Das, was da aussah wie eine Todesanzeige, dachte sie, war keine Todesanzeige, und ohne auch nur im Ansatz etwas zu verstehen, war ihr sofort alles klar. Elsa Lindström berührte das Telefonsymbol auf dem Display neben ihrem Nachttisch, die Nachttischlampe blendete unangenehm, Elsa wartete, bis aus dem Lautsprecher das Freizeichen kam, dann sprach sie, nur um sich zu erkundigen und ohne jede weitere Absicht, wie sie sich augenblicklich versicherte, mit zittriger Stimme, die angegebene Nummer ein.

DRITTES KAPITEL

1.
WÖLFE

Elsa spürte die Spritze, wie sie jede Spritze gespürt hatte, das war nicht kalt, das war nicht warm, das tat nicht weh, das tat nicht gut, sie spürte, wie die Flüssigkeit austrat unter der Haut, wie die Venen dicker wurden, Elsa konnte nicht atmen, ihr Brustkorb drückte auf die Lunge, der Mann sollte bleiben, der Mann sollte helfen, Elsa krallte ihre Fingernägel in die Laken, sanft und friedlich, eine einzige Spritze, Elsa wollte nicht fort.

Frau Lindström?

Elsas rundes Gesicht mit den slawischen Kanten, ihre glänzenden Haare, die der Mann aufgesteckt hatte, nach ihrer Anweisung, die wenigen, die ihr verblieben, nun aber riss sie in Strähnen ihr Haar aus dem Gummi und aus dem Kopf, sie keuchte, ihre Hände wurden zu Pfoten, sie schabte über das Laken damit, wie eine Hündin, Elsa rief um Hilfe, kein menschlicher Laut verließ ihre Kehle, die trocken war, die gurgelte, die kratzte, Elsa griff nach dem Glas auf dem Nachttisch, die Nachttischlampe blendete, Elsa verschüttete das Wasser, das ihr Nachthemd durchnässte, und das Glas rollte von ihrem mageren Körper herab auf die Kacheln, wo es zerschellte.

Frau Lindström?

Vor Elsas Mund bildete sich Schaum, den sie auf ihrem

Gesicht verrieb, sie wollte nicht fort, mit einem Ruck zerriss sie ihr Nachthemd, entblößte sie sich an der Schulter
und an den Schenkeln, und Elsa versuchte sich zu bede-
cken, ihren Busen, die Beine, die Scham, und unter den
schlechten Spielen, schien es, spielte Elsa das würdelo-
seste, niemals käme sie zum Ziel, Schwindel umschloss
ihr Hirn und dann ihren Körper, der nie einen Mann gekannt hatte, der von der Zunge abwärts gelähmt war, den
Krämpfe schüttelten, und als Elsa zu schreien versuchte,
erbrach sie sich, beim Ausatmen rasselte ihre Lunge, und
als Elsa konnte, stöhnte sie, kaum hörbar, nein, worauf
die Fledermäuse nur gewartet hatten, die in den Ecken
lauerten und an der Decke und die funkelten mit ihren
Augen, als wollten sie Elsa verbrennen, ihre mageren
Hände, ihren mageren Schoß.

Können Sie mich hören?

Elsa wollte ihren Namen durchstreichen, wie es ihre
Kunden getan hatten, auf den Testblöcken im Laden, ihr
Herz schlug, als müsste es einen Blutsee abpumpen, sie
wollte die Fledermäuse nicht haben, sie wollte den Abend
nicht haben, sie wollte ihr Leben nicht haben, sie wollte
den Tod nicht haben, und draußen gingen die Lichter aus,
der Mann sollte das Licht anmachen, der Mann sollte die
Fledermäuse wegnehmen, der Mann hatte gesagt, er zeige
sich kooperativ, jetzt war es schon elf oder halb drei in
der Nacht, und die Stille legte sich wie ein Sarkophag über
Elsa, die auf den Morgen wartete und sich vor der Morgenröte fürchtete oder vor einem Sandsturm, der meter-
hohe Verwehungen blasen würde, bis unter das Fenster,

die Wölfe heulten bereits, und die Temperaturen stiegen, es waren fünfunddreißig Grad, wer hatte die Zeitung zugeschlagen, Elsa fand die Seite nicht mehr, mit dem Krieg und der Dürre, Elsa musste raus aus dem Bett, aus dem Zimmer, aus dem Haus und am Kiosk die Zeitung holen, solange der Ventilator noch rauschte und Rufe hallten, von fern aus den Straßen, wenn erst der Strom ausfiele, würde Elsa ausdörren, die Wölfe heulten bereits, und Sirenen tönten, ein Rudel formierte sich direkt vor dem Haus.

Frau Lindström!

Der Mann sollte den Angriff abwehren, das Rudel kläffte direkt unter dem Fenster, die Nachttischlampe war viel zu grell, Elsa wollte das Kabel herausreißen aus der Wand, die Hunde kamen, die Sirenen tönten, der Sand stieg, und morgen würden alle gefunden, nur Elsa nicht, und morgen, das gäbe es nicht, wenn die Pfeile Elsas Kopf durchschossen und ihren Schädel zerschlugen, sich inwärtsbohrten, ins Hirn, der Mann sollte die Pfeile herausziehen, Elsa tropfte schon, und neue Pfeile surrten, immer neue Pfeile, und sobald sie Elsas Augen träfen, gäbe es Smog in Mexico City, und sobald sie Elsas Mund träfen, würden die Kinder vertrocknen, die sie nie gehabt hatte, und Elsa entschied, welches Kind vertrocknete und welches ersoff, Elsa allein entschied das, die alte Jungfer, sie musste den Pfeilen ausweichen, manchmal waren sie einfach zu schnell, als Strafe dafür, dass Elsa das Massaker begangen hatte und die Gefangenen gelyncht und die Bombe geworfen, Elsas Hirn kotzte die Zeitung aus, ihr

Hirn war schon satt vor dem Frühstück, am Bombenkrater sorgte die Feuerwehr dafür, dass der Brand nicht übergriff auf die umstehenden Häuser, Elsas Haare brannten, Elsa musste das Feuer auswalzen, Gewehrsalven zogen über ihren Kopf hinweg und löcherten ihren mageren Körper, aus dem nicht einmal Blut floss, ihre Kleider brannten, ihre Haut brannte, verschmorte wie damals, Elsa wickelte sich in die Löschdecken, hergestellt nach Reichsdeutscher Industrienorm, Nr. 20011.

Frau Lindström, spüren Sie das?

Elsa wälzte sich in ihrem Bett, um die Flammen zu ersticken, Kerzen nie unbeaufsichtigt brennen lassen, nie im Freien verwenden, immer zu Hause verenden, Elsas Schädel krachte gegen die Wand und die Scheibe, und Glas barst in Stücke, und die Nacht kam herein, vierzig Grad, kurz vor dem Schmelzen löschte Elsa den Brand in der Wohnung, in ihrem Kopf steckten Splitter, aber das Glas war nicht bunt, morgen müsste sie ordentlich durchsaugen, man konnte kaum mehr barfuß gehen auf den Kacheln, und hinter den Scherben steckte der Mann und klapperte mit seinen Zähnen, Elsa hätte gedacht, die seien schwarz.

Frau Lindström …

Die Wölfe heulten, der Hof brannte, und Elsa wollte dem Mann erklären, ihr Tag sei die Nacht, der Mann aber hörte sie nicht, sein Mund hatte dunkle Lippen, eine rote Zunge saß tief in seinem Schlund, dann räusperte er sich, dass Elsa die Scherben aus dem Schädel sprangen, es war noch nicht einmal elf oder halb drei in der Nacht, und

Elsas Zimmer war voller Sand, und die Sirenen tönten, und das Rudel kläffte in einem fort, in der Hauptstadt, in der Provinz, in den Bergen, in Berlin, in Brandenburg und in Schlesien, überall herrschte der Ausnahmezustand, die Hunde waren tot, wen fraßen die Ameisen, und wen fraßen die Würmer, bitte nicht füttern, Raubtierhaus ab vierzehn Uhr geöffnet, Karten an der Kasse, bitte hinten anstellen, nur abgezähltes Geld einwerfen.

So ist es gut!

Elsa hatte das Wasser auf den verwüsteten Landstrich geschüttet, in Fernost, die Leute kletterten dann auf die Dächer, das sah immer so lustig aus, und wenn ein Tierkadaver vorbeitrieb, auf einem Foto, auf Seite drei in der Zeitung, riet Elsa, Stier oder Kuh, und das Wasser hatte sie aus der Wüste genommen, dort wuchs nun nichts mehr, die Beduinen liefen Tag für Tag, Kilometer um Kilometer, weil ihre Brunnen versiegten, Bewegung schadete nicht, war gut gegen Krebs, wie der Vater gesagt hatte, auf dem Hof im sonnigen Brandenburg, das zusehends versteppte, gesunde Ernährung, genügend Bewegung, und an den Tierskeletten zählte Elsa die Rippen ab, allein dafür hatte sich alles gelohnt, das Wasser, die Wüste, die Hitze, Elsa war geschrumpft bis zur Unkenntlichkeit, warum schrumpfte nur sie und nicht auch die Angst, die Nacht war zu lang, Elsa konnte das Ende nicht finden, es war elf oder halb drei in der Nacht, und Elsa lutschte das Erbrochene von den Fliesen, die Hunde kamen oder waren alle schon tot, Eis wurde zu Schnee, wurde zu Wasser, wurde zu Sand, wurde zu Feuer, plus vierzig Grad, und im Feuersturm das Zwanzigfache, als der Hof brannte, der absolute Höhepunkt seit Beginn der Aufzeichnungen.

Atmen Sie ruhig!

Gegen vier würde die Welt erwachen, nur Elsa nicht, Fahrstühle würden surren und Bahnen fahren und Uhren ticken, ihr Herz aber schlüge dann nicht mehr, der Mann sollte ihr die Blitze aus dem Kopf nehmen, oder sie würde schreien, der Mann blieb sitzen, auf seinem Hocker, der Mann konnte Elsa nicht auslöschen, die Sonne schien, Sand wehte ins Zimmer, Elsas Kopf war leer wie ein trockener Schwamm, und die Gedanken hatten es weit wegen der Löcher, Elsa war nicht dumm, nur ihre Beine tropften, vor Hitze, vor Angst, wer hatte Elsa geknebelt, dass sie nicht schrie?

Ich bin sofort zurück!

Elsa schlug ihren Kopf gegen die Wand, um sich zu erden, ihr Kopf war kahl, ihr Herz raste, draußen dämmerte es zaghaft, im Halbdunkel faulte die Matratze, die war in der Mitte sehr feucht, und Elsa wollte keine Windeln tragen, jetzt zum Abschied, sie wollte Kinder streicheln, notfalls auch fremde, und ihre Mutter sehen, in Schlesien, nach achtzig Jahren war das auch an der Zeit, Elsa würgte, nur kam nichts, sie war leer, und der Mann sollte sie befreien, so hatte das keinen Sinn, Elsa wollte ein Steak und sich nicht übergeben danach, ihre Arme zuckten, ihr Kopf zuckte, ihr Herz zuckte, sie wollte in Frieden hier liegen, sie rief und schrie, ohne Ton, bis wieder der Hals kratzte, der Mann war fort, Elsas Hände wollten die Flecken wegwischen, der Mann war fort, die tanzten so fies vor den

Augen, der Mann war fort, da konnte Elsa noch lange kratzen, ihre Augen waren geschlossen, die Flecken, die tanzten von innen, die Sonne knallte auf Elsa und auch auf den Hof und die Äpfel, die reiften, in Brandenburg, und Elsa wollte das Tuch wegziehen, der Mann war fort, über den Äpfeln und über der Mutter und über sich selbst, aber sie reichte nicht heran, sie war müde, tief unten im Krankenhauskeller, da wurde sie vergessen, der Mann band sie an Eisenstangen und schlug auf sie ein, mit der Peitsche, niemand schaltete die Blitze aus, die über dem Hof niedergingen und die Obstbäume in Brand setzten, niemand ließ Licht herein, niemand wrang die Matratze aus, und der Most war bitter im Frühling und sauer im Sommer, erst im Herbst war er süß, die Eltern hatten Elsa das Keltern erklärt und die Sorten, Elsa konnte nicht eine benennen, die Früchte brauchten Licht und kein Feuer, und Elsa brauchte Licht und kein Feuer, sie wollte ihre Mutter sehen, Elsa siebzehn, dreiunddreißig die Mutter, krank unter den Laken, auf Elsas Haut bildeten sich Flecken, zwischen Nase und Mund schimmerte es weiß, Schaum vor dem Mund, Schweiß auf der Stirn, geschlossene Lider, und Elsa sah weit unter sich ihren Körper liegen und einen rundlichen Mann zur Tür hereinkommen, und der Mann berührte Elsas Körper am Arm und an den Augen, und Elsa fühlte sich unendlich leicht.

2.
DAS ERSTE MAL

Hendrik Miller kam zu spät. Er war für eine Zigarette auf den Flur gegangen, wo er sofort über Diana stolperte, erneut konnte Miller sich des Eindrucks nicht erwehren, dass seine Tochter trank, sie wirkte fahrig und aufgequollen, was ihr Auftreten im Ghetto zusätzlich verschlechterte, aber eigentlich hatte Miller gerade ganz andere Sorgen, eigentlich hatte er gehofft, dass ebendies nicht passierte, dass er eben nicht auf seine Tochter stieße, auf deren Station er heute zum ersten Mal weilte, aus Gründen, die seine Tochter nicht billigen wollte, was Miller wiederum nicht verstand.

Diana fiel ihrem Vater Hendrik um den Hals, stämmige Arme umfassten einen nicht minder stämmigen, nassen Nacken, ob der Vater schon fertig sei, rief Diana für Hendriks Ohren deutlich zu laut, ob er jetzt öfter komme, rief sie, im Übrigen werde auf ihrer Station nicht geraucht! Miller drückte seine Zigarette aus, Dianas Tonfall in der Öffentlichkeit hatte ihn schon immer zermürbt, zermürbte ihn jetzt aber besonders, da er noch immer die Sommerabendstille dieses Patientenzimmers im Ohr hatte, so still seine Tochter sein konnte, dachte Hendrik, in den kostbaren Momenten zu zweit in der Müggelseevilla, so laut wurde sie draußen, auf der Straße, vor Fremden, auf ihrer

121

Station, und auch wenn Elsa Lindström hinter ihrer Tür schon nichts mehr hörte, erschien Miller das Lärmen der eigenen Tochter wie ein kleiner Skandal.

Hendrik legte den Zeigefinger an seine Lippen und wies mit der anderen Hand auf die geschlossene Tür, hinter der Elsa Lindström mit dem Tode rang, er hoffte inständig, dass seine Geste die Tochter zu keiner Zote verleitete, zu keinem Aufschrei, und tatsächlich schwieg Diana, nickte nur und verfolgte weiter ihre Abendvisite. Im Ghetto heulten derweil Sirenen.

Hendrik Miller kam zu spät. Als er das Zimmer wieder betrat und die Tür hinter sich zuzog, spürte er sofort eine Veränderung, eine sphärische Verschiebung, einen minimalen Wechsel der Temperatur vielleicht, und ihn umschloss eine Stille, die er in seinem Leben in immer nur einer Situation kennengelernt hatte, eine Stille, die auf jeden Einzelnen seiner Abschiede gefolgt war, Hendrik Miller fasste seiner Patientin ans Handgelenk und notierte die Uhrzeit, dann schloss er Elsa Lindström die Augen, draußen kläfften aggressiv und schwachsinnig die Hunde.

Miller blieb noch einige Minuten sitzen, auf dem kleinen Hocker neben dem Bett, er wischte sich den Schweiß von der Stirn auf die Handgelenke und von den Handgelenken an den Hosenbund, er betrachtete Elsa Lindström, ihre breiten Wangenknochen, ihren mageren Körper, unzählige Male hatte Miller neben Patienten gesessen, für die es nichts mehr zu tun gab, unzählige Male hatte diese Stille eine unerklärliche Nähe hergestellt, zwischen ihm und dem Toten, heute aber fühlte Miller sich fremd.

Er kam sich beobachtet vor, als wäre Elsa noch immer am Leben, er fühlte sich fehl am Platz, als hätte sie um Alleinsein ausdrücklich gebeten, die Abfolge seiner Handlungen geriet ins Wanken, sollte er bleiben, sollte er gehen, und in einem beinahe heiligen Moment äußerster Stille, den kein Kläffen und keine Sirenen entweihten, fragte sich Miller, was er hier eigentlich trieb.

Er rief nach seinem Partner, Paul Kungebein hatte mit nervösem Magen im Wartezimmer gesessen, in letzter Minute den Raum verlassen, er wolle doch erst beim nächsten Mal assistieren, sein Magen revoltiere, er müsse sich sammeln, und nun kam Kungebein kreidebleich in Elsa Lindströms Zimmer, das mit einem Bett und zwei Männern keinen freien Winkel mehr bot. Ob alles glatt verlaufen sei?, fragte Kungebein, ohne den Blick auf Elsa Lindström zu richten.

Miller nickte, die Patientin habe ausgesprochen gut auf die Betäubung reagiert und die Wirkung des Pentobarbitals mit Sicherheit nicht mehr mitbekommen, die Patientin habe sich kaum merklich von rechts nach links gewendet, als sie einschlief, und sich dann leider geringfügig erbrochen, sonst aber sei es absolut friedlich geblieben, bis auf die Notarztsirenen draußen und ein Rudel räudiger Rüden, ganz bis zum Schluss.

Ob sie Schmerzen gehabt habe?

Aller Voraussicht nach nicht.

Kungebein atmete auf. Seit Abschaffung von Paragraph

123

216 vor nunmehr einem halben Jahr hatte er sich fast wöchentlich mit Hendrik Miller getroffen, war seine Meinung unumstößlich geworden, und doch zitterten ihm nun, bei seinem ersten Fall, das Kinn und die Hände, und doch quälte nun, am Tag, da es ernst wurde, Übelkeit seinen Magen, und doch fühlte sich Kungebein nun, da er zum Täter oder vielmehr zum Mittäter geworden war, so aufgelöst und so fiebrig, dass er JETZTZEIT und URKNALL und EISZEIT nicht chronologisch zu ordnen vermocht hätte.

Ob sie Zeichen gegeben habe abzubrechen?

Das habe sie nicht.

Paul Kungebein bat Miller um eine Zigarette, Miller verschwieg seinem angeschlagenen Adlatus, dass seine Tochter das Rauchen nicht duldete, steckte dem Jüngeren eine Zigarette an, Kungebein versuchte zu inhalieren, hustete lauthals, hatte Angst, die Tote zu stören, und machte die Zigarette umgehend wieder aus.

Miller zog einen vorläufigen Totenschein aus seinem Arztkoffer, den die Schwestern später auf Elsas Chipkarte scannen würde, er trug den NAMEN der Patientin ein, Elsa Lindström, ihr ALTER, 97 Jahre, ihren GEBURTSORT, Hohen-Kremmen, die TODESZEIT, 19 Uhr 12, und dann tat Miller etwas, das er in seinem Leben noch nie getan hatte und das er in nächster Zeit immer häufiger tun würde, unter TODESURSACHE schrieb er: Natrium Bindestrich Pentobarbital Bindestrich Injektion Komma auf Verlangen.

Miller faltete den Totenschein in einen Umschlag der

AMK, in dem schon Elsas Beratungsschein und ihre Willensbekundung steckten, und damit war die Akte Elsa Lindström auch schon geschlossen.

Hendrik Miller brachte Paul Kungebein nach Hause.

Im Ghetto heulten vereinzelte Sirenen.

3.
REITERDENKMAL

Am nächsten Morgen weckten Kungebein stechende Kopfschmerzen. Schon um sieben Uhr früh umschloss ihn die Luft wie eine feuchtwarme Hand. Paul Kungebein hasste den Sommer, die Hitze, den Schweiß, die geile Natur. Wo man hinspuckte, keimte es, schimpfte er, überall wurde kopuliert und floriert und gebalzt! Im Nebenzimmer hörte er den Vater über die Dielen schlurfen, auf der Suche nach verlorenen Gedanken, wie Kungebein sann, nackt oder wahnwitzig bekleidet, die Unterhose über dem Schlafrock vielleicht oder Pauls Baseballkappe auf den schütteren Haaren, schon der Gedanke, dass er den Vater auch heute zu waschen und zu füttern hatte, nach dem Aufstehen und erneut nach der Arbeit, ermüdete Kungebein, der am liebsten liegen geblieben wäre, seit seiner Kündigung, dachte er, seit seinem Rauswurf hatte sein Leben einen Schlag bekommen und lief nun Gefahr, bei der nächsten Erschütterung gänzlich zu Bruch zu gehen.

Paul rollte stöhnend von seiner Matratze auf die Dielen, blieb auf dem Rücken liegen und starrte an die Decke. Er erinnerte sich an die Aufbruchsstimmung im Frühjahr, an die Abschaffung von Paragraph 216, er schlug mit den Hacken auf den Holzboden, einmal, zweimal, rechts, links, und spuckte dann neben sich in den Staub, die neue Gesetzeslage hatte Deutschland keinen Zentimeter vorangebracht, grübelte er, das Land schien zu dement für die eigene Rettung, er beobachtete, wie auf den Dielen unzählige Bläschen in seinem Speichel zerplatzten, der Paradigmenwechsel ließ auf sich warten, grübelte er, ein Land wie Deutschland hatte einen Mann wie ihn schlicht nicht verdient!

Paul Kungebein legte sich wieder ins Bett, nahm zwei IBUPROFEN und versuchte, sich zu entspannen. Lustlos strich er über seine Shorts, sein Glied war entgegenkommend und regte sich schnell, Paul dachte kaum mehr an Frauen, wenn er sich berührte, oder vielmehr an Mädchen, wie er das früher getan hatte, manchmal blitzten noch Hautpartien auf, die er keinen Gesichtern mehr zuordnen konnte, meistens aber schoben sich wenig hilfreiche Ansichten darüber, ein explodierender Fernseher, ein vertrocknetes Klatschmohnfeld, Berge von Exkrementen.

Heute sah Kungebein diese Ärztin im BERLINER STIFT, diese nicht übertrieben feinsinnige Frau von beachtlichen Ausmaßen, die Hendrik Miller als seine Tochter vorgestellt hatte, ihre auf Orgasmus getrimmten Lippen und ihre traurigen Augen darüber, ihren wippenden Gang, Kungebein war mehr von der Bewegung seiner Hände erregt als von Diana Miller, er kam, ohne etwas zu spüren, Kungebein hatte keinen Spaß, wenn er sich berührte, und wenn er sich nicht berührte, keine Ruhe, immerhin waren die Kopfschmerzen verschwunden.

Paul stand auf und ging unter die Dusche. Ein ungutes

Gefühl plagte seinen Magen, eine Mischung aus Übelkeit und schlechtem Gewissen, vielleicht vertrug er das IBU-PROFEN nicht, dachte er, auf nüchternen Magen, während der Wasserstrahl erst zu kalt und dann brühend heiß seinen Samen fortspülte, aber in Wirklichkeit war es die Scham, die ihm den Morgen verdarb, wie Kungebein sich eingestand, sobald das Wasser eine akzeptable Temperatur erreicht hatte.

Paul Kungebein war nie zuvor im BERLINER STIFT gewesen, und die Zustände hatten ihn schockiert, die klapprigen Leiber, die dumpfen Blicke, der klebrige, heiße Geruch auf den Gängen, und als Hendrik Miller die Spritze vorbereitet hatte, war Magensäure in Kungebeins Mund geschossen, war Kungebein ins Wartezimmer geflohen, und nun wollte er nicht wahrhaben, dass er ausgerechnet bei ihrer ersten Patientin nicht assistiert hatte.

Paul stellte das Wasser ab, öffnete den Duschvorhang und erschrak. Direkt vor ihm stand Victor, Paul hatte ihn nicht herannahen gehört, der Vater trug seinen Stoffbären, der Vater weinte, der Vater war nackt. Kungebein atmete tief durch, trocknete erst sich ab und dann seinen Vater, dem unaufhörlich Tränen über das stoppelige Gesicht liefen, Paul hasste es, Victor zu rasieren, sein Bart war hart, und früher oder später begann der Vater immer zu bluten.

Victor drückte seinem Sohn den Stoffbären in die Hand und nuschelte einige Silben, aus denen Paul nach wochenlanger Übung nun MARIE-SOPHIE heraushörte, Victor sprach öfter von seiner Frau in letzter Zeit, Paul wollte

nichts hören von seiner Mutter, die er kaum kennengelernt hatte, der er den frühen Tod nicht hatte verzeihen
können und die nun in Victors löchrigem Hirn aufs Un-
heimlichste wiederauferstand, MARIE-SOPHIE, nuschelte
der Vater erneut, und Paul nahm unwirsch den Stoffbären
entgegen.

Der Bär war eindeutig ein Männchen, befand Kungebein, der nicht verstand, warum Victor das Stofftier nach
seiner verstorbenen Frau benannt hatte, dann fiel sein
Blick auf eine Stelle zwischen den Beinen des Bären, wo
sich der Faden löste, wo Schaumstoffteile hervorquollen,
und dunkel verstand Paul Kungebein doch etwas, wenn er
auch nicht hätte benennen können, was das war.

Victor zeigte auf sich und dann auf den Stoffbären,
heulte unvermindert, er spielte den Alten, der wieder zum
Kind wurde, dermaßen perfekt, dass sein Sohn einen Augenblick glaubte, der Vater mache sich über ihn lustig,
dann aber riss der Vater den Bären wieder an sich und
warf das Tier auf die Badezimmerkacheln, die Glasau-
gen quietschten, Victor drosch mit geballten Fäusten auf
seinen Sohn ein, der Vater war alt, aber nicht schwach,
wie Paul erneut konstatierte, Victor trat seinem Sohn gegen das Schienbein, Paul ging unmittelbar in die Knie,
wirkte wie ein Stallbursche, der auf einem Reiterdenkmal
zum Helden aufsieht, Vater und Sohn waren noch immer
nackt.

Der Morgen brachte eine gnadenlos heiße Sonne.

4.

IM WACHTURM

Kungebein hatte sich das alles anders vorgestellt.
Statt im strahlenden Licht der Öffentlichkeit zu stehen,
saß er nun Tag für Tag in diesem dunklen Wachturm,
den Miller und er für die Agentur angemietet hatten, die
Wände schienen Tag für Tag näher zu rücken, die Luft
Tag für Tag modriger zu werden, und das Ende Juni, der
Wachturm bröckelte im Schlesischen Busch, im Osten der
Stadt, ein uraltes Bauwerk war das, aus einer Zeit, als Berlin
schon einmal in Ost und West geteilt war, wie Kungebein
aus dem Schulunterricht wusste, wenn auch damals
aus gänzlich anderem Grund.

Paul Kungebein machte sich nichts aus Geschichte, allenfalls
wollte er selbst welche schreiben. Er knipste einen
Haluxstrahler an, der Wachturm hatte nicht einmal
Fenster, nur zinnenartige Lichtschächte, aus denen die
Fluter gestrahlt hatten, damals, auf der Suche nach Grenzflüchtlingen,
die dann im Kegel der Suchscheinwerfer erschossen
wurden. Die Menschheit hatte bislang ziemlich
sinnlos getötet, dachte Kungebein, der sich fragte, ob sich
daran gerade etwas änderte, durch einen der Lichtschächte
sah er, wie über der Schlesischen Straße der Morgentau
verdampfte.

Die Schlesische Straße war eine der letzten Kiezstraßen

in Berlin, mit Läden, die ausschließlich Gürtelschnallen verkauften oder Ohrringe stachen, und manchmal taumelten am Morgen echte Clubleichen über die Straße, fröstelnde Mädchen in irrsinnig dünnen Tops, bekifft und mit Augenringen, wie früher, dachte Kungebein dann, er selbst war seit Monaten nicht mehr ausgegangen, er kannte nur mehr die Pflege seines Vaters und die Arbeit im Wachturm, beides bewahrte Kungebein vor quälenden Gedanken, beides bewahrte Kungebein vor Selbstekel, ein Sozialleben vermisste er nicht.

Er hatte erwartet, dass die Presse ihm den Wachturm einrennen würde, nachdem er die Anzeige geschaltet hatte. Das schlägt ein wie Grenzschüsse!, hatte auch Miller gepoltert und sich vor Lachen auf den Kopf geschlagen, aber die Anzeige war nahezu unbeachtet geblieben. Obwohl er es nicht wollte, blickte Kungebein erneut auf den Zeitungsausriss, den er neben seinem Schreibtisch an die unverputzte Wachturmwand geheftet hatte.

HILFE FÜR DIE LETZTEN STUNDEN

AMK

WEB WWW. AMK.DE
FON 030 767 767

Das konnte ja auch ein Begleitdienst für erektions-schwache Greise sein!, zürnte Kungebein, der den Text viel konkreter haben wollte, aber Miller hatte gewarnt, man dürfe die Leute nicht erschrecken, so eine Thematik könne man nicht herausschreien wie Schlussverkaufsan-gebote, da habe man diskret zu formulieren, und schließ-lich hatten sich die beiden nach einer langen Nacht in der Müggelseevilla auf diesen knappen Text geeinigt, mit-hilfe von Elenas Lachsschaumspeise und mehreren Fla-schen Wein.

AMK, hatte Miller in den frühen Morgenstunden geju-belt, das sei klinisch und vertrauenswürdig und zusam-men mit dem Motto auch deutlich, HILFE FÜR DIE LETZ-TEN STUNDEN, das sei seriös und zurückhaltend und in der Betonung des Hilfsaspekts sogar tröstend und über-aus fair. Kungebein hatte nach deutlich zu viel Weißwein nicht mehr alles verstanden und der Einfachheit halber nicht insistiert. Zum Abschied hatte er sich großzügig an Millers Hausapotheke bedient, DIAZEPAM und Magengel und TAVOR gleich päckchenweise eingesteckt und war dann weinselig zum Taxistand gewankt.

Kaum nüchtern geworden, hatte er bedauert, nicht plum-per formuliert zu haben, HILFE BEIM STERBEN etwa oder: OHNE LEID AUS DEM LEBEN, und genau das bedauerte er noch immer, schließlich hatte es nur eine einzige Pati-entin gegeben, hatte man Hunderte potenzieller Kunden gar nicht erreicht. Andererseits, hoffte Kungebein, würde das Interesse schon noch erwachen, würde die Agentur zum Symbol einer ganzen Epoche werden und ein neues

Menschenbild repräsentieren, und da hoffte Paul Kungebein zu Recht.

Geduld!, sagte er sich.

Geduld!

5.
REIN THEORETISCH

Als Kungebein gerade das Haluxlicht über seinem Schreibtisch löschen und nach einem langen, heißen Arbeitstag den Wachturm verlassen wollte, ging das Telefon. Kungebeins Puls schoss wie immer in die Höhe, seine Gedärme revoltierten, er hasste sein vegetatives Nervensystem, ein banales Telefonsignal trieb ihm die Nässe unter die Achseln, er wurde ja schon wie sein Kollege, dachte er, auch wenn Hendrik Miller nicht aus Nervosität schwitzte, sondern weil er zu viel Körpermasse mit sich trug, Kungebein klickte auf das Telefonsymbol.

Über den Lautsprecher meldete sich ein Hermann Borges, Kungebein fragte sich, ob er den Namen nicht schon einmal gehört habe, aber das hatte er nicht. Die Stimme des Mannes rasselte und raspelte, als müsse er jede Silbe von einem Holzbrett hobeln, der Mann war mindestens siebzig, schätzte Kungebein, beim Sprechen zog der Greis alle Register, der Greis war das reinste Konzert! Glücklicherweise war Hermann Borges kein Mann von vielen Worten, er habe Krebs im Endstadium, warf er Kungebein an den Kopf, Magenkrebs, die Metastasen hätten schon weitläufig gestreut.

Er liege seit seiner ersten Operation im Ghetto, Hermann Borges korrigierte sich, sagte: im BERLINER STIFT, seit nunmehr sieben Jahren, die Ärzte schnitten und nähten an ihm herum, sagte er, wie Schneiderlehrlinge im letzten Jahrtausend an einer Textilprobe, er fühle sich schon ganz löchrig und abgegriffen, er habe keine Lust mehr auf die nächste Spritze, das nächste Messer, auf die nächste Operation. Hermann Borges kam aus dem Erzählfluss, machte eine kurze Pause, in der Kungebein sich bemüßigt fühlte, eine Frage zu stellen, aber noch ehe die formuliert war, fuhr Hermann Borges bereits fort.

Er liege nun zufällig genau auf dieser Station, auf der am Vortag eine traurige Frau ihr trauriges Ende gefunden habe, und das – nun, sagte Hermann Borges und suchte nach Worten: Gewissermaßen aus eigenem Willen beziehungsweise früher als nötig – nein, so könne man das auch nicht sagen, er habe die Frau gekannt, es war allerhöchste Zeit, sie sei nun eben –

Auf Verlangen aus dem Leben geschieden, sagte Kungebein, der mit Gesprächen dieser Art noch immer wenig erfahren war und besser geschwiegen hätte, Hermann Borges am anderen Ende der Leitung verstummte, sagte nach einer quälend langen Pause, auf der Station werde von der AMK gemunkelt, hinter vorgehaltener Hand, und er wolle natürlich nicht aus dem Leben scheiden, hierbei zwang sich Hermann Borges zu lachen, über etwas, das absolut bar jeder Komik war, er wolle sich lediglich informieren: wie so etwas, rein theoretisch, denn vor sich gehe?

Und nun kam Kungebein zum Zug. Auf diesen Teil des Gesprächs war er bestens vorbereitet. Er zog den Richtlinienkatalog für das Töten auf Verlangen aus dem Regal, auch wenn er längst nicht mehr hineinsehen musste, er ordnete die Stifte auf seiner Schreibtischunterlage und legte los. Seit Abschaffung von Paragraph 216 sei das Töten auf Verlangen straffrei, begann er etwas mechanisch, und Hermanns Atem rasselte ungeduldig, unter zwei simplen Prämissen, fuhr Kungebein fort, zum einen müsse der Patient eine Willenserklärung vorlegen und zum anderen einen Beratungsschein, Herr Borges könne sich das wie beim Schwangerschaftsabbruch vorstellen, das sei eine reine Formalität.

Borges atmete hektisch, das Rasseln wurde lauter. Die Willenserklärung habe er sich natürlich schon gedacht, schnaufte er ungeduldig. Wie man aber, rein theoretisch gefragt, zu diesem Beratungsschein komme? Kungebein antwortete präzise. Den Schein erhalte der Patient nach einem Beratungsgespräch, die AMK arbeite da mit dem Leiter der Ärzte-Ethik-Kommission zusammen, von der CHARITÉ, der Mann sei medizinisch wie ethisch versiert, und dann, sagte Kungebein, nun, dann stehe – er stoppte, der weiteren Behandlung, sagte er, gewissermaßen nichts mehr im Weg.

Hermann Borges schwieg. Wieder rasselte sein Atem. Das sei wirklich alles? Da könne ja jeder, der gerade keine Lust mehr habe – Paul Kungebein fiel ihm ins Wort. Er habe da etwas vergessen, der Patient müsse im Vollbesitz seiner geistigen Kräfte sein – gut, das erübrige sich ja in diesem – er unterbrach sich und wurde rot, obwohl niemand ihn sah, in dieser – Agentur, also hier sei ja niemand verrückt, nicht wahr?

Verärgert über sich selbst, fegte er die Stifte von seiner Schreibtischunterlage und hob sie einzeln wieder vom Boden auf. Wichtig sei jedenfalls, sagte er, sobald er wieder über der Schreibtischplatte auftauchte und somit das Telefon erreichte, dass der Patient aus freiem Willen handle, er müsse glaubhaft machen, dass er keinem Druck ausgesetzt sei, durch die liebe Verwandtschaft etwa oder durch eine materielle Not.

Borges lachte verbittert, Kungebein glaubte, einen Schleimtropfen aus Hermanns Lunge auf das Sprechmikro des anderen fallen zu hören, die Verbindung klang plötzlich gedämpft, Kungebein leckte mit der Zunge über seinen rechten Zeigefinger und glättete damit seinen Scheitel, Familie!, rief Borges, Verwandtschaft!, Sie sind ja wirklich 20. Jahrhundert!

Paul Kungebein überprüfte seinen Scheitel, der sich in der Verglasung des Lichtschachtes vor ihm spiegelte, und dann, schloss er in aller Ruhe, müssten mindestens drei Monate vergehen zwischen der Beratung und dem weiteren Vollzug. Kungebein nickte zufrieden und wandte den Blick von seinem Spiegelbild, nach Ablauf der drei Monate, sagte er, müsse der Patient wieder anrufen, und falls er das nicht tue, melde sich selbstverständlich auch die AMK nicht mehr.

Der letzte Satz schien irgendetwas zu bewirken mit Hermann Borges, der Mann schien freier zu atmen, das Rasseln wurde leiser, nach kurzem Schweigen sagte der Mann ziemlich gefasst, er habe nur eine schmale Rente und keine Rücklagen. Er druckste ein wenig herum.

Wie viel der Vorgang denn koste?

Das sehe man dann.

Nein, nein, insistierte Hermann Borges, er müsse sich eine Vorstellung machen, natürlich hänge seine Entscheidung nicht vom Geld ab, wie überhaupt er gar nicht plane, die Dienste der AMK in Anspruch zu nehmen, er habe sich lediglich erkundigen wollen, er wolle lediglich eine Alternative haben zu seinem Tod auf Raten, rein theoretisch, sagte Borges, und dabei interessiere ihn eben auch der Preis.

Kungebein holte ein wenig aus, den Preis könne er nicht nennen, der hänge von der Versicherung ab, jeder Mensch sei eben verschieden, die AMK biete da keine Sorglospakete an, jedes Detail müsse individuell geklärt und besprochen werden, nein, auch einen ungefähren Rahmen könne er nicht nennen, irgendwann dankte Hermann Borges und legte vorsichtig auf.

Auch Kungebein klickte die Verbindung weg. Wie sollte er dem Mann erklären, dass das Komplettprogramm zehntausend Euro kostete? Wenn er den Preis nannte, musste er auch erklären, wie der Preis zustande kam, musste er von Särgen und Urnen sprechen, die zu bezahlen waren, und die Friedhofskosten aufzählen, für die Kapelle, für das Ausbuddeln des Lochs, und wenn er mit solchen Begriffen um sich warf, Urne, Loch, Sarg, da hatte Hendrik Miller ganz recht, erschreckte das nur die Interessenten.

So aber konnte Kungebein befriedigt den Computer herunterfahren, die Stimme des Mannes hatte erleichtert geklungen am Schluss, als habe die AMK dem Mann neue Sicherheit gegeben, neuen Lebensmut, das war nun auch wieder übertrieben, gestand sich Kungebein ein, aber immerhin hatte der Greis selbst von einer Alternative gesprochen, die er nun habe, immerhin war der Greis nun dem gestundeten Verfall entrissen, den seine Krankheit mit sich brachte, Paul Kungebein hatte dem Mann jetzt schon geholfen, auch wenn er hoffte, Hermann Borges bäte um ein weiteres Gespräch.

Immerhin sollte für die Agentur auch etwas dabei rausspringen und für Kungebein selbst, der seinen guten Namen bei der DEUTSCHLANDZEITUNG gegen absolute Bedeutungslosigkeit getauscht hatte, wie er immer klarer erkannte, seine ehemalige Redakteurin machte sich längst über ihn lustig, dachte Kungebein, der seit fünfzehn Jahren Single war, zwischen seinem Leben und seinen Träumen tat sich eine täglich größere Schere auf.

Er empfing Millers Befehle, statt selbst welche zu geben, er spähte Frauen und Mädchen hinterher, statt selbst bestaunt zu werden, und anstatt zum Gegenstand der Berichterstattung zu werden, berichtete der ehemalige Starjournalist nicht einmal selber mehr. Kungebein knirschte mit den Zähnen, als er sich an seinen schneidigen Auftritt auf der Pressekonferenz erinnerte, das Publikum war ihm abhandengekommen.

Geduld!, sagte er sich.

Geduld!

Kungebein löschte das Licht im Wachturm. Wie so oft hätte er gern auch sein Hirn ausgeschaltet, und wie so oft fand er dazu den Schalter nicht, er verließ das Gebäude, eine warme Abendbrise empfing ihn, an einem Stand vor dem Schlesischen Busch trank Kungebein drei Bier auf nüchternen Magen, dann fuhr er mit dem Taxi in die Oranienburger Straße.

Mit jedem Stockwerk, das er zu seinem Loft hinaufstieg, wurde es wärmer, im Dachgeschoss stand die Luft wie eine Wand, Kungebein brachte seinen Vater ins Bett, er selbst rang über zwei Stunden mit dem Schlaf, die Sommernacht kühlte kaum ab, von draußen drangen die Stimmen Betrunkener ins Zimmer, erschöpft war Paul Kungebein, aber müde war er nicht.

6.
GLÜCK

Hermann Borges legte das Display, mit dem er das Bett bewegen, die Schwester rufen und telefonieren konnte, auf seinen winzigen Nachttisch und rückte es zurecht, bis die Kanten des Geräts parallel zu den Kanten des Nachttischs verliefen, Hermann Borges legte sich zurück aufs Bett, faltete die Hände über dem Geschlecht und fing an zu weinen. Es hatte ihn große Mühe gekostet, klar und präzise die Fragen zu stellen, von denen er ein Leben lang gedacht hatte, dass er sie mit sich selbst ausmachen würde, wenn es mal so weit wäre, und nun war es seit Jahren so weit, und er hatte nichts mit sich ausgemacht, und allein kam er nicht mehr zurecht.

Borges versuchte durchzuatmen, der Schleim rasselte in seiner Luftröhre, sein Magen blubberte, und er fühlte sich, als würde er seinem Körper innerlich beim Verfall zusehen, erst war die Verdauung ausgefallen, und bald fiele die Leber aus oder die Atmung, Hermanns Hand blieb an seinem Kotsäckchen hängen, er lupfte einen Spalt breit die Decke, das Säckchen war randvoll.

Es schockierte ihn, wie technisch er soeben sein Leben verhandelt hatte, dass er seinen Tod bestellen konnte wie eine Pizza, er erinnerte sich, mit welcher Begeisterung er im Frühjahr von der Abschaffung dieses unsäglichen Paragraphen gelesen hatte, wie er geglaubt hatte, einem stillen Tod stünde nichts mehr im Wege, nun aber fragte er wildfremde Menschen nach dem Preis für einen Tod, den er nicht wollte, nach dem er sich sehnte, der ihn bedrückte, das war kein stiller Tod, dachte Hermann, das war beinahe schon schrill.

Er fürchtete, das Kotsäckchen würde ihm vom Bauch springen und das Bett einsauen, wenn es sich noch weiter füllte, er hatte kaum gegessen heute und gestern überhaupt nicht, er fragte sich, woher all der Kot kam, wahrscheinlich hatte der Krebs wieder eine Magenwand durchbrochen oder ein inneres Organ und spritzte nun um sich mit Wundsekret.

Hermann Borges erinnerte sich an Elsa Lindström, die nur drei Monate auf der Station gelebt hatte, und er verbat sich zu sagen: gewest, immerhin hatte die Frau einen unglaublichen Humor gehabt – Wünschen Sie mein Essen? Nein, nur Ihren Tod! –, und zudem hatte Borges mit ihr über den neuen Golfkrieg sprechen können, über die Überschwemmung in Fernost, die Frau war wirklich belesen gewesen, manchmal aber hatte sie Borges nicht einmal erkannt.

Er beneidete Elsa, wie er sie zum Schluss noch hatte nennen dürfen, um die Ruhe, die ihr nun beschieden war, und ihrem Mut zollte er den größten Respekt. Warum sollte er nicht auch diese Hilfe annehmen, nicht morgen, nicht übermorgen, denn nichts anderes als eine Hilfe war das, wenn ein Todkranker nach einem kurzen Intermezzo, wie Hermann das nannte, nach einer kurzen Grauphase, friedlich aus dem Leben schied, eine Hilfe war das, auch für die Angehörigen, die das Leiden der Liebsten nicht mehr ertrugen, eine Hilfe, zumal der Tote selbst, oder warum nicht gleich: er, Hermann Borges, ohnehin nicht mehr würde bedauern können, dass er nicht mehr am Leben oder, genauer gesagt: nicht mehr am Sterben wäre – Borges brach ab.

In seinen Gliedern pulsierte eine nervöse Wärme, ein klebriger Film überzog seine Haut. Der Sommer hatte kein Nachsehen und drückte schwüle Luft durch die Fenster, auf den Gängen und Zimmern stank es noch feuchter, noch süßlicher als sonst, und Borges atmete schwer. Seit er mit einem Rädchen die Morphiumdosis selbst regulieren konnte, hatte er keine Schmerzen mehr, aber so blieb ihm nur noch das Denken, war mit seinem Körper eine weitere Ankerkette, die ihn am Leben gehalten hatte, brutal und für immer gekappt. Manchmal sehnte er sich nach seinen Schmerzen, aber wenn er nicht Tag für Tag an dem Rädchen drehte, käme wie ein Schwert der Entzug.

Es klopfte an der Tür, und im selben Augenblick füllte Diana Miller den Türrahmen aus. Hermann Borges stöhnte, sein Bauch blubberte, er wusste genau, was jetzt passierte, und er wandte hastig den Kopf ab. Guten Abend!, rief Diana, Hermann lag genau in der Mitte des Betts, die Arme symmetrisch abgewinkelt, er wolle nicht schlafen, sagte er, den Kopf noch immer von Diana abgewandt, er habe nachzudenken, sein Tag sei noch lang nicht vorbei.

Morgen früh, so Gott wolle, lächelte Diana, könne er

143

weiter nachdenken, sie legte ihre weichen Hände an Hermanns stachelige Wangen, und Hermann Borges wollte sich nicht eingestehen, dass er Diana Millers Auftritt verabscheute und gleichzeitig ihren Körper unter sein Laken sehnte, da war man vierundsiebzig geworden, hatte drei Krebsoperationen hinter sich und soeben mit der AMK telefoniert, um aus dem Leben zu scheiden, und dann dachte man beim Anblick eines zugegebenermaßen außergewöhnlichen Busens sofort wieder an Sex.

Statt mit ihrem Patienten zu schlafen, wechselte Diana Miller seinen Kotsack, sie zog eine Spritze auf und beugte sich über Borges, um zuzustechen, ob er geweint habe, fragte Diana und schien sogar einen Moment lang auf eine Antwort zu warten, und das Letzte, was Hermann sah vor dem Einschlafen, war rund und gleichmäßig und ziemlich voluminös und machte ihn für wenige Sekunden zu einem glücklichen Mann.

Diana Miller faltete ihrem Patienten die Hände.

7.
FLIEGENKLATSCHE

Paul Kungebein kratzte sich schon beim Aufwachen, sein Laken war nass. Rote Pusteln übersäten seinen Bauch und seinen Rücken, die Pusteln juckten, er hatte schon jetzt keine Lust mehr auf den Tag. Gerade wollte er sich über die Schlurfgeräusche des Vaters aufregen, als er feststellte, dass sich in seinem Loft nicht mal ein Staubkorn bewegte, alles war still.

Seit einigen Wochen brauchte der Vater Auslauf wie ein Zootier, er hielt es kaum fünf Minuten am gleichen Fleck aus, tigerte vom Bad in die Küche, in die Galerie und zurück, es müsste überdimensionale Laufräder für Demenzkranke geben, dachte Kungebein, der weiter an den Quaddeln seiner Nesselsucht herumkratzte und damit den Juckreiz erst stimulierte, von einem Hamster, dachte er, unterschied den Vater nicht mehr sehr viel.

Aus dem Nebenzimmer drang Stöhnen, Kungebein stand auf. Victor lag noch immer im Bett, die Hand auf der Stirn, auch Victors Laken war nass, er wälzte sich von links nach rechts, Paul nahm die Hand des Vaters beiseite, auf der Stirn prangte ein anständiges Horn. Ob er sich verletzt habe? Der Vater fing an zu weinen, sobald er das Mitleid in Pauls Stimme heraushörte, das könne man so und so sehen, sagte Victor, er bleibe heute im Bett.

Paul wusste, dass der Vater sein unstetes Herumwandeln eines Tages durch umso steteres Herumliegen ersetzen würde, aber dass der Augenblick schon unmittelbar bevorstand, tat ihm weh. Ob der Vater nicht frühstücken wolle? Victor rieb seine Stirn, das könne man so und so sehen, dann hielt er seinem Sohn den Stoffbären vor die Augen, Marie-Sophie habe ihn im Übrigen deutlich besser umsorgt.

Paul spuckte halbherzig auf die Dielen, wenige Tröpfchen nur und durch die Zähne, seine Haut juckte, Marie-Sophie war seit dreißig Jahren tot. Paul glaubte, jeden seiner Nervenstränge einzeln singen zu hören, kurz vor dem Zerreißen, schließlich stellte er dem Vater Wasserflaschen und Zwieback ans Bett, duschte flüchtig und verschwand zur Arbeit.

Im Wachturm überflog er seine Mails, er klickte sich durch Mahnungen von der Bank und durch Mahnungen vom Finanzamt, ein halbes Jahr nach Gründung der AMK musste Kungebein die ersten Kredite an den Staat zurückzahlen, er fragte sich, mit wessen Geld er das tun sollte, dann hörte er den Postboten, und erleichtert über die Zerstreuung, stieg er die Treppe hinab und leerte den Briefkasten. In der Post lag ein altmodischer Briefumschlag mit handgeschriebener Adresse und echter Briefmarke, aufgegeben im BERLINER STIFT.

Kungebein zerriss den Umschlag. Eine handgeschriebene Karte fiel heraus und dann ein maschinengeschriebener Brief. Auf der Karte bedankte sich Hermann Borges für das Telefonat, er wolle vorerst keine weiteren Dienste der AMK in Anspruch nehmen, schrieb er in mickriger Schrift, allein das Wissen, jederzeit aus dem Leben scheiden zu können, beruhige ihn, gebe ihm sogar neuen Lebensmut, er fühle sich dem obszönen Zeitplan seiner Krankheit nicht mehr ganz so unwürdig ausgeliefert, Hermann schulde der AMK tief empfundenen Dank.

Geld spült das nicht in die Kassen, dachte Paul Kungebein und las weiter. Im Anhang finde er, schrieb Hermann Borges in seiner mickrigen Schrift, den maschinengeschriebenen Hilferuf seiner Zimmernachbarin, einer erst siebenundvierzigjährigen Frau, die am ganzen Körper gelähmt sei, Details entnehme Kungebein bitte dem beiliegenden Brief! Mit freundlichen Grüßen, Hermann Borges.

Paul Kungebein schnupperte an dem Briefpapier, das süßlich roch und modrig, er hatte den Pflegeheimgeruch sofort wieder in der Nase, Elsa Lindströms tote Glieder sofort wieder vor Augen, er zog seinen Scheitel glatt und begann zu lesen.

SEHR GEEHRTE DAMEN UND HERREN,
VOR SIEBEN JAHREN STÜRZTE MICH DIE DIAGNOSE AMYOTROPHE LATERALSKLEROSE IN EINEN ABGRUND, UND SEITDEM FALLE ICH UND FALLE UND FALLE. ERST FIEL ICH VOM RAD, DANN STÜRZTE ICH BEIM GEHEN, DANN FIEL ICH AUS DEM ROLLSTUHL, DANN FIEL MEINE ATMUNG IN SICH ZUSAMMEN, ICH WURDE KÜNSTLICH BEATMET, SEIT ZWEI JAHREN BIN ICH LOCKED-IN. AM GANZEN KÖRPER GELÄHMT. EINGESCHLOSSEN. AUSGEKNIPST. ICH KANN MIR NICHT MAL EINE FLIEGE VON

147

DER NASE VERTREIBEN. DIESEN BRIEF SCHREIBE ICH MIT EINEM COMPUTER, DER AUF DIE BEWEGUNGEN MEINER AUGENLIDER REAGIERT. DARAUF BELÄUFT SICH MEINE LETZTE SPORTLICHE BETÄTIGUNG. ICH KANN MIT NIEMANDEM SPRECHEN, ICH KANN NIEMANDEN SPÜREN, VOR KURZEM WURDE ICH VIER STUNDEN IM HEBEKRAN VERGESSEN UND KONNTE NICHTS DAGE-GEN TUN. ICH KANN NICHT MEHR. FÜR DIESEN BRIEF HABE ICH DREI TAGE GEBRAUCHT. SIE SIND MEINE LETZTE HOFFNUNG.

MIT FREUNDLICHEN GRÜSSEN,

MAREN UVERATH

Paul Kungebein las den Brief ein zweites Mal. ICH KANN MIR NICHT MAL EINE FLIEGE VON DER NASE VERTREI-BEN. Er kratzte seine Quaddeln blutig, dann las er den Brief ein drittes Mal. Er verstand nicht. Irgendwas ver-stand er natürlich doch, aber er konnte sich keine Vorstel-lung von diesem Leben machen, von diesem Sterben viel-mehr, er wusste nicht, ob er sich etwas vormachte, aber er glaubte, die Frau tue ihm leid.

Kungebein blickte in die Haluxlampe über dem Schreibtisch, das Licht war grell, er kniff die Augen zu-sammen und wandte den Blick ab, vor seiner Netzhaut tanzten grüne und rote Flecken wie schlecht verkleidete Gespenster. Gegen seinen Willen überlegte er, ob er lie-ber einen Vater hätte, der solch klare Briefe schrieb, wie Maren Uverath es vermochte, einen Vater, der klar war im Kopf, aber im eigenen Körper gefangen.

Oder, überlegte er, war ihm der eigene Vater lieber, der wirr war im Kopf, dessen Körper aber funktionierte? Lieber klug und lahm, fasste Kungebein zusammen, oder lieber blöd und vital? Seine Gedanken manövrierten ihn zielsicher aufs Abstellgleis, Victor war sowohl blöd als auch lahm, dachte Kungebein, Victor lag bei Zwieback und Wasser im Bett. Am liebsten hätte er gar keinen Vater, dachte Kungebein, der an seinem Vater hing wie an niemandem sonst, Paul fischte einen Flachmann aus der Schublade seines Schreibtischs, der Schnaps tat ihm gut.

Wie sollte Maren Uverath zu helfen sein? Dieser von einem toten Körper umschlossenen Seele? Die Frau konnte keinen Beratungsschein unterzeichnen und keine Willensbekundung aufsetzen, die Frau war ein fleischgewordenes juristisches Wagnis. Die AMK würde erneut auf Hendrik Millers Kontakte zurückgreifen müssen. Schon bei Elsa Lindström hatte es einiger Anrufe bedurft, um ihre Willensbekundung abzunicken. Kungebein lächelte. Die Frau war hochgradig verrückt gewesen. Kungebeins Lächeln erstarb. Nein, korrigierte er sich, hochgradig dement.

Er musste unbedingt Hendrik Miller sprechen.

8.
DAS PODEST

Hendrik Miller raste mit dem Taxi von der CHARI-TÉ zum Müggelsee. Ob man wirklich nicht etwas schneller fahren könne? Die Straßen seien doch frei! Der Fahrer nuschelte einige Schimpfwörter, und statt zu beschleunigen, bremste er ab, exakt vor dem Schild, das TREPTOW ankündigte und KREUZBERG mit einem Schrägstrich verabschiedete, der Fahrer, ein nicht mehr ganz jugendlicher Mann mit usbekischem Migrationshintergrund, ein Rudiment der fehlgeschlagenen Volksverjüngungspolitik zu Beginn des dritten Jahrtausends, fuhr rechts ran und sagte: So nicht! Der Mann öffnete die Beifahrertür und schob Hendrik Millers massigen Körper vom Sitz wie einen Sack schimmeliger Äpfel.

Miller krallte sich an der Autotür fest und hinderte den Usbeken am Losfahren. Warum hielt dieser rakiverblödete Ölhaarträger ausgerechnet vor dem Wachturm im Schlesischen Busch? Paul Kungebein hatte den ganzen Tag in der CHARITÉ angerufen, und Miller hatte sich den ganzen Tag verleugnen lassen, eine erfundene Notoperation war von seiner Sekretärin Stunde um Stunde verlängert worden, in Wirklichkeit hatte Miller den ganzen Tag über Aktenbergen gebrütet, er operierte schon lange nicht mehr selbst, es sollte mal wieder ein Medikament gegen

Demenz getestet werden, er hasste Aktenberge, über Aktenbergen wurde er fickerig wie ein Teenager, über Aktenbergen rauchte er wie der Held eines vergessenen Stummfilms.

Hendrik Miller redete auf den Taxifahrer ein, er sei viel zu spät dran, seine Frau werde ihn lynchen, dann schielte er nach rechts, der Wachturm leuchtete in der Abendsonne, Miller betete, dass Kungebein nicht in diesem Moment zur Tür herauskäme, und weil er vom Beten nicht sonderlich überzeugt war, schob er dem Taxifahrer einen unsittlich hohen Schein zu.

Einsteigen! Wir fahren los!

Der Parkplatz vor dem Miller'schen Anwesen war voller PEUGEOTS und CITROËNS aus den Neunzigern, die auf Wasserstoff-Hybridantrieb umgerüstet waren und sich nun als trashige Oldtimer bei Berliner Kunstschaffenden großer Beliebtheit erfreuten, Hendrik Miller waren diese lemminghaften Moden zuwider, mal mussten es Oldtimer sein, und dann kamen alle mit dem Elektrorad, mal wurde geächtet, wer Schwarz trug, und mal kaum hereingelassen, wer Farbtupfer vorzeigte, Miller lief im immer gleichen Leinenanzug herum und fuhr ausschließlich Taxi, er liebte Elena, aber natürlich verstand er sie nicht.

Als Miller den Garten erreichte, stand Elena auf einer hölzernen Plattform zwei Meter über dem Boden, inmitten von Wasserbällen, sie trug ein schwarzes Kleid, das jeder als Unverschämtheit begreifen musste, der Elena am Abend nicht mit sich ins Bett nehmen durfte, ihre Haare leuchteten in der Sonne, sie wirkte, als sei sie nicht die Treppe zu ihrem Podest hinaufgestiegen, sondern vom Himmel herabgeglitten, und als sie Hendrik erkannte, unterbrach sie kaum merklich ihre Ansprache, schielte auf ihre Armbanduhr, was kein Künstler bemerkte, was Hendrik sofort in den Magen fuhr, Elena nickte ihrem Mann zu und sprach weiter.

Während ihrer Rede, auf die Hendrik sich noch immer nicht konzentrieren konnte, begann Elena, mit den Wasserbällen zu jonglieren, mit einfarbigen und gemusterten, mit bedruckten und unbedruckten, ein regenbogenfarbener Ball wurde von einer Weltkugel abgelöst, ein Porträt des Kanzlers von militärischen Tarnfarben, ihr Podest sei aus genau den Holzstämmen gefertigt, sagte Elena nun, die noch bis vorgestern darunter gewachsen seien, sie habe nicht einen Kubikzentimeter Fremdholz verwendet, elegant jonglierte Elena weiter, einige rot gefärbte Damen, die bewundernd zum Podest hinaufblickten, zu den auf und ab steigenden Bällen, klatschten entzückt in die Hände, das Holz sprieße aus dem Boden, sagte Elena, diene dann einem Individuum, also ihr, Elena Miller, und dabei schloss sie für eine knappe Sekunde ihre Augen, und mehrere Fotohandys hielten den koketten Moment vermeintlicher Bescheidenheit fest.

Elena kam aus dem Rhythmus und stellte das Jonglieren ein. Die Weltkugel und der Kanzler und der Regenbogen sanken auf das Podest herab. Sobald das Holz morsch werde, fuhr Elena fort, übergebe sie das Holz wieder der Natur, wo es neue Wurzeln nähre und einen neuen Stamm dünge, der dann wieder einem Individuum diene, ihrer Tochter zum Beispiel, ihrer fabelhaften Diana, das Publikum klatschte erneut, Männer und Frauen fassten sich an den Händen und tanzten singend um das Podest, Hendrik Miller fühlte sich einigermaßen fremd.

Er schritt auf das Podest zu, in der Abendhitze fühlte er sich wie gedünstet, und er würde noch stärker leiden im Kreis dieser Kulturäffchen, Frauen gaben ihm Küsschen auf die Wangen, Männer schwärmten ihm von Elena vor, die Frauen hatten Möwenfedern in ihren Haaren oder diese neumodischen Diktierstifte, selten auch mal ein stilisiertes Geweih, die Männer trugen allesamt lange Seitenscheitel, Miller fand das alles recht traurig, er zerzauste grob seine Mähne, dann erreichte er das Podest. Elena kam ihm entgegen, die Treppe herab, das Paar fiel sich in die Arme, die Kulturäffchen klatschten entzückt.

Wo er gesteckt habe, flüsterte Elena in Hendriks Ohr, und Hendrik genoss das feine Kitzeln, das ihr Atem in seiner Ohrmuschel auslöste, er habe den besten Teil verpasst, flüsterte Elena, die Taufe, erst jetzt erreichte Miller Elenas Fahne, und er fragte sich, wer hier mit was getauft worden war, auch Diana sei nicht gekommen, schmollte Elena, und Hendrik Miller nahm seine Frau fest in den Arm.

Ein Notfall in der AMK, log er, Paul Kungebein habe ihn unbedingt sprechen müssen. Elena stöhnte. Sie hielt Kungebein für einen steifen Zwängler, wie sie Hendrik mehrfach dargelegt hatte, Kungebein!, gähnte sie auch nun wieder, dieser steife Zwängler!, heute wolle sie mal über etwas Interessantes sprechen, und mit lauter Stimme fragte sie in die Runde, wie Hendrik ihr neues Projekt gefalle.

Die umstehenden Kulturäffchen verstummten, man erwartete eine der launigen Stegreifreden, für die Miller bekannt und beliebt war, einige Damen schalteten ihre Diktierstifte ein, um die Rede ins Netz zu speisen, während Elenas vorangegangene Ansprache zu diesem Zeitpunkt längst online war und von einer kleinen, über den Globus verstreuten Fangemeinde nachgehört wurde. Hendrik Miller hatte absolut nichts zu sagen zu diesem Podest, für das seine Frau die schönsten Erlen im Garten gefällt hatte, für einen Augenblick schwebte ihm der Tabubruch vor, wollte er ausführen, was er von dem ganzen Affenzirkus in seinem Garten hielt, wie zynisch ihm die Kulturäffchen nach einem Arbeitstag in der CHARITÉ vorkämen, mit ihren Möwenfedern und Seitenscheiteln, aber der Tabubruch würde mindestens eine Woche Aufbauarbeit bedeuten, erst dann würde Elena wieder mit ihm schlafen, und so gab sich Hendrik geschlagen.

Wie schon Kant gesagt habe, ein vergessener Philosoph, begann Hendrik Miller, sei der Mensch aus krummem Holz geschnitzt, aber da habe der alte Königsberger wohl nicht an die schönen Erlen seines Vorgartens gedacht, die Hendriks Frau, unsere allseits geliebte Elena, wie Hendrik sagte, soeben zur schönsten Perle seines Vorgartens gemacht hätten, und wenn er, Hendrik Miller, vor die Frage gestellt würde, ob ihm eine schöne Frau auf krummem Holz lieber sei als auf schönem Holz eine krumme Frau, dann sei die Antwort bis ans hoffentlich ferne Ende seiner Tage, hier hatte er den Faden verloren, wusste nicht mehr, ob JA oder NEIN in Frage käme, und rettete sich, als sei die Pause eine Kunstpause gewesen, indem er sagte: Elena, ich liebe dich.

Die Kulturäffchen applaudierten und versicherten sich gegenseitig ihrer tief empfundenen Rührung, Elena wischte sich eine Träne aus dem Augenwinkel und brachte neuen Weißwein, dann wurden die Lampions angezündet und Musik aufgelegt, und so trank und schwatzte und tanzte man froh durch die Nacht.

9.
DOPPELT SO ALT, DREIMAL SO JUNG

Hendrik Miller sah ein zerknittertes Gesicht neben sich, als er aufwachte, Elena hatte die Augen schon offen und hielt sich die Stirn, ihre Haut wirkte blass. Ob sie wieder schlecht geträumt habe, erkundigte sich Hendrik, der in kreisenden Bewegungen über Elenas Busen strich. Elena lächelte. Nein, nein, sie habe nur Kopfschmerzen, und die rührten nicht von den Albträumen, die rührten von diesem unseligen Wein.

Das Telefonsignal schrillte auf. Elena stöhnte und vergrub das Gesicht unter dem Kopfkissen. Miller hatte bei weitem nicht so viel getrunken wie seine Frau, aber auch ihm stach das Klingeln wie ein Messer ins Hirn, mit zugekniffenen Augen lief er in den Flur und malträtierte seinen Computer, es sei Samstagmorgen, rief er, wer um diese Uhrzeit störe, er wolle jetzt mindestens einen Notfall, sonst werde er ungemütlich und nehme in Zukunft nie wieder ab!

Miller, endlich! Paul Kungebeins Stimme am anderen Ende der Verbindung klang, als habe er den Kopf zu lang unter Wasser gehabt, als bekomme er nun endlich wieder Luft. Hendrik Miller klickte seinen Kollegen nicht wieder weg, er brüllte nicht, er wirkte gelassen, fast väterlich mild. Seit dieser Nacht, die sie gemeinsam durchgesoffen hatten, auf der Suche nach einem Namen für die Agentur, war ihm Kungebein ans Herz gewachsen, in seiner linkischen Art, zudem hatte Miller ein schlechtes Gewissen, weil er sich gestern den ganzen Tag hatte verleugnen lassen.

Ob Millers Sekretärin nichts ausgerichtet habe?, fragte Kungebein, noch immer außer Atem. Nein, log Miller, das habe sie nicht, die Frau sei frisch verliebt, Kungebein wisse ja, wohin so etwas führe, Miller biss sich auf die Lippen, Liebe war Kungebein gegenüber ein heikles Thema, wie er sich erinnerte, was also anliege?, fragte er: Nun schießen Sie schon los!

Kungebein berichtete atemlos von Maren Uverath, von dieser traurigen, in ihren toten Körper gesperrten Seele, und der frühmorgendliche Mix aus juristischem und medizinischem Fachvokabular, dieser Mix aus ATEMMA-SCHINE und WILLENSERKLÄRUNG und BERATUNGS-SCHEIN wurde sogar dem hartgesottenen Miller zu viel, Kungebein!, unterbrach er den Redefluss seines Kollegen, kommen Sie doch heute Abend vorbei! Noch immer nackt, spazierte Miller wieder ins Bett.

ALWAYS LOOK ON THE BRIGHT SIDE OF LIFE. Elena blinzelte unter dem Kopfkissen hervor. Ob Hendrik nicht mal etwas anderes summen könne? Oder angesichts der Befindlichkeit seiner Frau sogar ganz aufs Summen verzichten wolle? Und wer das gewesen sei am Telefon? Elena stöhnte, als sie die Antwort bekam. Ob sie schon mal erwähnt habe, dass sie den Mann für einen steifen Zwängler halte? An diesem Abend im Frühjahr, er wisse schon, an dem sie Paul und Hendrik mit Lachsschaum-

speise und Weißwein verköstigt habe, da sei nicht ein
kluger Satz über Kungebeins Lippen gekommen, der Mann
sei in seinem eigenen Körper gefangen, das sei in seinem
Alter doch krank!

In seinem Körper gefangen, erschauderte Miller, der
sich nicht erinnern konnte, gesummt zu haben, er dachte
nach und schwieg. Kungebein habe lediglich gesoffen,
stichelte Elena weiter, alle Ideen hätten von Hendrik ge-
stammt, Elena liebe Hendrik für seine Kreativität, für seinen Humor, er komme ihr dreimal so jung vor wie Kungebein, auch wenn Hendrik über sechzig sei und Kungebein
Mitte dreißig, irgendwann unterbrach Hendrik seine Frau
pflichtschuldig, auch wenn er ihren Komplimenten gerne
weiter gelauscht hätte.

Im Frühjahr, auf der Pressekonferenz, verteidigte er seinen Kollegen, sei Kungebein noch aufgetreten wie ein
Pavian, der Mann brauche eben einen Rahmen, den er
ausfüllen könne, einen Job, der seinem Ego schmeichle,
ein simpler Presseausweis mache Kungebein selbstbewusst,
privat aber werde er unsicher, das kenne man doch von
der eigenen Tochter, Hendrik Miller grinste, im Übrigen
habe Kungebein nun mal keine Frau. Auch Elena grinste
vielsagend und zog Hendrik fest an ihre Hüften.

Wenige Minuten und einige heftige Atemzüge später
fragte Elena, was denn nun los sei, warum Kungebein
angerufen habe, Hendrik erzähle ja nie von der Agentur, Hendrik Miller war einigermaßen perplex, er dachte,
Elena wolle nichts hören davon, aber das behielt er für
sich, es liege nichts Besonderes an, wiegelte er stattdessen

ab, Kungebein sei der Geschäftsführer, und er, Hendrik, müsse nur hin und wieder seinen Namen unter ein Formular setzen oder eine Spritze geben – hier schrie Elena auf, davon wolle sie jetzt nichts hören, hatte Hendrik es sich doch gedacht!

Im Übrigen komme Kungebein zum Abendessen.

Elena sagte, sie freue sich schon.

10.

WEISSWEIN UND KERZENSCHEIN

Miller schritt auf die Terrasse hinaus. Elena hatte
den Aluminiumtisch auf die Terrakottafliesen getragen,
drei blaue Teller daraufgestellt, drei Weingläser und drei
Bestecksets gedeckt, und soeben entzündete sie zwei weiße, langstielige Kerzen. Elenas Liebe zur Ästhetik überwog
bei weitem ihre mangelnde Liebe zu Paul Kungebein, am
Ende war ihr egal, für wen sie den Tisch deckte, mit wem
sie sich unterhielt und worüber, Hauptsache, der Rahmen
stimmte, der minimalistisch ausgefeilte Look.

Hendrik nahm seine Frau in den Arm und roch an ihrem Hals, an ihren Haaren, die Kerzen flackerten in der
Abendbrise, am Ende des Gartens wirkte Elenas Podest
wie ein hölzernes Insekt, beschienen von Lampions, dahinter warf das Mondlicht eine glitzernde Schneise auf
den Müggelsee, die Wasseroberfläche war glatt, als könne
man laufen darauf, an der Böschung wogte das Schilf.

Schöner Abend, dachte Hendrik Miller.

Und plaudernd erwartete man den Gast.

Paul Kungebein, der um Elenas Kunstbesessenheit
wusste, brachte die STERNSTUNDEN DER KUNST mit,
eine launige Einführung, die im Vorjahr für Furore ge-
sorgt hatte, Elena besaß bereits vier Exemplare der STERN-
STUNDEN, und sie dachte gar nicht daran, auch nur eines

davon zu lesen, nur weil sie nun ein fünftes Exemplar in den Händen hielt, sie bedankte sich überschwänglich und entfernte das Buch mit spitzen Fingern von ihrem Tischgedeck.

Sie trug ihre Lachsschaumspeise auf, und wie so oft sehnte sich Kungebein danach, ebenfalls ein Wesen in seinem Heim zu haben, das für ihn kochen und ihn umsorgen würde, er verspürte dieses Stechen in der Magengegend, das ihn immer dann überkam, wenn eine Frau wie selbstverständlich ihren Mann verwöhnte, aber als Elena mit langem Zeigefinger auf die Lachsschaumspeise wies und deren ausgewählte Zutaten pries, fiel Kungebeins Kinn herab, löste seine Unterlippe sich mit einem Schmatzen von der Oberlippe, waren seine Gedanken bereits anderer Natur.

Da habe man es ja schön hier draußen, sagte er, wobei er sich alle Mühe gab, nicht gierig zu spucken. Besonders an Sommerabenden, sagte Elena. Was das Holzpodest dort hinten darstelle?, fragte Kungebein. Er könne es sich gern einmal ansehen. Leider sei er nicht schwindelfrei. Ob ihm der Wein schmecke? Der Wein schmecke hervorragend. Das finde sie auch. Ob man die Terrasse nur im Sommer benutze? Im Winter sei es leider zu kalt, da sitze man hinter Glas. Das verstehe er. Nicht wahr? Genau.

Irgendwann platzte Hendrik Miller der Kragen. Wenn er noch einmal zusammenfassen dürfe, rief er so laut, dass Paul und Elena ihn auch dann noch gehört hätten, wenn Miller auf dem Podest gethront und nicht neben den beiden am Tisch gesessen hätte, wenn er noch einmal zusammenfassen dürfe, rief er, die Patientin habe ALS, sitze im Rollstuhl, trage eine Atemmaschine und sei seit zwei Jahren LOCKED-IN.

Richtig?

Ich geh dann mal, sagte Elena. Sie formte mehrere Nocken auf die Teller, garnierte die Arrangements mit Minzblättchen, nahm ihren eigenen Teller vom Tisch, um die Geometrie nicht zu stören, und verschwand. Miller quittierte den Abgang seiner Frau mit einer genervten Handbewegung, als wolle er eine Fliege verscheuchen, Elena erkletterte schmollend ihr Podest, hielt sich mit einer Hand an der Treppe fest und balancierte auf der anderen Hand ihren Anteil der Lachsschaumspeise.

Richtig, sagte Kungebein, dem rote Flecken unter seinem Hemd hervorkrochen und auf Hals und Unterarme übergriffen. Er wolle aber nicht ihren Abend – Miller winkte nur ab. Die Patientin, bestätigte Kungebein dann, könne sich nicht mal eine Fliege von der Nase vertreiben. Hendrik Miller schloss für eine Sekunde die Augen, als wollte er sich ein Bild machen vom Unvorstellbaren, dann schlürfte er seinen Lachs vom Teller, war sich des rosafarbenen Schaums kaum bewusst, der ihm die Lippen färbte, Elena meldete sich mit einem tadelnden Ausruf zurück, blieb aber zwischen ihren Wasserbällen auf dem Podest sitzen, Miller stellte seinen Teller beiseite, zündete sich eine Zigarre an, schnaubte Rauch aus und legte dann los.

Das komme davon, wenn man sich ans Leben klammere wie die Faust eines Säuglings an den Finger der Mutter, das komme davon, wenn man nicht rechtzeitig abtrete, er habe nie verstanden, was an diesem ganzen Quatsch so aufregend sei, dass man sich nicht davon lösen könne, Hendrik Miller machte eine weitläufige Geste, die sein Haus, seinen Garten und wohl auch Elena mit einschloss, eigentlich sei es eine Unverschämtheit, so lange zu warten, bis man nicht mehr von der Brücke springen könne, bis man Dritte mit einbeziehen müsse, welches verdammte Recht habe diese verdammte Patientin, auf Hendriks verdammte Spritze zu bauen, hätte sie doch die Atemmaschine ausstellen sollen, als die Hände ihr noch gehorchten, hätte sie doch selbst Gift gefressen, als sie noch schlucken konnte, ob Miller schon mal gesagt habe, wie sehr ihn das anwidere, dieser Egoismus, diese Verlogenheit, dieses Warten auf den Sankt-Nimmerleins-Tag.

Hendrik Miller lachte bitter. Kungebein begann heftig zu schwitzen, seine Flecken wurden zu Pusteln. Ein Windstoß blies eine der Kerzen aus, Millers Gesicht lag plötzlich im Dunkeln, nur seine Augäpfel und seine Zähne stachen aus der Nacht, Kungebein blieb weiterhin erleuchtet, seine Pusteln am Hals, eine Kröte hüpfte platschend in den See.

Wenn er sich als Geschäftsmann sähe, fuhr Miller unbeeindruckt fort, wäre die Frau natürlich eine perfekte Klientin, aber wie sein Kollege wisse, interessiere Miller nicht das Geschäft, sondern der Mensch dahinter, am liebsten würde er die Agentur sogar schließen, so Miller, noch in dieser Nacht, aus mangelnder Nachfrage, wenn all diese erbärmlichen Kreaturen ihrem erbärmlichen Leben selbst ein Ende setzen würden oder, besser noch, wenn all diese erbärmlichen Kreaturen gar nicht mehr krank würden, wenn zwischen Geburt und Tod nur noch das pralle Leben stünde und nicht mehr das Siechtum, der marode Verfall. Man dürfe ja mal träumen, so Miller, und mit sechsundsechzig Jahren Visionen haben, die schon ein Teenager zu kitschig finde, und wenn seine Träume vitalistisch seien und faschistisch, dann bleibe sein Blut deswegen kühl, nämlich bei knapp siebenunddreißig Grad.

Miller hasse nicht die Menschen, Miller hasse die Krankheiten und die Erniedrigungen, die diese mit sich brächten, in Wirklichkeit verstehe er also bestens, dass die Patientin den rechten Moment verpasst habe, um abzutreten, in Wirklichkeit brauche die Patientin also Hilfe, wer wolle die schon verweigern, wer wolle jetzt noch rechten, wo alles zu spät sei, die Patientin müsse aus dem Leben scheiden dürfen, solche hilflosen Körper um sich zu wissen, rief Hendrik Miller, solche lebenden Toten, das tue ihm weh, das sei eine Anklage gegen einen jeden Betrachter, auch gegen ihn selbst, solch ein Leid dürfe nicht zugelassen werden, solch ein Leid dürfe gar nicht erst zustande kommen, solch ein Leid sei eine Bankrotterklärung der menschlichen Zivilisation, und jedem, er betone: Wohlgemerkt jedem sei geholfen, wenn Finalpatienten bereits vor dem medizinisch unumgänglichen Moment das Zeitliche segneten, zu einem Moment, der gerade noch guten Gewissens als human bezeichnet werden könne, den Patienten selbst sei geholfen, den Pflegern, den Angehörigen, die es meistens nicht gebe, aber nein, wenige Tage vor dem Ende setze man ihnen noch eine PEG und ritze ihnen ein Tracheostoma in den Hals, um das Leiden ja zu verlängern, und dann, wenn es zu spät sei, müssten sie durch ihren Luftröhrenschnitt röcheln, sie hätten nun genug.

Paul Kungebein war entsetzt. So hatte er Miller noch nie erlebt. Einen Moment glaubte er, der Arzt spreche über Recyclingrichtlinien auf einem Schrottplatz, am Himmel zeigten sich erste Sterne. Kungebein wusste nicht, wo er sich zuerst kratzen sollte, und er wusste nicht, ob er seinen Kollegen darauf hinzuweisen habe, dass die Patientin überhaupt nicht mehr spreche oder röchle, wie Miller das nannte, auch nicht durch einen Luftröhrenschnitt, dass die Patientin über einen Computer kommuniziere, Kungebein wies nicht darauf hin und erkundigte sich stattdessen, was für eine Errungenschaft diese PEG denn sei?

Miller lachte. Er beugte sich nach vorn, die Kerze erleuchtete seine Nasenspitze, damit zögen sie einem den Fraß direkt in den Magen, antwortete er, durch Schläuche, Kungebeins Mund stand offen wie das Maul eines Karpfens, nun solle Kungebein nicht auch noch kommen mit diesem falschen Mitleid, mit dieser Verlogenheit, Kungebein habe doch sehr vernünftig geklungen, damals auf der Pressekonferenz, er habe doch alles durchschaut, wir werden zu alt, sagte Miller, und wir werden zu krank, er mache seinen Job seit dreißig Jahren, er habe Menschen verdursten sehen und verhungern, trotz ihrer Schläuche, schlimmer als Tiere verrecken, umgeben von Hochtechnologie, diese Maschinen verlängerten das Leiden, rief Miller, und nicht das Leben, er stand auf, fegte die blauen

Teller vom Aluminiumtisch und röhrte wie ein Primat im Dschungel, Elena reckte den Kopf auf ihrem Podest, Miller kickte die Scherben von der Terrasse, am Ende, gestand er plötzlich sehr leise, mache ihm das alles nur Angst.

Er griff nach einer zweiten Zigarre, das Paffen beruhigte ihn, ob er nicht eine zweite Flasche Wein öffnen solle, da hatte Kungebein nun wirklich nichts dagegen, Miller verschwand in die Küche, Kungebein kratzte sich, Elena sang, und bald prosteten sich Hendrik und Paul, im Dunkeln der eine, im Licht der Kerze der andere, verschwörerisch zu. Miller kippte den gesamten Inhalt seines Glases herunter, ohne zu schlucken.

Warum es natürlicher sei, fuhr er nach einigen Sekunden und deutlich gelassener fort, einen Menschen an Schläuchen und Maschinen verenden zu lassen, natürlicher, als ebenjene Schläuche herauszurufen und ebenjene Maschinen abzustellen oder besser gar nicht in Gang zu setzen, Miller perlten Weintropfen am Kinn und fielen auf den Aluminiumtisch, an dieser Unmoral sei noch immer die Kirche schuld, diese verlogene Gewissensbank, die den Einschaltknopf an einer Atemmaschine für gottgegeben halte und den Ausschaltknopf für das Werk des Teufels, gottgegeben sei weder der eine noch der andere, gottgegeben seien trocknende Skelette in der Wüste und faulende Ratten im Fluss, Gott wolle, dass wir wie die Rehe stürben im Wald oder wie die Fische im Wasser, Kungebein solle ganz genau hinhören, wenn Miller schon mal von Gott rede, in der Antike sei Sterbehilfe keinesfalls tabuisiert gewesen, erst das Christentum habe mal wieder alles verdorben, den Leuten müssten die Augen geöffnet werden, mit einem Eklat, einem Skandal, nun, da Paragraph 216 endlich abgeschafft sei, sagte Hendrik Miller, die öffentliche Meinung wandle sich viel zu langsam, die AMK arbeite viel zu versteckt im Dunkeln, in diesem modrigen Wachturm, Kungebein habe doch Kontakte zur Presse?

Paul Kungebein schwieg.

Ob er schon gesagt habe, fragte Miller, der keine Antwort erwartete, der mit sich selbst sprach, der kaum wahrnahm, wer vor ihm saß, ob er schon gesagt habe, fragte er, wie unverantwortlich er diese Panikmache finde, das Verteufeln der Euthanasie, die nichts als einen friedlichen Tod wolle, der stehe einem doch zu, ein schönes Leben wünsche sich jeder, ein friedlicher Tod aber gelte als Luxus, Lebensmüde würden zum Weiterleben gezwungen, rief Miller, aus lauter Angst, einen zu viel umzubringen, einen, der weiterleben wolle, der sich zum Sterben gedrängt fühle, Tausende müssten leiden, rief er, um ein paar Kollateraltote zu vermeiden, Miller schlug auf den Tisch ein, die Messer schepperten, die Gläser klirrten, dieses Missbrauchsargument, brüllte er, sei der Weicheierguss von hirngefickten Mitleidsjüngern ohne jeden Verstand!

Paul Kungebein starrte mit heruntergeklappter Kinnlade auf den Koloss, der auf der anderen Seite des Tischs im Dunkeln gestikulierte und brüllte, und während die Kerze Kungebeins Mundhöhle rot und seine Zähne weiß ausleuchtete, ragte von Hendrik Miller nur kurzfristig die Nasenspitze ins Licht, dann seine chaotisch zerzauste

Haartolle oder ein Teil seines Unterarms. Paul Kungebein überkam plötzlicher Drehschwindel, er glaubte nicht, dass der Wein schuld daran war, ebenso wenig glaubte er, dass der Wein seinem Kollegen die Zunge gelöst hatte, die zweite Flasche war noch nicht einmal ausgetrunken, Miller wusste sehr genau, was er sagte. Kungebein sah auf die Tischplatte, die Pusteln seiner Nesselsucht waren unter dem Kinn dermaßen aufgekratzt, dass Blut hervorquoll, hinter Elenas Holzpodest sang eine einsame Dohle.

Tausend gegen einen, sagte Miller nun wieder leiser, er lasse sich gern gegen seinen Willen töten, wenn man das so sagen könne, GERN und GEGEN SEINEN WILLEN, wenn dafür dieses Leid aufhöre, und wenn er noch so zynisch klinge, sei das nur der Berufszynismus, dagegen sei auch er nicht immun, Kungebein möge jetzt lachen, aber er, Hendrik Miller, verstehe seine Arbeit nicht als Lebensverlängerung, er, Hendrik Miller, verstehe seine Arbeit als Leidminimierung, die Menschheit müsse endlich verstehen, dass man Leid sehr wohl aufrechnen könne, sehr einfach sogar, fünf Tote, rechnete er, die nicht mehr zu leiden hätten, sparten so viel Leid ein, dass bei einem Dementen oder einem Verrückten vielleicht, der gegen seinen Willen getötet werde, die Bilanz noch immer positiv ausfalle, der Demente sei dann eben tot, das tue auch keinem mehr weh, dem Toten nicht und den Überlebenden nicht, das sei eine ganz einfache Rechnung, fünf gegen einen oder tausend gegen einen oder noch mehr, es gebe ja nicht mal eine Statistik, vor lauter Scham, billigste Algebra sei das, aber alle täten, als habe man mit höherer Mathematik zu tun, ihn mache das alles rasend, ihn mache das alles wahnsinnig, ihn mache das alles wild.

Paul Kungebein, der von einer fleischfressenden Pflanze zu einer Mimose geworden war, fühlte sich unter der Last dieser Argumente wie ein Hochstapler, er hatte nicht eine Silbe gesprochen und umso aufmerksamer zugehört, er fühlte sich wie ein Schüler, unglaublich jung und unglaublich formbar, er fand die Sätze seines Kollegen stichhaltig, fast zu stichhaltig, dachte Kungebein, der fürchtete, er würde das Töten verfluchen, wenn Miller dagegen wetterte, und das Töten preisen, wenn Miller dafür wetterte, dann aber dachte Kungebein an seinen Vater, an Elsa Lindström, an Maren Uverath, und schon glaubte er wieder zu wissen, auf welcher Seite er stand, auch wenn er bei weitem nicht so schlüssig wie Miller hätte ausdrücken können, warum.

Erst jetzt und nur vage begriff Kungebein, den es immer stärker schwindelte, was die AMK für Hendrik Miller bedeutete, warum der Arzt sich noch in der Pressekonferenz auf ihn gestürzt hatte, erst jetzt und nur vage zeichnete sich hinter Millers jovialer Schale ein überaus bitterer Kern ab, Kungebein schwieg noch immer, er merkte nicht, wie sein Kopf in einem fort nickte, während er nachdachte, er merkte nicht, wie ein Insekt in der Kerze sein Leben ausbrutzelte und Elena sich gazellengleich der Terrasse näherte.

Nicht das Leben an sich sei das höchste Gut, meißelte Hendrik Miller seine Konklusion in den Abend, sondern das bis zum Schluss selbstbestimmte, Paul Kungebein nickte, er nickte und schwieg. Die Party fiebere ja ihrem Höhepunkt entgegen, sagte Elena, als sie den Tisch erreichte, ob sich Kungebein nun ihr neuestes Kunstwerk ansehen wolle, das Podest sei aus genau den Baumstämmen gefertigt, die zuvor darunter gestanden hätten, und verkörpere damit den Kreislauf von Masse und Individuum, allzu schwindelerregend werde es schon nicht.

Paul Kungebein war außerstande, Elena zu antworten, Podest und Erlen und See führten einen Totentanz auf vor seinen Augen und kippten dann über den Rand seines Blickfelds nach unten, er hielt sich am Tisch fest, Elena machte auf den Hacken kehrt und verschwand. Und was diese ALS-Patientin angehe, schloss Hendrik Miller zielsicher den rhetorischen Bogen, im BERLINER STIFT, die werde die Dienste der AMK in Anspruch nehmen, darauf könne Kungebein Gift nehmen, kleiner Scherz, sagte er trocken, irgendeine Unterschrift werde man schon auftreiben, wenn die Patientin nicht mehr unterzeichnen könne, im Notfall eine gefälschte, Hendrik Miller kümmere sich höchstpersönlich darum: Der ALS-Patientin Maren Uverath wird von der AMK geholfen.

Punkt.

VIERTES KAPITEL

1.
DAS PRAKTISCHE AM MENSCHEN

Die Hitze auf den Straßen und in den Hinterhö-
fen klang so schnell ab, wie sie gekommen war, und mit
der Hitze auch Kungebeins Nesselsucht, er schwitzte nicht
mehr und kratzte sich nicht mehr, morgens lag auf Wie-
sen und Bäumen über Stunden der Tau. Die Tage wurden
kürzer, nur selten drangen kraftlose Sonnenstrahlen durch
die Wolkendecke, Paul Kungebein fühlte sich in seinem
Wachturm, als säße er in einer Taucherglocke unter Wasser, die Luft draußen war kalt und neblig und feucht.

Seine gedämpfte Sommerstimmung war einer handfes-
ten Herbstdepression gewichen, der Vater nannte ihn seit
Wochen MARIE-SOPHIE, die Mädchen auf der Schlesischen
Straße waren verschwunden mit ihren hauchdünnen
Tops, und die AMK agierte noch immer im Dunkeln. Zwar
hatte es weitere Fälle gegeben nach Elsa Lindström, Alte
und Schwerstkranke mit klar formuliertem Sterbewunsch,
er hatte sogar assistiert bei den letzten Fällen, aber insge-
samt lief die Agentur schlecht.

Kungebein hielt es längst nicht mehr für anstößig, seine
Arbeit rein wirtschaftlich zu betrachten, Alte wollten sterben, Miller half ihnen dabei, und er selbst vermittelte,
so einfach war das, und sein Weltbild verrückte sich deswegen nicht. Er betete täglich die gleichen Sätze herunter,

die gleichen Wörter, BERATUNGSSCHEIN und WILLENS-ERKLÄRUNG, die Agentur hielt sich gerade so über Wasser, die Welt drehte sich, die Menschen wurden älter, Kungebein stand auf und ging ins Bett, und seine epochalen Träume verpufften, den weiteren Verlauf der Geschichte beeinflussten Miller und Kungebein nicht.

Er blickte auf seinen Kalender. Für den Abend war ein Termin eingetragen, im BERLINER STIFT, Maren Uverath würde ihrer Behandlung zugeführt werden, Kungebein hielt die Dreimonatsklausel für entschieden zu lang, schon im Sommer hatte die Frau schicksalsergeben gierig um ihr Ende gebettelt, nun war es November, es hatte Probleme mit ihren Unterschriften gegeben, wenn man das so nennen wollte, aber noch an diesem Abend, dachte Kungebein, fände ihr Leiden endlich ein Ende. Paul Kungebein wurde es flau.

Mit einem erstarrten Lächeln auf seinen Lippen erinnerte er sich, wie ihn die erste Patientin, die von der AMK behandelt wurde, nervös gemacht hatte, Elsa Lindström hatte die Frau geheißen, Kungebein dachte daran, wie unkonzentriert und fahrig er sich gefühlt hatte, als wäre er betrunken gewesen, wie er Papiere und Akten verwechselt hatte, wie er schließlich aus dem Zimmer geflohen war, als Hendrik Miller die Spritze gesetzt hatte, das Praktische am Menschen, dachte er ein Dutzend Patienten später, das Praktische am Menschen ist, dachte Kungebein, der von Menschen im Allgemeinen nicht eben viel hielt: Der Mensch gewöhnt sich an alles.

Er blickte auf seine Uhr. Der Mensch gewöhnt sich

an gar nichts, dachte er, Kungebein hasste den Teil seines Jobs, der am Abend erneut wieder bevorstand, seine
Aufenthalte im Ghetto, wie er sie nannte, er hatte sie ge-
hasst, und er hasste sie, und er würde sie hassen, Paul korrigierte sich, er hasste sie nicht, sie machten ihm Angst.
Er legte den Kopf in den Nacken wie ein Vogeljunges bei
der Fütterung, dann drückte er sich Millers Magengel in
den Schlund, kalt floss es ihm die Gurgel herunter, seine
Innereien beruhigten sich nicht.

Bis sieben hatte er drei Stunden Zeit, davor müsste er
noch beim Vater vorbeischauen, es würde sicher spät werden im BERLINER STIFT. Blieben noch zwei Stunden. Mi-
nus die Fahrtzeit. Eine Stunde. Zeit genug für eine neue
Akte, dachte er und machte sich an die Arbeit. Vor dem
Wachturm verschluckte die Dämmerung den Berliner
Herbstregen, die Heizung brummte. Kungebein schloss
die Knöpfe an seiner Jeansjacke und kochte eine Kanne
Kaffee.

Die Stunde verstrich, und mit einem heftigen Brodeln
im Magen brach Kungebein auf. In der Oranienburger
Straße lag eine dünne Wasserschicht auf dem Pflaster, die
Rücklichter der wenigen Autos spiegelten sich rot darin,
das Wasser rauschte unter den Rädern, im Treppenhaus
seines Lofts trat Kungebein seine Schuhe ab und schüttelte sich den Regen von der Jacke, dann stieg er die Stufen hinauf. Victor lag auf seinem Bett, ganz wie sein Sohn
ihn am Morgen verlassen hatte, das Gesicht in die Laken
gedrückt, die Beine gespreizt, nur die Speichellache unter
dem Mund hatte sich vergrößert.

Marie-Sophie?, fragte Victor, als er seinen Sohn zur Tür hereinkommen hörte, Paul roch augenblicklich, was er zu tun hatte, ob der Vater ausnahmsweise auch mit ihm vorliebnehme, fragte Paul, der den Namen MARIE-SOPHIE nicht mehr hören konnte, das könne man so und so, sagte der Vater, und mehr sagte er nicht.

Paul Kungebein schob die Decke beiseite und zog dem Vater die Pyjamahose nach unten, mit zwei gezielten Bewegungen löste er die Klebestreifen der Windel, das Plastik zerriss, ein niederschmetternder Gestank breitete sich aus, Victors Glied kringelte sich in Kot und Urin, Paul drehte den Vater auf die Seite, zog die alte Windel unter dem Greis hervor und ließ ihn auf eine frische zurückrollen, er wischte mit einem Taschentuch über Victors Geschlecht, fixierte die frische Windel, ging aus dem Zimmer und schloss hinter sich behutsam die Tür.

2.

DANKE

Pünktlich erreichte Paul Kungebein das BERLI-
NER STIFT. Das missgestimmte Klappern der Krücken und
Stöcke stach ihm auch heute wieder in die Ohren, die dementen Blicke prallten noch immer nicht an ihm ab, der
Mensch gewöhnt sich an gar nichts, dachte Kungebein,
der selbst für seine Verhältnisse schlecht gelaunt war
und nicht eben angstfrei mit dem Fahrstuhl zur Station
hinauffuhr.

Er wollte gerade an Diana Millers Chefzimmer klopfen,
als er hinter der Tür einen lautstarken Disput vernahm.
Kungebein erstarrte, der rechte Fuß schwebte in der Luft,
er atmete flach und setzte die Fußsohle auf das Linoleum,
dann trippelte er auf Zehenspitzen an die Tür heran,
bückte sich und näherte sein Ohr dem Schlüsselloch, bis
er das kühle Metall des Türschlosses an der Ohrmuschel
spürte.

Warum Diana nicht zur Vernissage gekommen sei,
fragte Hendrik Miller ziemlich barsch, die ganze Kunst-
szene sei da gewesen, Diana stöhnte, ob Hendrik dieses
alberne Holzpodest wirklich als Kunst bezeichne, darum
gehe es nicht, polterte Hendrik, ihre Mutter sei enttäuscht
gewesen, Diana schrie auf, wenn man Patienten am Leben
erhalten wolle, müsse man sich eben um sie kümmern!,

sie schien mit der Faust auf den Tisch zu schlagen, für Spielereien habe man dann keine Zeit.

Nun stöhnte Hendrik Miller auf, er schien im Kreis zu laufen und gegen einen Stuhl zu stoßen oder gegen den Tisch, Kungebein traute sich nicht, durch das Schlüsselloch zu linsen, ein Paul Kungebein linste nicht, er lauschte lediglich, wie Hendrik Miller weiterpolterte, das wolle Diana doch nicht ernsthaft auf diese Art diskutieren, ein klärendes Wort sei an der Zeit, gestand der Vater seiner Tochter zu, nun aber habe er erst mal zu tun!

Paul Kungebein zog in letzter Sekunde den Kopf zur Seite, als Hendrik Miller die Tür aufstieß, Paul!, rief Miller überrascht und schlug seinem Kollegen jovial auf die Schulter, wir schaffen das schon! Kungebein konnte ein leichtes Erröten nicht verhindern, ständig juckte es ihn, dachte er, ständig kratzte es ihn, und wenn er mal nicht errötete, war ihm schlecht oder schwindlig, dabei fraß er bald stündlich DIAZEPAM.

Kungebein hatte Maren Uveraths Gerätepark oft gesehen in den letzten Wochen, und dennoch erschrak er erneut, als er Marens Kopf unter der Atemmaske im Bett begraben sah, die Atemmaschine der Siebenundvierzigjährigen piepste, aus der Magendecke stachen wie Krakenarme die Schläuche, vom Katheter und von den Infusionen, Dioden blinkten, Signale tönten, Maren Uverath hatte die Augen geöffnet.

An Maren Uveraths Bett saß eine aufgeschwemmte junge Frau, vielleicht Mitte zwanzig, die sich als Tochter der Patientin vorstellte, Annelies!, sagte sie und wünschte einen schönen guten Tag. Kungebein hatte bislang nur telefoniert mit Annelies, die junge Frau hatte ihre Mutter nie besucht, und das erste Familientreffen seit Jahren würde gleichzeitig das letzte sein, wie Kungebein ohne größere Gefühlsregung konstatierte, nur mehr der Tod vermochte es, allerletzte Familienbande zu reanimieren, Annelies musste den Tod ihrer Mutter erwartet haben, Marens nahendes Ende, schien es, stimmte Annelies froh.

Marens Tochter verabschiedete ihre Mutter mit einem Kuss auf das gallertartige Plastik der Atemmaske, Annelies rollte links eine Träne aus dem Augenwinkel, immerhin, dachte Kungebein, der nicht wusste, wie viel Mühe es Annelies gekostet hatte, diese Träne zu verdrücken, Marens Tochter, diese gestopfte Ente, wie Kungebein unfreiwillig in den Sinn kam, trottete in die Ecke, pflanzte sich auf einen Hocker, dann war es still. Nur die Maschinen saugten und schnauften.

Obwohl die Temperaturen längst gefallen waren, schwitzte Hendrik Miller krankhaft, der gestärkte Stoff seines Arztkittels wurde weich und am Rücken nahezu durchsichtig. Er legte Maren Uverath die Hand auf den Arm und schwieg. In den nächsten Minuten, sagte er dann mit leiser und sonorer Stimme, passiere Stück für Stück, was in den letzten Wochen besprochen worden sei, vor dem Wort BESPROCHEN hielt Miller für den Bruchteil einer Sekunde inne, wie Kungebein bemerkte, Maren Uverath hatte nichts besprochen, Maren Uverath konnte nicht sprechen, er verabreiche also zunächst das Betäubungsmittel, fuhr Hendrik Miller fort, ein kleiner Piekser sei das, wie bei ihrer allabendlichen Spritze, und Maren schlafe dann sofort ein.

Marens Tochter Annelies saß bewegungslos in der Ecke, mit gesenktem Kopf, als warte sie seit Stunden auf einen Bus, in der Wüste oder im Dschungel, sie berührte ihre Mutter nicht und betrachtete ihre Mutter nicht, sie starrte auf das Fliesenmuster zu ihren Füßen und fuhr mit den Schuhen die Stoßfugen nach, in Gedanken schien sie Lichtjahre entfernt.

Bis Maren die Augen zufielen, fuhr Miller fort, könne sie jederzeit mit den Augenlidern zwinkern, das verabredete Zeichen, dreimal kurz, dreimal lang, dreimal kurz. Miller machte eine Pause. Kungebein überlegte sich, was passierte, wenn Maren ihre Behandlung abbrechen wollte, nachdem ihr die Augen schon zugefallen waren. Andernfalls, sagte Hendrik Miller so leise und so ruhig, dass er Kungebein damit beeindruckte, werde er die zweite Spritze setzen, aber die zweite Spritze, sagte er, die spüre Maren bereits nicht mehr.

Paul Kungebein verkniff sich die übliche Frage, ob Maren Uverath noch etwas sagen wolle, und sah seiner Patientin in die Augen. Er hatte Tränen erwartet oder Angst vielleicht, aber er sah keine Angst und keine Tränen, Maren Uverath starrte an die Decke, wie sie bei ihrem ersten Treffen an die Decke gestarrt hatte, unbeteiligt und heroisch oder einfach nur gelähmt, dachte er, der allenfalls Erleichterung in den trockenen Augen zu sehen glaubte, aber selbst Paul Kungebein wusste, dass er sich das nur einredete, die Frau war nicht traurig und nicht erleichtert, sie wollte einfach nur gehen.

Hendrik Miller setzte die erste Spritze. Maren Uverath zwinkerte nicht SOS, sie starrte stur an die Decke, die Augen aufgerissen, als fürchte sie, aus Versehen zu blinzeln, wenige Minuten später fielen ihr die Augen zu, und das gleichmäßige Piepsen der Atemmaschine zeigte an, dass Maren Uverath eingeschlafen war. Ihre Tochter saß noch immer bewegungslos auf dem Hocker.

Miller zog die zweite Spritze auf. Kungebein fragte sich, was er hier eigentlich zu suchen hatte, eine Frage, die er sich bei früheren Behandlungen nicht gestellt hatte, immerhin war er einer der letzten Ansprechpartner seiner Patienten, die meisten hatten ausdrücklich darum gebeten, dass er bei ihnen bliebe, in ihren letzten Minuten, kaum jemand hatte noch Angehörige, die Anwesenheit von Maren Uveraths Tochter aber brachte Kungebeins Routine durcheinander, und sein Blick suchte Halt an den zugezogenen Jalousien, an der Nachttischlampe, am Gitter des Betts.

Miller setzte die zweite Spritze. Im Gegensatz zu den bisherigen Patienten zuckte Maren Uveraths Körper nicht, als das Pentobarbital ihre Adern flutete, Maren Uveraths Muskeln waren zu stark verfallen dazu, die Atemmaschine heulte auf, eine Warnleuchte sprang an, ein lautes Zischen zeugte von plötzlichem Druckabfall, Hendrik Miller entfernte die Hauptsicherung der Steckleiste, ein vieltöniges Schnaufen und Piepsen und Surren ertönte, ein finaler und kakophonischer Schlussakkord, dann war es im Sterbezimmer gehörgangtief still.

Und mit einem Mal schrie Annelies los, ohne Vorwarnung, ihr Schrei baute sich nicht auf über ein Seufzen, ein Schluchzen, ein Heulen, sie schrie, als habe der Schrei die ganze Zeit in ihrer Kehle gesessen und sei nun endlich durch eine Öffnung der Gurgel ins Freie gelangt, Annelies schrie mit unbewegten Gesichtszügen, sie schrie viele Sekunden, eine halbe Minute fast, und anders, als der Schrei begonnen hatte, endete er, langsam und in lang gezogenen Wellen verebbend, war er bald nur noch ein feuchtwarmer Hauch ohne Ton. Paul Kungebein strich sich über die Unterarme, die rauhe Haut seiner Handballen schmirgelte über die Pünktchen seiner Gänsehaut, dann war es erneut wieder still.

Die tote Maren Uverath unterschied nichts von der lebenden, beobachtete Kungebein, dem der Schrei noch immer wie ein Eisenstab im Hirn steckte, Maren war von Plastik und Schläuchen bedeckt, allenfalls unterschieden sich die eingeschalteten Maschinen von den ausgeschalteten, dachte Kungebein, nicht die Maschinen hatten die Frau am Leben gehalten, sondern die Frau die Maschinen, aber im Grunde, fürchtete er für einen Moment, war alles, was er da dachte, prädement unsinniger Müll.

Maren Uveraths Tochter erhob sich von ihrem Hocker und reichte erst Hendrik Miller und dann Paul Kungebein ihre teigige Hand, und bevor sie das Zimmer verließ, sagte sie, kaum hörbar: Ich danke Ihnen, adieu. Sie verschwand, ohne sich umzusehen, ihre Mutter Maren hatte Annelies kein einziges Mal mehr berührt.

Miller und Kungebein gingen auch aus dem Zimmer. Dann wuschen die Schwestern die Leiche.

3.
WIDER WILLEN

Zwei Tage später checkte Kungebein im Wachturm seine Mails. Wieder nur Rechnungen. Es war acht Uhr früh, es war dunkel im Wachturm und dunkel vor dem Wachturm, und besonders dunkel war es in Kungebein selbst. Ohne große Hoffnung, dass sein Zustand sich bessern würde, legte er die Füße auf den Schreibtisch, schlug die DEUTSCHLANDZEITUNG auf und begann im Licht der Haluxlampe zu lesen.

Der Aufmacher präsentierte neue demografische Zahlen, der Untergang des Abendlandes stand wieder einmal unmittelbar bevor, ein Thema, das Kungebein nicht ernstlich zu fesseln vermochte, sein Blick rutschte über den Bruch nach unten, wo ihm das Wort EUTHANASIE ins Auge stach, er las sich augenblicklich fest.

EUTHANASIE WIDER WILLEN?
BERLIN. (RED) WIE ERST GESTERN BEKANNT WURDE, IST AM MONTAG EINE PATIENTIN IM BERLINER STIFT VERGIFTET WORDEN. DIE SCHWERKRANKE FRAU LITT SEIT SIEBEN JAHREN AN AMYOTROPHER LATERALSKLEROSE (ALS), EINER NERVENKRANKHEIT, DIE STÜCK FÜR STÜCK DEN BEFALLENEN KÖRPER LÄHMT.

Kungebein wurde heiß. Sein Puls schnellte in die Höhe. Montag. Vorgestern. BERLINER STIFT. Ihm schwante nichts Gutes. Das Kürzel RED stammte von seiner ehemaligen Redakteurin, und wenn die auf den Fall angesetzt war, brauchten Miller und Kungebein einen Anwalt mit den allerbesten Beziehungen.

FÜR DIE TÖTUNG DER 47-JÄHRIGEN ZEICHNET DIE AGENTUR MILLER UND KUNGEBEIN (AMK) VERANT-WORTLICH, EINE UMSTRITTENE ORGANISATION, DIE SCHWER KRANKEN PATIENTEN DAS STERBEN ERMÖG-LICHT.

Paul Kungebein konnte sich ein Lächeln nicht verkneifen, als er seinen Namen in der Zeitung las. Eine umstrittene Organisation, las Kungebein erneut, das war stark übertrieben, wie er bedauerte, bislang wusste kein Mensch, dass es die AMK überhaupt gab. Aber daran, dachte er und tupfte einen Speicheltropfen auf seinen Scheitel, schien sich soeben etwas zu ändern. Gespannt las er weiter.

RECHTSGRUNDLAGE FÜR DIE TÄTIGKEIT DER AMK IST DIE ABSCHAFFUNG VON PARAGRAPH 216. IM FRÜH-JAHR HATTE DAS PARLAMENT TÖTUNG AUF VERLANGEN STRAFFREI GESTELLT. ALLERDINGS MÜSSEN STERBEWIL-LIGE IHREN WUNSCH BEI KLAREM BEWUSSTSEIN UND UNMISSVERSTÄNDLICH MANIFESTIEREN.

Kungebein war irritiert. Dieselben Sätze standen fast wörtlich in den Statuten der AMK. Worauf wollte der Artikel hinaus? Kungebein hob seine Hand, um seinen Scheitel glatt zu streichen, das Zeitungspapier haftete an seinen feuchten Handflächen und knisterte vor seinem Gesicht, bevor es zurück auf den Schreibtisch segelte.

DIE NUN GETÖTETE PATIENTIN HINGEGEN LITT SEIT ZWEI JAHREN AN DEM SOGENANNTEN LOCKED-IN-SYNDROM, KONNTE SICH ALSO WEDER BEWEGEN NOCH VERSTÄNDLICH MACHEN – UND AUCH KEINE UNTER-SCHRIFT LEISTEN. INSOFERN IST ZWEIFELHAFT, OB DIE PATIENTIN TATSÄCHLICH STERBEN WOLLTE ODER OB ANGEHÖRIGE SIE DAZU GEDRÄNGT HABEN.

Wenn etwas in diesem Fall nicht zweifelhaft war, dachte Kungebein und spuckte auf den staubigen Wachturm-boden, dann war das Maren Uveraths Wille zu sterben, Paul Kungebein stieß Luft durch die Nase, die Nasenflügel weiteten sich, dann ordnete er die Stifte und Papiere auf seiner Schreibtischunterlage, tief durchatmen, beruhigte er sich, bis drei zählen, ausatmen, bis drei zählen und dann wieder ein.

AUF ANFRAGE DER DEUTSCHLANDZEITUNG SAGTE EIN SPRECHER DER STAATSANWALTSCHAFT, MAN PRÜFE RECHTLICHE SCHRITTE. DIE ABSCHAFFUNG VON PARA-GRAPH 216 DÜRFE KEIN FREIFAHRTSCHEIN FÜR DUBI-OSE EUTHANASIE-AGENTUREN WERDEN.

Am Nasenrücken und unter den Augen fing Kungebeins Haut an zu jucken. Man prüfe rechtliche Schritte, las er erneut, er las: dubiose Agenturen. Seit er den juristischen Apparat der DEUTSCHLANDZEITUNG nicht mehr hinter sich wusste, trat Kungebein längst nicht mehr so forsch auf, hatte er einen ungekannten Respekt vor Staat und Gesetz entwickelt. Er knipste das Licht aus und machte es wieder an, er öffnete eines der winzigen Fenster im Wachturm und schloss es erneut, er stand auf und setzte sich, und seine Gedärme rumorten, und seine Boxershorts wurden hintenrum feucht.

4.

VORSÄTZLICHER MORD

Paul Kungebeins Nervensystem schätzte Gefahren nicht immer korrekt ein, sein Puls schnellte in die Höhe, wenn nur das Telefon klingelte, seine Wangen röteten sich, wenn eines dieser Mädchen nur seinen Weg kreuzte, seine Achseln nässten, wenn ein Fremder ihm nur zu lang in die Augen sah.

An diesem grauen Novembermorgen aber verschätzten sich seine Nerven nicht. Er las den Artikel gerade zum dritten Mal, EUTHANASIE WIDER WILLEN?, und gelangte alsbald zu den DUBIOSEN EUTHANASIE-AGENTUREN, als sich ein Auto dem Wachturm näherte. Die Räder lärmten im Kies, dann erstarb der Motor, dann fielen Türen ins Schloss, und Kungebein wurde es kalt und dann heiß und dann wieder kalt.

Es klingelte. Vor seinem inneren Auge sah Kungebein das Logo der AMK neben dem Klingelknopf, er selbst hatte es voller Stolz angebracht, im Frühjahr, und nun bereute er, dass er es nicht sofort überklebt hatte, nachdem ihm dieser Artikel vor einer halben Stunde in die Hände geraten war. Er drückte auf den Türsummer, Sekunden später hörte er Schritte.

Die Beamten kamen zu zweit. Sie brachten einen unangenehm säuerlichen Geruch mit in den Wachturm, als litten sie unter Mundfäule, und machten sich breit. Unter leichtem Buckeln streckte Kungebein einem Jungen, der sein Sohn hätte sein können, und einem glatzköpfigen Mann die Hand entgegen, weder der Alte noch der Junge gingen darauf ein, Kungebeins Hauptschlagader pulsierte dick an seinem Hals. Ob er der Geschäftsführer der AMK sei, fragte der Glatzköpfige höflich, er wirkte staubig, wie aus der Zeit gefallen, Kungebein bejahte, die knappe Silbe verrutschte nach oben, als hätte er Gas geatmet, ob er seinen Ausweis sehen könne, fragte der Staubige, Paul Kungebeins Hosentaschen waren leer, der Geldbeutel lag auch nicht auf dem Schreibtisch, der Junge räusperte sich ungeduldig, dieser Schnösel, zürnte Kungebein innerlich, während ihm äußerlich das Gesicht verreckte, endlich fand er den Geldbeutel in der Tasche seiner Jeansjacke und zog mit zittrigen Fingern den Ausweis heraus.

Was da wohl so säuerlich roch?, fragte er sich, während der Staubige erst das Dokument und dann Kungebeins Gesicht musterte, es liege Haftbefehl gegen ihn vor, sagte der Alte in einem Ton, als würde er seine Worte bedauern, er fegte Hautschuppen von seinem Revers und flüsterte beinahe: Sie sind vorläufig festgenommen. Kungebeins Brustkorb presste auf seine Organe, als habe sich der Außendruck verzehnfacht, er hatte nicht die leiseste Ahnung, ob die beiden befugt waren, ihn einfach mitzunehmen, ob man nicht einen Haftbefehl vorzuweisen hatte, der Junge machte sich soeben an seinem Schreibtisch zu schaffen, Kungebein beugte sich schützend über sein Notebook wie über ein Kind, aber der Alte präsentierte neben dem Haftbefehl einen Durchsuchungsbefehl, und Kungebein zog den Kopf ein und schrumpfte um mehrere Zentimeter.

Was er denn verbrochen habe, fragte er, um ironische Distanznahme bemüht, seine Stimme klang erbärmlich, der Alte erklärte, was der Beschuldigte längst wusste, es gehe um vorsätzlichen Mord im Fall Maren Uverath, Kungebeins Blickfeld verengte sich auf einen wässrigen Kreis, in dem der Junge das Notebook der AMK einpackte, dann legte der Staubige den Geschäftsfüher der AMK in Handschellen. Erst als man ihm versichert hatte, dass seinem Vater ein Beamter geschickt würde, ließ der sich abführen.

Durch das Fenster des Streifenwagens wirkte die JVA Tegel wie ein erleuchtetes Raumschiff, das in der Jungfernheide gelandet war. Auf den Wachtürmen kreisten Scheinwerfer, die Scheinwerfer schnitten helle Segmente aus dem dunklen Novembernachmittag, malten Kegel auf die Mauern, ließen Elektrozäune aufblitzen und Überwachungskameras, in seinem Nacken und auf seinen Unterarmen stellten sich Kungebeins Haare auf.

Der Streifenwagen passierte die Grenze zwischen Außenwelt und Innenwelt, links und rechts blinkten rote Signallampen, und durch die regennasse Heckscheibe sah Kungebein, wie das Schiebetor hinter dem Streifenwagen wieder ins Schloss rollte. Statt Menschen aus dem Gefängnis ihrer verfallenden Körper zu befreien, galt es plötzlich, sich selbst zu befreien, seine epochalen Freiheitsträume drohten an banalen Betonmauern zu scheitern, ab heute war er es, der eingeschlossen war,

LOCKED-IN, dachte er und schüttelte ungläubig den Kopf.

Auch im Knast roch es säuerlich, ranzig fast, die Uniformen der beiden Beamten mussten den Geruch bis in den Wachturm übertragen haben, prüfend sog Kungebein die Luft ein, Buttersäure!, glaubte er endlich zu wissen, der ganze Knast stank nach ranziger Butter, aber Kungebein hatte größere Probleme als das bisschen Buttersäure, in den nächsten zwei Stunden lernte er, was es bedeutete, nicht mehr Herr seiner selbst zu sein, die Verfügungsgewalt über den eigenen Körper einzubüßen, mit einem schwächer werdenden Willen an einer stärker werdenden Welt aus Stahl und Beton zu scheitern, Paul Kungebein lernte bei bester Gesundheit, was es bedeutete, krank zu sein.

Er wurde Gänge entlanggetrieben und auf Stühle gedrückt, er wurde in Kammern abgestellt und auf Fluren vergessen, er wurde fotografiert und ausgefragt, er musste seine Wertsachen abgeben und seine Kleidung, und neben Münzen und Schlüsseln verlor er alsbald seinen einstmals so stolzen Gang. Seit seinem schneidigen Auftritt auf der Pressekonferenz waren nur wenige Monate vergangen, und doch war er tief gefallen seitdem.

In einem fensterlosen Raum unterrichtete ein Ziviler den wortkargen Kungebein über dessen Rechte und Pflichten, gleich morgen früh werde er dem Haftrichter vorgeführt, in zwei Stunden gebe es Abendessen, um acht sei Einschluss, nur in absoluten Notfällen solle er klingeln, in seiner Zelle befinde sich an der Wand neben dem Fenster der entsprechende Knopf.

Dem Vater werde doch eine Streife geschickt?

Guten Abend!

Als er endlich auf die Pritsche seiner Zelle sank, fühlte sich Kungebein, als habe man ihm mehrere Liter Blut abgezapft und die Hälfte seines Hirns entnommen. Er hatte sich auf Zunge und Lippen gebissen, sein Speichel schmeckte nach kaltem Metall. Der Schließer verschwand, die Zellentür fiel scheppernd ins Schloss, dann hörte er in seinen Ohren das Blut rauschen, und sonst hörte er nichts.

In seiner Zelle stank es mehr nach Buttersäure denn je. Kungebein würgte trocken. Dann zog er sich aus. Er würde ohnehin nicht mehr essen gehen. Von seiner Pritsche aus suchte er das Fenster nach Jalousien ab, es gab nicht einmal Gardinen. Von draußen leuchteten die Suchscheinwerfer direkt auf seine Matratze. Er schlug gegen seine Zellenwand, als erwarte er, der Knast würde sich unter der Berührung in einen Palast verwandeln. Seine Handfläche schmerzte. Die Wand war unverputzt rauh. Er stand auf und löschte das Zellenlicht und warf ein Handtuch über das Fenster, die Scheinwerfer leuchteten nun durch das Handtuch, fast unvermindert grell.

Ihm schoss das Wasser in die Augenwinkel, aber er ließ seinen Tränen keinen freien Lauf. Paul Kungebein, der kein Gesetz gefürchtet hatte und keine Obrigkeit, dem statt einer Einlieferung allenfalls eine Befreiung aus dem Knast geziemte, im Blitzlichtgewitter der Boulevardpresse, Paul Kungebein, den man auch ein knappes Jahr nach seiner Kündigung nicht einfach wegschließen konnte, zu Kinderfickern und Raubmördern, Paul Kungebein erstarrte auf seiner Pritsche wie gelähmt.

Er wusste nicht, wer ihm helfen konnte. Hendrik Miller war mit Elena auf die BIENNALE geflogen, er käme erst morgen früh aus Venedig zurück, und außer Miller, wusste Kungebein, legte sich für ihn niemand ins Zeug. Er genierte sich, Johann Wullbaum anzurufen. Seit sein journalistischer Ziehvater nichts mehr für ihn tun konnte, hatte Kungebein mit Johann Wullbaum kein einziges Wort mehr gesprochen und kein einziges Glas mehr getrunken. Ohnehin war Wullbaum nicht eingeweiht in die juristischen Details, die schon Kungebein selbst nicht alle verstand. Etwas in seinem Lebensgefüge wurde brüchig in dieser Novembernacht, in einer säuerlich riechenden Gefängniszelle der JVA Tegel, aber Paul wusste nicht, was da zerbrach.

Victor!, formten still seine Lippen.

5.
DAS EIGENTLICHE VERBRECHEN

Die Akkuleistung seines Handys war schlecht, es rauschte und knackte. Außerdem sang dieser Kretin von Gondoliere tatsächlich seine schmalzige Ballade, was Hendrik ihm ausdrücklich verboten, wozu Elena ihn ausdrücklich ermuntert hatte, und während er auf das Freizeichen wartete, ärgerte sich Hendrik, dass Elena wie üblich ihren Willen bekam.

Diana, endlich!

Ob der Vater nicht in Venedig sei?

Hendrik Miller erklärte, dass er sich ebendort befinde, mit einer kitschigen Gondel auf einem kitschigen Kanal zu dieser kitschigen Ausstellung schippere, auf der Gondel fiel Elena ihrem Mann ins Wort, es handle sich nicht um Kitsch, sondern um Kunst!, Hendrik Miller hielt sein Handy dem singenden Gondoliere entgegen, BELLA BELLISSIMA!, und führte es dann zurück an sein Ohr, ob Diana gerade gehört habe, dass sein Leben schon so schwer genug sei, ob es da wirklich noch dieser Intrige bedürfe, ob diese Intrige etwa auf Dianas nicht mehr ganz jugendlichen und daher hoffentlich HÄMOCCULT-getesteten Exkrementen gewachsen sei? Diana!, brüllte Hendrik Miller, warst du das?!

Kitsch!, empörte sich Elena und grüßte vorbeifahrende

Gondeln, BELLA BELLISSIMA!, sang der Gondoliere und näherte sich langsam den GIARDINI, und rund tausend Kilometer weiter nördlich rätselte Diana, warum der Vater schon jetzt Bescheid wusste, im fernen Italien, und indem sie eine knappe Sekunde zu lang um eine Antwort rang, verriet sich die Wahrheit ganz von allein. Ob man das nicht in Ruhe besprechen wolle, gab Diana kleinlaut bei, wenn der Vater wieder in Deutschland sei? Und woher der Vater überhaupt wisse –

Hendrik Miller, der nicht glauben konnte, dass ihn die eigene Tochter hintergangen hatte, stand ruckartig auf und ließ sich zurück auf die Sitzbank fallen, die Gondel schaukelte, Elena schrie auf. Er habe soeben die DEUTSCHLANDZEITUNG auf seinen kanalwasserbespritzten Knien entfaltet, schimpfte Hendrik, und Diana wisse ja selbst am besten, was dort auf der Eins zu lesen sei, nichts als Lügen, nichts als Intrigen, ein Schwall faulen Brackwassergestanks erreichte Hendriks Nase, er finde das abstoßend, sagte er, während Elena über der Bootswand kauerte und mit verzerrter Miene in den Kanal ausspie, dass man nicht persönlich miteinander reden könne, dass Diana ihre Familienprobleme in der Zeitung breittrete, dass Diana bei allen Differenzen nicht einfach zu ihrem – Hendrik stockte, flüsterte fast: zu ihrem gottverdammten Vater hielt!

Auf der Gondel bemerkte Elena den Umschwung in der Stimme ihres Mannes, Miller verbot sich weitergehende Gefühlswallungen, Elena wischte sich Speichel von den Lippen, eine frische Brise verdünnte den Brackwasserge-

stank, warum machte sich ihr Mann selbst auf dem CA-
NAL GRANDE das Leben so schwer?, schien Elenas Blick
zu bedeuten, sie tätschelte Hendrik den Arm.

BELLA BELLISSIMA, sang der Gondoliere, Hendrik
Miller explodierte, bat brüllend um Ruhe, sein Gebrüll
war lauter, als der Gesang je gewesen war, SILENCE!, SI-
LENTIO!, SILENZE!, CAPITO? Im fernen Berlin erwiderte
Diana, sie habe doch gar nichts gesagt, Hendrik glitt das
Handy aus der Hand, es landete auf den feuchten Boh-
len der Gondel, der Gesang des Gondoliere erstarb, und
Elena betupfte ihre Nase vorerst lieber doch nicht mit
Sonnencreme.

… Maren Uverath ist ermordet worden!, rief Diana gerade, als Hendrik sein Handy wieder ans Ohr klemmte,
und das von ihrem eigenen Vater!, Und das auf ihrer eigenen Station! Ob der Vater ihr überhaupt zuhöre? Hendrik
zischte in das Gerät, seine Tochter solle sich schämen!,
und auf der Gondel behielt Elena für sich, dass man soeben den Dogenpalast passiere, Hendrik hatte für Kultur-
denkmäler ohnehin nicht das geringste Gespür.

Gefälscht!?, schrie Hendrik Miller in das winzige Mi-
krofonloch seines Handys, ohne sich des technischen
Wunders bewusst zu sein, dass seine Stimme tausend Kilometer entfernt und absolut rauschfrei aus Dianas Lautsprecher drang, ich habe keine Unterschriften gefälscht!
Natürlich wisse er, dass Maren Uverath nicht mehr habe
unterschreiben können, selbst Dianas seniler Vater habe
erkannt, sagte Hendrik, dass die Frau am ganzen Körper
gelähmt gewesen sei, im Gegensatz zu seiner Tochter kenne

er sich aber nicht nur in medizinischen Fragen aus, sondern auch in juristischen, und was wichtiger sei als alle medizinischen und juristischen Fragen dieser schäbigen Welt zusammen: Er kenne sich sogar in ethischen Fragen aus, wozu es im Übrigen keine Ausbildung brauche, sondern menschliches Einfühlungsvermögen, aber das gehe seiner Tochter ganz offensichtlich ab, seine Tochter halte ihre Sentimentalität leider für Mitgefühl, was Hendrik sich selbst vorwerfen müsse, er habe Diana schließlich erzogen oder eher verzogen, im Übrigen sei der mutmaßliche Wille der Patientin juristisch einwandfrei bestimmt worden, Maren Uverath habe um ihren Tod gebettelt wie ein Verdurstender nach Wasser, mit ihrem Schreibcomputer habe sich die Patientin sehr wohl artikulieren können, wie Diana als Stationsleiterin eigentlich wissen müsse, und wie zwei Juristen unabhängig voneinander dokumentiert hätten, dieselben Juristen übrigens, die auch die Unterschriften geleistet hätten, im Auftrag der Patientin und an Eides statt. Maren Uverath habe sterben wollen, und Hendrik habe ihr dabei geholfen – glaubst du wirklich, ich fälsche da was?!

Diana Miller schwieg in ihr Mikro hinein. Sie schluckte. Ob Diana wenigstens wisse, legte ihr Vater nach, wo Paul Kungebein stecke? Hendrik habe bereits vergeblich hinter seinem Kollegen hertelefoniert, er mache sich Sorgen, der Artikel bedeute für Kungebein eine ernste Gefahr. Diana schwieg. Sie musste sich noch das messerscharfe und eiskalt vorgetragene Diktum des Vaters anhören, dass nicht Hendriks Sterbehilfe das Verbrechen darstelle, sondern

Dianas Zutodepflegen, ihre karitativ getarnte Unmensch-
lichkeit, und dann legte Hendrik Miller auf.

Die Gondel erreichte die GIARDINI, der Gondoliere nahm sein Geld entgegen, ohne unter seiner Mütze
hervorzusehen, er verbeugte sich so tief, dass es Elena
schmeichelte und Hendrik anwiderte, GRAZIE! CIAO!
GRAZIE! Und kurz darauf reihten sich Hendrik und Elena
in eine lange Schlange ein, vor dem Eingang zur BIEN-
NALE, der Krögenhöver stelle im Deutschen Pavillon aus,
sagte Elena, und am Nachmittag wolle sie noch zum AR-
SENALE, und wie schön das sei, dass Hendrik sich nun
doch auch für Kunst interessiere, und Elena gab ihrem
Mann einen Kuss.

Hendrik Miller zahlte den Eintritt.

6.
KOPFSTOSS

Paul Kungebein hatte die ganze Nacht in das Licht der Suchscheinwerfer gestarrt, betäubt wie ein Reh auf der Fahrbahn, er hatte an seiner Arbeit gezweifelt und sein Leben beklagt, er hatte sich Sinnfragen gestellt wie seit der Jugend nicht mehr, er hatte geflucht und gepoltert, und als ihm im Morgengrauen endlich die Augen zufielen, klopfte es laut an seiner Zellentür.

Kungebein wurde nicht dem Haftrichter vorgeführt. Der Zivile vom Vorabend brabbelte Sätze voller Juristenlatein, es gebe neue Erkenntnisse im Fall Maren Uverath, ein gewisser Hendrik Miller habe entlastende Details genannt, der Untersuchungshäftling werde daher auf freien Fuß gesetzt unter der Auflage, dass er die Stadt nicht verlasse, er sei nicht einmal zwölf Stunden festgehalten worden, damit handle es sich nicht um Freiheitsentzug, sondern um Freiheitsbeschränkung, er habe also keinerlei Anspruch auf Haftentschädigung, etwaige Beschwerden seien an folgende Adresse zu richten, guten Tag!

Der ehemalige Untersuchungshäftling Paul Kungebein nahm seine Wertsachen und seine Dokumente entgegen, er nickte, griff nach seiner Jeansjacke, schleppte sich die Anstaltsflure entlang, und schon wenig später füllten sich seine buttersäuregesättigten Lungen mit herbstregengesättigter Luft. Kungebein winkte ein Taxi heran, seine Haut sah grau aus im Rückspiegel, seine Haare waren nass in die Stirn geklatscht, und innerlich zerriss es ihn, dass er dem Zivilen keine Szene gemacht hatte, dass seine frühere Größe zusammengesackt war wie ein Soufflé, das man dem Ofen entnahm, dass seine Jeansjacke zudem, er irrte doch nicht?, muffig zu riechen begann.

In die Oranienburger Straße!

Schnell!

Vor allem aber schmerzte es Kungebein, dass er nicht aus eigener Kraft freigekommen war, im Rückspiegel sah er, dass sein Kopf rot anlief, er wollte nicht wahrhaben, dass er ohne Hendrik Miller noch immer in seiner Zelle säße, dass Hendrik Miller aus Italien erledigt hatte, wozu Kungebein vor Ort nicht imstande gewesen war, er verstand noch immer nicht genau, wer welche Vorwürfe gegen ihn erhoben hatte, und schon gar nicht verstand er, warum dieselben Vorwürfe nun nicht mehr aufrechterhalten wurden, er kämpfte mit einem Kloß im Hals, an der Seitenscheibe haftete in großen Tropfen der Regen, dann kam man an.

Die Wohnungstür zu Kungebeins Loft stand einen winzigen Spalt weit geöffnet, das Schloss war aus der Wand gerissen, die Klinke lag auf dem Dielenboden, der mit Mörtelbrocken und Tapetenfetzen übersät war. Kungebein spürte intuitiv, dass niemand versucht hatte einzubrechen, er spürte intuitiv, dass vielmehr jemand versucht hatte auszubrechen, die Mörtelbrocken verkanteten sich unter der Tür, Kungebein stieß fester, die Mörtelbrocken zermalmten, die Tür schwenkte auf, dann hatte Kungebein freie Sicht in sein Loft.

Dem Vater war kein Beamter geschickt worden. Der große Wandspiegel im Flur war in unzählige Stücke zersprungen, Kungebein sah sich gedehnt und gestaucht, auf dem Kopf und ohne Kopf, er sah sich hundertfach, tausendfach, auf Brusthöhe fehlten mehrere Spiegelscherben, darunter verlief eine dunkelrote Spur bis auf die Dielen herab, Kungebein wandte den Blick ab und taumelte in die Küche.

Auf dem Küchenboden lagen Töpfe und Pfannen verstreut, dazwischen steckten Scherben in den Dielenritzen, aus Glas und Keramik, die Ofentür stand offen, der Ofen heizte, wie Kungebein erst jetzt bemerkte, einer der Stühle neben dem Küchentisch war umgefallen, ein Stuhlbein fehlte, über Töpfen und Scherben und auch auf dem Ofen klebte wieder diese dunkelrote Spur.

Paul Kungebein schaltete den Ofen aus. Er wollte nichts mehr sehen, er hatte längst zu viel gesehen, dennoch folgte er der Spur in die Galerie, die Vorhänge waren zugezogen, es roch nach Urin und nach etwas, das Kungebein an die Buttersäure im Knast erinnerte, schwer und ranzig roch das, nicht mehr ganz lebendig, dachte er, und noch nicht ganz tot, Kungebein machte Licht, der Vater kauerte zusammengerollt vor der Heizung, auf Armen und Beinen und vor allem auf seinen Wangen trocknete Blut.

Der Sohn machte einen Satz auf seinen Vater zu, dann hielt er inne, lief zum Schreibtisch, Computer und Telefon waren auf den Boden gefegt, die Plastikgehäuse zersplittert, Paul hob sein antikes Gerät auf den Tisch, die Elektronik schien unbeschädigt, er wählte, dann legte er auf. Wenn der Vater ins STIFT käme, wusste Paul nur zu gut, käme der Vater nie wieder raus. Ungewohnt ruhig schritt er auf seinen Vater zu, er bekam keinen Schwindelanfall, seine Wangen röteten sich nicht, er fühlte Victors Puls und sah Victor in die Augen, der Vater öffnete den Mund, ein Schwall Blut schoss heraus, mit weißen Zahnteilen darin, der Vater jammerte, Paul Kungebein bettete Victors Kopf auf seinen Schoß und strich ihm das schüttere Haar aus der Stirn, dann lächelte Paul, sein Vater lebte!, er war verletzt, aber er lebte!, und durch den Stoff seiner Hose spürte Paul die Wärme von Victors Blut.

Paul Kungebein saß fast eine Stunde vor der Heizung, Victors Kopf auf dem Schoß, er streichelte den Greis, der eingeschlafen war oder ohnmächtig, er brauchte eine weitere Stunde, um Victor zu waschen und auf seine Matratze zu betten, der Vater war schwer wie ein Toter, das Aufräumen verschob Paul auf den Abend. Erschöpft sank er mitten am Tag auf sein Bett. Im Schlaf wütete der Vater durch seine Träume, der Vater war eingesperrt in eine Gefängniszelle, in die Gefängniszelle seines Sohnes, wie der verstand, das Licht der Suchscheinwerfer schnitt den Traum in Sequenzen, der Vater war allein, der Vater hatte Angst, der Vater hämmerte gegen die Wand, rüttelte an der Tür, riss die Klinke aus dem Schloss, versetzte dem Wandspiegel einen Kopfstoß, fegte Pfannen und Töpfe aus den Regalen und Teller und Tassen, der Vater wärmte sich am Ofen und an der Heizung, dem Vater war kalt.

Paul Kungebein erwachte von Victors Stöhnen.

Paul Kungebein fasste einen Plan.

Dann klingelte sein altmodisches Telefon.

7.
PERÜCKE IM WIND

Paul, endlich!

Hendrik Miller klemmte das Handy zwischen Schulter und Wange, griff nach seinem Gürtel und weitete ihn um eine Öse, das Ding fraß sich in seinen Bauch wie ein Strick, dachte Hendrik, zumal wenn er saß, und Hendrik Miller saß gerne und viel. Er störe doch nicht?, fragte er, als er Kungebeins Stimme vernahm, Kungebein wirkte, als habe er zu viel DIAZEPAM eingeworfen oder gar eine TAVOR, Miller hätte ihn vielleicht doch nicht mit Benzos versorgen sollen, er konnte sich bildlich vorstellen, wie Kungebein nach seiner Festnahme in Selbstzweifeln versunken war, zusammengerollt wie ein Siebenschläfer, auf seiner Pritsche im Knast. Der Mann brauchte eine Bühne, wusste Miller, ein Publikum, allein war der andere ein trostloses Wrack.

Hendrik und seine Frau seien gerade in Schönefeld gelandet und säßen im Taxi, er wolle sich erkundigen, ob Kungebein seine Stunden im Knast ohne größere Schäden überlebt habe und die erste Nacht wieder daheim, zudem müsse er etwas beichten, dazu später mehr, im Übrigen plane er, eine Gegenkampagne zu starten, mithilfe einer befreundeten Journalistin, die für KOMPAKT arbeite, Hendrik Miller entfernte den Gürtel ganz aus den Schlaufen

seiner Hose und fragte, ob man sich rasch in dieser Dönerbude treffen wolle, am Halleschen Tor, Kungebein erinnere sich doch?

Die Sätze schienen Kungebein mit einiger Zeitverschie-
bung zu erreichen, jedenfalls schwieg er, dann flüsterte
er fast, er habe die Nacht durchaus nicht zu Hause, sondern im Knast verbracht, Miller hörte, wie Kungebein
sauer aufstieß und bemüht leise die Luft entweichen ließ,
Dönerbude!, flüsterte Kungebein traurig, aber er war für
jede Widerrede zu schwach und traute sich ohnehin
nicht mehr ins XERXES, und so stimmte er anstandslos
zu. In einer Stunde, sagte Hendrik Miller, und nachdem
er aufgelegt hatte, sagte Kungebein: Hendrik, ich danke
Ihnen.

Eine Stunde später erklärte Miller kauend an einem
Bistrotisch, wie er Kungebein wieder und wieder versucht
habe anzurufen aus Venedig und wie er plötzlich verstanden habe, warum Paul nicht ans Telefon gehe, dass Paul
im Knast sitze, Miller wischte sich über den Mund, vor
einer Installation aus verwesten Ratten und Sonnenblu-
men habe er sofort die entscheidenden Anrufe getätigt,
insofern könne er nicht verstehen, warum man ihn über
Nacht festgehalten habe, Paul solle erst mal ein Bier trinken, immerhin sei er nun frei.

Vor dem Fenster der Dönerbude wurde der Himmel immer dunkler, ein Herbststurm bahnte sich an, welke Blätter segelten durch die Luft, überschlugen sich in Loopings,
fegten über den Teer. Es war erst kurz nach zwei, aber der
Usbeke hinter dem Tresen knipste bereits ein bläuliches

Licht an, er wetzte sein Dönermesser, Kungebein hatte seine Flasche in einem Zug ausgetrunken, Miller bestellte zwei neue Bier.

Er musterte seinen Kollegen verstohlen, indem er vorgab, sich für den stärker werdenden Wind hinter dem Fenster zu interessieren. Das blasse Gesicht über der abgewetzten Jeansjacke passte endgültig nicht mehr zu dem stolzen und schlagfertigen Paul Kungebein, den Hendrik vor einem Dreivierteljahr auf der Pressekonferenz kennengelernt hatte. Nach jenem Tag war Kungebein der großherrschaftliche Atem rasch abhandengekommen, inzwischen aber schien sein Selbstbewusstsein einen absoluten Tiefpunkt erreicht zu haben, was war mit Hendriks Kollegen geschehen? War Kungebein nicht auch kleiner geworden? Hendrik Miller schmunzelte, der andere war schon im Frühjahr nicht eben groß gewesen.

Was Miller so amüsiere?, wollte Kungebein wissen. Miller log, ein Ast sei einer Alten direkt vor den Gehbock gefallen, und als die Alte sich danach gebückt habe, sei ihr die Perücke vom Kopf gerutscht, Kungebein drehte sich um, spähte durch das Fenster, er sah keinen Ast und keine Perücke und keinen Gehbock, Miller winkte nur ab. Er müsse sich entschuldigen, sagte er, ein Systemfehler in seiner eigenen Familie habe Kungebeins Verhaftung verursacht, er schäme sich für seine eigene Tochter, aber er wolle die Wahrheit sagen, Diana habe den Fall Maren Uverath der DEUTSCHLANDZEITUNG gesteckt, unter Verdrehung jeglicher Tatsachen, es tue Miller leid.

Kungebein leerte sein zweites Bier und bestellte ein

drittes, und als er das dritte zur Hälfte geleert hatte, sah er Hendrik in die Augen und klärte ihn erstmals über seinen Vater Victor auf, über dessen fortschreitende Demenz, über den zerbrochenen Spiegel und die herausgerissene Klinke daheim, über seine Mutter Marie-Sophie, die bald nach Pauls Geburt verstorben sei und noch immer durch die Träume des Vaters geistere, Hendrik, sagte Paul Kungebein, der Miller beim Vornamen nannte und ihn dennoch siezte, Hendrik, ich kann nicht mehr.

Miller, dem im Stehen die Hose nach unten rutschte, seit er Elena mit seinem Gürtel nach Hause geschickt hatte, rutschte nun auch das Kinn immer tiefer, bis sich seine Lippen mit einem Schnalzen voneinander lösten, er hatte sich gerade über Kungebein lustig machen wollen, eine Nacht im Knast schien seinen Kollegen um den Verstand zu bringen, eine Nacht im Knast konnte man doch auch sportlich nehmen, hatte er gerade gedacht, er selbst wäre gar stolz darauf gewesen – und nun stieß der eigentliche Grund für Kungebeins Trübsal Hendrik Miller wie ein Ast vor den Kopf.

Er habe ja nicht gewusst, begann er etwas hilflos und wusste auch jetzt nicht weiter, ob Paul vielleicht noch ein Bier –? Miller fingerte an seiner Haarmähne herum, bis sie bar jeder Ordnung vom Kopf abstand, Paul solle auch etwas essen, sagte er, die Knoblauchsoße sei gar nicht so schlecht, und er solle auch atmen, ein und aus, und auf gar keinen Fall weinen solle er. Man schwieg. Am Grill tropfte zischend das Fett in die Glut. Draußen jaulte der Wind. Paul Kungebeins Gesichtszüge zuckten unkontrolliert, er schüttelte kaum merklich den Kopf. Er hätte nicht davon sprechen sollen, sagte er mit tränenfeuchten oder auch nur vom Alkohol wässrig gewordenen Augen, Hendrik habe vorhin eine befreundete Journalistin erwähnt, was genau habe er denn nun vor?

Miller war überaus dankbar für Kungebeins Übergang zum Geschäftlichen, ein kranker Verwandter, wusste er, noch dazu ein leiblicher Vater, störte die Verhandlungen empfindlich, Patienten konnte man töten, wusste Miller, Verwandte aber forderten Mitleid, er nahm einen kräftigen Schluck Bier und flüchtete wortgewaltig nach vorne, man solle die Intellektuellenblätter ruhig ihre Debatte über Moral und Toleranz führen lassen, man dürfe sich nur nicht skandalisieren lassen, die AMK müsse den Ball über die Außen nach vorne spielen, die AMK müsse von sich aus in die Massenmedien drängen, der Ball sei noch heiß.

Kungebein als Geschäftsführer, fuhr Hendrik Miller fort, solle gegenüber KOMPAKT erklären, wie sehr Maren Uverath ihren Tod ersehnt habe und wie infam die DEUTSCH-LANDZEITUNG die AMK verleumde, Miller reichte seinem perplexen Kollegen eine Visitenkarte, diese Journalistin erwarte Kungebeins Anruf, eine Freundin seiner Frau, sagte Miller, nun aber habe er erst mal ein Wort mit seiner Tochter Diana zu sprechen, und Kungebeins Vater, schloss Hendrik Miller, während er seine Hose nach oben zog, dem könne man doch helfen?

Draußen war es dunkel geworden.

8.

MITKLATSCHEN

Der Wind raute den See auf und faltete die Wasseroberfläche zu kleinen Wellenkämmen, der Wind sammelte sich, nahm Anlauf, sprengte Gischt in die Luft, der Wind zog sich zurück für Sekunden, die Gischt regnete aufs Wasser herab, der Wind kam wieder in immer stärkeren Böen, zeichnete Muster auf die Wasseroberfläche, fuhr pfeifend ins Schilf.

Hendrik und Diana Miller blickten dankbar auf das Naturschauspiel, das der Mond erleuchtete, sie saßen in Hendriks Villa, hinter Glas, mit Blick auf den Garten und über den See. Das apokalyptische Treiben hinter der Glasfassade hatte Vater und Tochter zusammengeschweißt, Diana hatte sich bei ihrem Vater entschuldigt, sie hätte niemals in dieser Redaktion anrufen dürfen, ohne mit ihrem Vater zu sprechen darüber, unter vier Augen war Diana so still geworden, wie sie in der Öffentlichkeit laut werden konnte, Hendrik wie Diana waren gewillt, einander zuzuhören, und doch blieb ein Abgrund zwischen Vater und Tochter, und doch blieb man sich fremd.

Sie sei tatsächlich überzeugt gewesen, sagte Diana, dass der Vater die Unterschriften gefälscht habe, der Vater sei so unnahbar gewesen in den letzten Wochen, habe sein Tun in Schweigen gehüllt, Diana habe mit Elena darüber sprechen wollen, aber die Mutter habe nur die Vorzüge ihres morsch werdenden Podests gepriesen, Diana habe sich zwischen einer Irren und einem Autisten zerrieben gefühlt, da sei ihr ein Hirnbläschen geplatzt oder eine Nervenzelle explodiert, es sei ihr ein Rätsel, wie es so weit habe kommen können, sie wiederhole gerne: Es tue ihr leid.

Hendrik Miller hörte das ABER in jeder einzelnen Silbe seiner Tochter, dennoch griff er nach Dianas Hand, als der erste Blitz über dem Müggelsee niederging, als Schaumkronen und Uferböschung in grellem Licht erstrahlten und wenige Sekunden später ein urzeitlich krachender Donner über den See hinwegrollte. Diana sah auf den Müggelsee und in den schwarzen Himmel darüber, und ihr Vater folgte alsbald ihrem Blick, und schon war das Schweigen nicht mehr so lastend, fühlten sich Vater und Tochter einander zugehörig, regte sich mit ihrem Bedürfnis nach Nähe ein gewitterbedingter Urinstinkt.

Und dennoch, sagte Diana, als der Donner langsam verebbte, empfinde sie Hendriks Arbeit als Übergriff, als Anmaßung, als Gottspielerei, das wisse er ganz genau, und genauso, wie Hendrik sich gewünscht habe, dass Diana mit ihm gesprochen hätte, bevor sie zur Verräterin geworden sei, genauso habe Diana sich gewünscht, dass der Vater mit ihr gesprochen hätte, bevor er die Agentur gegründet habe, es sei zugegebenermaßen absurd, ein Dreivierteljahr nach Gründung der Agentur eine Grundsatzdiskussion zu führen, aber der Vater habe sich immer verleugnen lassen, habe Operationen vorgeschoben und

Notfälle, Diana wisse sehr gut, dass Hendrik längst nicht mehr selbst operiere, Diana habe sich abgeschoben gefühlt und unerwünscht, wie ein Findelkind, und so habe es eben eines Eklats bedurft, bis man zueinandergefunden habe, und Diana gestehe freimütig, dass sie letztendlich mehr als froh darüber sei.

Hendrik, der noch immer Dianas Hand gehalten hatte, löste sich von seiner Tochter, als Chefärztin hätte Diana die Geste nicht einmal mitbekommen, als Tochter aber fuhr sie ihr in die Glieder, Hendrik goss Diana umständlich Wein nach, um seine Hand zu beschäftigen, er begutachtete das Etikett der Flasche, schwenkte ihren Inhalt, roch am Flaschenhals, und bei allem wunderte er sich mal wieder, wie leise seine sonst so lautstarke Tochter geworden war.

Niemand habe das Recht, ein fremdes Leben zu beenden, sagte Diana mit einem Ernst, der endgültig nicht mehr mit ihrem Auftreten im BERLINER STIFT zusammenging, niemand dürfe sich mit dem Schöpfer, und hier spreche sie durchaus nicht von Gott, auf eine Stufe stellen, keiner wisse, was kurz vor dem Tod im Kopf der Patienten vorgehe, wie sehr sie sich ins Leben zurückwünschten, wie sehr sie ihren Tötungswunsch bereuten, alles könne man relativieren und diskutieren, sagte Diana fast flüsternd, die Liebe, den Staat und die Freundschaft, aber doch nicht das Leben! Wenn auch dieser Wert seine Absolutheit einbüße, so Diana, fehle es unserem Treiben endgültig an Sinn.

Hendrik Miller spürte nichts. Er gab sich alle Mühe, Dianas Argumente ernst zu nehmen, als Denkanstöße, die seine Arbeit beträfen, sein Leben berührten, aber Hendrik war allenfalls gelangweilt und konnte nicht glauben, dass seine Tochter genau die Positionen herunterbetete, die er zeitlebens bekämpft hatte. Ein Doppelblitz erleuchtete den Vorgarten taghell, Dianas Haut sah wächsern aus wie das konservierte Überbleibsel einer vergangenen Epoche, der Wind peitschte Regen ans Glas.

Jeder normale Arzt empfinde es als Zumutung, das Leben zu beenden, statt den Tod zu bekämpfen, fuhr Diana unbeeindruckt fort, einen Missbrauch der Sterbehilfe könne niemand verhindern, schon gar nicht die AMK mit ihren halbherzigen Formularen, auf denen weniger ein Wille bekundet werde, so Diana, als vielmehr ein Wille erbettelt, jeder überforderte Sohn könne mit diesen Formularen seinen dementen Vater totschreiben, Diana wusste, dass sie übertrieb, dass neben der Unterschrift auch ein Beratungsgespräch vorgeschrieben war, aber mit derlei Kleinigkeiten hielt sich Diana nicht mehr auf, stattdessen eröffnete sie ihr Schlussargument, das Hendrik geradezu mitklatschen konnte: Und wenn Alte und Kranke im großen Stil weggespritzt würden, schloss Diana Miller, fühle sich bald auch derjenige gedrängt zu gehen, der trotz Alter und Krankheit noch weiterleben –

Ein unerhört lauter Donner verschluckte das Satzende, der Donner knallte mit der Wucht eines alpinen Felsabgangs herunter, Diana zuckte auf ihrem Stuhl zusammen und kippte ihr Weinglas um, der rote Sud tropfte auf ihre Jeans, dem Donnerschlag folgte ein quälend langes Brodeln und Dröhnen, und Hendrik Miller schaffte es nicht zu verbergen, wie sehr ihn das Kräftemessen zwischen Diana und Donner belustigte oder gar bestätigte, wie sehr er sich freute, dass ein gezielter Donnerschlag Dianas ärgerlichen Monolog gekappt und das wahre Kräfteverhältnis unmissverständlich auf den Punkt gebracht hatte: Wir faseln hier unten, dachte er, und die oben donnern uns einen, er hatte Dianas Argumente gehört und vergessen, und wenn er an Elsa Lindström dachte und an Maren Uverath, dann sah Hendrik Miller, dass er recht hatte.

9.
DAS HENNA-TATTOO

Paul Kungebein stand im Türrahmen seines Wachturms und spürte, wie ihm das Blut in den Kopf stieg. Die Journalistin hatte eine verrauchte Stimme gehabt am Telefon, ziemlich tief für eine Frau, Kungebein hatte sie auf mindestens vierzig geschätzt, ihr bereits das spitze Gesicht seiner ehemaligen Redakteurin zugewiesen – und nun stand eines dieser blonden Mädchen vor dem Wachturm, höchstens zwanzig Jahre alt, mit schmalen Schultern, und fragte, ob es eintreten dürfe.

Die Journalistin lächelte und roch gut. Kungebein wies ihr den Weg zum Büro, er ging voraus, damit die junge Frau den Schweißfilm nicht entdeckte, der sich auf seinen Wangen ausbreitete, er räusperte sich und hustete ein wenig, die Journalistin pries den Wachturm der AMK, die geschichtsträchtige LOCATION, wie sie sagte, Kungebein fragte sich, wie ihn eine Wolke aus Parfüm und mädchenhaftem Eigengeruch einholen konnte, obwohl er vorausging, dann erreichte man sein Arbeitszimmer.

Das Mädchen trug eine grüne Lederjacke über mehreren Trägershirts und zwei lange Röcke übereinander, Kungebein lief von rechts nach links durch sein Büro, kochte Kaffee, gruppierte Stühle, richtete Akten, musterte die Journalistin dabei, seine Blicke erhaschten kein einziges naturbelassenes Detail, an ihren Ohren baumelten Metallstifte, auf ihrer Lederjacke prangte ein Szeneemblem, das Kungebein nicht zu entschlüsseln vermochte, in ihren Haaren glitzerten winzige Sterne, ihre Knöchel steckten in Stulpen, ihren Handrücken schmückte ein Henna-Tattoo.

Die Journalistin rückte ihren Stuhl zurecht, sie stellte ihre Beine nebeneinander, um eine Auflage für ihren Block zu haben, sie beugte sich vor, Kungebein lehnte sich zurück, auf seiner Kopfhaut juckten unzählige Poren. Er lauschte dem Kratzen des Bleistifts, GESCHICHTSTRÄCH-TIGE LOCATION, erkannte er über Kopf, dann leierte er seinen Monolog herunter, verpackte die Wörter BERA-TUNGSSCHEIN und WILLENSBEKUNDUNG in eine flüssige Geschichte, das bekannte Terrain beruhigte sein Nervensystem, bis die junge Frau ihre Hand auf sein Knie legte und lächelnd bekundete, die ESSENTIALS, die seien bekannt.

Ob Kungebein aber den Fall Maren Uverath schildern könne? Der Fall Maren Uverath, sagte Kungebein und lehnte sich weitestmöglich zurück, er umklammerte seinen Stuhl wie einen Rettungsring, Maren Uverath also, sagte er, die Journalistin blickte ihn aufmunternd an, Kungebeins Wangen glühten, er stand auf und lief zur Kaffeemaschine, ob sie noch einen Kaffee –?, er wischte sich mit dem Handrücken über das Gesicht, das Mädchen lehnte dankend ab, Kungebein setzte sich notgedrungen.

Hendrik Miller hatte Kungebein juristisch bestens geschult für dieses Gespräch, er hatte seinem Geschäftspartner am Telefon alle Details genannt, die Namen der

Juristen, die betreffenden Paragraphen, auf das Naturell seiner Gesprächspartnerin aber hatte Miller ihn nicht vorbereitet, wie Kungebein unter weiter ansteigender Körpertemperatur bedauerte, er stotterte einige Erklärungen, dann steckte er fest.

Juristisch gebe es also nichts zu beanstanden, fasste die Journalistin seine Wortfetzen zusammen, das sei wichtig für den Grundtenor ihrer Geschichte, sie legte den Block beiseite und schlug ihre Beine übereinander, ihre Röcke zitterten, KOMPAKT habe schon die Abschaffung von Paragraph 216 zustimmend begleitet, sagte die Journalistin, das Land befinde sich im Umbruch, das Land brauche neue Normen, die Haltung der DEUTSCHLAND-ZEITUNG gelte es zu kontern, die Journalistin strich ihre Röcke glatt und betonte, dass KOMPAKT sich dabei leicht angreifbar mache und daher juristisch einwandfrei abgesichert sein müsse, immerhin habe man es mit dem Leben von Menschen zu tun, Kungebeins Kinn klappte auf und laut wieder zu, im Übrigen, sagte die Journalistin, sei es in diesem Wachturm ja ganz schön heiß.

Paul Kungebein, der früher Pressekonferenzen beherrscht hatte und den nun eine Zwanzigjährige überforderte, sprang auf und öffnete eines der winzigen Fenster, natürlich erreichte ihn kein einziges Lüftchen, obwohl draußen ein wahrer Herbststurm tobte, Kungebein setzte sich wieder, was also ihre Zigarette sei, er meine: ihre Frage?, oder vielmehr: Ob sie vielleicht eine Zigarette habe?, die Journalistin lachte, sie bückte sich nach ihrer Tasche aus leuchtend gelber LKW-Plane, fingerte zwei einzelne Zigaretten heraus, steckte Kungebein eine zwischen die Lippen und gab sich und ihrem Informanten Feuer. Kungebein hustete und verschluckte sich, das Mädchen schüttelte sich die Haare zurecht, und winzige Glitzersterne segelten auf die Schuhe ihres Gastgebers herab.

Sie müsse wissen, sagte die Journalistin, was an der Technik der AMK so menschlich sei wie behauptet, was an aktiver Sterbehilfe menschlicher sei als an passiver oder am assistierten Suizid, was daran menschlicher sei, eine Spritze zu bekommen, als sich ein Gift reinzuziehen, die Journalistin lächelte freundlich und kühl zugleich.

Paul Kungebein blickte von seinen sternglitzernden Schuhen auf, betete inständig, dass die Journalistin ihre Lederjacke anbehielte, zog gierig und nun ohne zu husten an seiner Zigarette, die ihm leichten Schwindel bereitete, er erklärte relativ konzentriert, dass die AMK zunächst eine überdosierte Betäubungsspritze verabreiche, nach der die Patienten einfach nur einschliefen, erst die zweite Spritze injiziere dann das Natrium-Pentobarbital, das zwar ebenfalls einschläfere, aber zugleich unwiederbringlich töte, natürlich wisse auch ein Patient der AMK, dass er nicht wieder aufwache, aber er wisse eben auch, dass er vorerst nur einschlafe, und bis ihm die Augen zufielen, könne der Patient die Behandlung jederzeit abbrechen, was bei sofortiger Gabe von Natrium-Pentobarbital nicht möglich sei, Kungebein schluckte lautstark Speichel herunter, er wurde sofort wieder rot, vor dem Einschlafen habe keiner Angst, sagte er, zumal jederzeit die Notbremse gezogen werden könne, während ein Patient, dem ein Giftbecher vorgesetzt werde, sich nicht in den Schlaf trinke, sondern gleich in den Tod, und das verursache Panik, Kungebein sagte: Eine geradezu menschenunwürdige Angst.

Dieser Unterschied, ergänzte er nach einer Pause, in der er Speichelfluss, Hustenreiz und Mundbewegungen zu koordinieren suchte, dieser Unterschied möge belanglos erscheinen, sei aber in der Praxis entscheidend, denn beim assistierten Suizid müssten die Patienten die größtmögliche Perversion überhaupt begehen, erklärte Kungebein, sich nämlich selbst ein Gift reinziehen, wie die Journalistin sich ausgedrückt habe, während man bei der AMK einfach nur einschlafe, rasch, schmerzlos, ohne Reflexe, das aktive Töten übernehme ein Dritter, der Abschaffung von Paragraph 216 sei's gedankt, da gebe es keine Panik und keine Krämpfe und kein Zucken, Kungebein wiederholte: Bei der AMK schlafe man einfach nur ein.

Die Journalistin starrte ihren Informanten mit kreisrunden Augen an, von dessen plötzlicher Eloquenz offensichtlich überrascht, sie griff wieder nach ihrem Block, kritzelte unglaublich schnell unglaublich kleine Wörter darauf, ihre blonden Haare fielen ihr in die Stirn, ihre Lederjacke schob sich leicht über die Schultern nach hinten, ihr Busen wölbte sich sichtbar, Kungebein wandte den Blick ab.

Einen weiteren Vorteil der AMK wolle er an einem Beischlaf, Kungebein wurde in wenigen Sekunden rot, als würde sich sein Kopf entzünden, ein Zittern ging durch seine Glieder, das Mädchen schmunzelte, an einem Beispiel, sagte er, an einem Beispiel wolle er einen weiteren

Vorteil verdeutlichen, ob die Journalistin zuvor vielleicht noch eine Zigarette –? Das Mädchen suchte mit abwesendem Blick nach ihrer Packung.

Maren Uverath beispielsweise, sagte Paul Kungebein und führte seine Zigarette mit zittriger Hand an den Mund, Maren Uverath habe bereits nicht mehr schlucken können, als sie die Dienste der AMK in Anspruch genommen habe, ihre Muskeln seien selbst zum Schlucken zu stark verfallen gewesen, sagte er, man hätte ihr also einen Giftbecher vorsetzen können, aber sie hätte ihn nicht mehr auszutrinken vermocht, was konkret vor allem eines bedeute: Ohne die AMK hätte Maren Uverath bereits vor Jahren aus dem Leben scheiden müssen, rein theoretisch gesprochen, zu einem Zeitpunkt, als sie ihrem Leben noch selbst ein Ende habe setzen können, zu einem Zeitpunkt, als sie einen Giftbecher noch selbst habe austrinken können, Kungebein bemerkte, dass die Glut seiner Zigarette bereits den Filter erreicht hatte, die AMK habe der Frau also Lebenszeit geschenkt und nicht genommen, fuhr Kungebein fort, nachdem er die Zigarette auf dem Boden ausgetreten hatte, auch wenn man natürlich darüber streiten könne, ob ein Leben an Schläuchen und Maschinen lebenswert sei, aber darüber habe ausschließlich der Patient zu befinden, das sei auch oberster Grundsatz der AMK.

Seit Beginn seines Monologs suchte Kungebein erstmals wieder den Blick der Journalistin. Ihr Mund stand geradezu obszön weit offen, vor Entsetzen, wie Paul Kungebein befürchtete, oder vor Bewunderung, wie er hoffte, die Lederjacke hatte ihre Schultern freigegeben, es zerriss Kungebein innerlich, dass er ausgerechnet mit dieser Frau, mit diesem Mädchen vielmehr, ausgerechnet über dieses Thema, über dieses Unthema vielmehr, zu reden hatte, warum schickte man ihm keinen faltigen Greis?

Die Journalistin schwieg. Wirklich menschlich, sagte er, und übernahm dabei nahezu wörtlich eine Formulierung Hendrik Millers, wirklich menschlich werde es natürlich erst dann, wenn es die leidverlängernden Maschinen gar nicht mehr gebe, wenn ein Kranker einfach sterben dürfe wie ein Reh im Wald oder eine Ratte im Fluss, das Wissen, getötet zu werden, gestand Kungebein ein, selbst wenn die sanfte Methode der AMK zum Tragen komme, sei fast so unmenschlich, wie an Schläuchen und Maschinen zu hängen, aber es laufe der Natur des Menschen eben zuwider, sagte er, einmal getätigte Erfindungen wieder zurückzunehmen, Atemmaschinen und Magensonden, und bis sich daran grundlegend etwas ändere, sei unter den unmenschlichen Alternativen die AMK noch immer die menschlichste, ob die Journalistin mit ihm nun aber endlich ein Bier –?

Die Journalistin wies auf das Emblem an ihrer Lederjacke und sagte, sie rauche zwar noch, auch wenn sie es sich gerade abgewöhne, aber sonst sei sie STRAIGHT EDGE. Kein Alkohol, kein Fleisch, keine Drogen, sie blickte Kungebein in die Augen und lächelte: Vor der Heirat kein Sex.

Und so kümmerte sich Kungebein um seinen Vater.

10.
ZUR VOLLEN STUNDE

Diana Miller schloss ihre Wohnungstür auf und stellte das Radio an, noch bevor sie Licht machte, sie hatte das Radio im Eingangsbereich auf einen Stuhl gestellt, Diana hatte kein Problem mit der Dunkelheit, sie hatte ein Problem mit der Stille, in den letzten Tagen versuchte sie, nur zur vollen Stunde nach Hause zu kommen, sie versuchte, vom ersten Wort an dem Nachrichtensprecher zu lauschen, besonders die Begrüßung war wichtig, Diana liebte es, einen GUTEN ABEND gewünscht zu bekommen, sobald sie ihre Wohnung betrat, wenn hingegen ein Musikstück aus der Konserve spielte, zog sich ihr Magen zusammen, drückten das Herz und die Brust.

ES IST ZWEIUNDZWANZIG UHR. DIE NACHRICHTEN MIT FRIDOLIN KLEIN. GUTEN ABEND. Wie gewöhnlich hörte Diana nicht weiter zu. Sie hatte beim sechsten Golfkrieg aufgehört mitzuzählen, die Jahrhundertstürme und Jahrtausendfluten wüteten im Wochenrhythmus, die Naturgewalten holten sich Dörfer und Städte und Landstriche zurück, Bayern ersoff, Brandenburg vertrocknete, und ob Diana sich informierte oder ob sie sich der Nachrichtenlage verweigerte, die Welt ging so oder so unter, dachte Diana, darauf war noch immer Verlass. Hauptsache, Fridolin Kleins Stimme schwirrte noch eine Weile durch Dianas staubiges Zimmer.

Sie warf ihren vom Regen durchweichten Mantel auf den Boden, ging in die Küche und entkorkte eine Flasche Wein. Diana war bereits benommen von den Gläsern, die sie mit ihrem Vater geleert hatte, aber an Schlaf war noch lange nicht zu denken. Sie verband das Stilbewusstsein ihrer Mutter mit der Genusssucht ihres Vaters, indem sie einen fast fünfzehn Jahre alten GRAND CRU in ein langstieliges, bauchiges Glas goss und die ersten Schlucke mehr kaute denn trank, dann beschuldigte Diana sowohl Vater als auch Mutter des Verbrechens, sie gezeugt zu haben, und sank auf ihre Couch.

Der Vater hatte keine Ahnung, dass seine eigene Tochter Abend für Abend ins Bett wankte, auch die Mutter nicht und die Kollegen auf der Station nicht, alle kannten sie als selbstbewusste Frau und fähige Chefin, und manchmal glaubte Diana selbst nicht, dass die Frau, die tagsüber Spritzen setzte und Befehle erteilte, dieselbe war, die sich abends geknickt über ihre Türschwelle zog. Diana verabscheute das allabendlich alkoholisierte und wehleidige Wesen, das ihr selbst fremd war, so regelmäßig es auch in Erscheinung trat.

AUCH IM GROSSRAUM BERLIN IST BIS IN DIE FRÜHEN MORGENSTUNDEN MIT ORKANARTIGEN BÖEN ZU RECHNEN. WER NICHT UNBEDINGT RAUSMUSS, WARNT DER DEUTSCHE WETTERDIENST, BLEIBT LIEBER IM HAUS. DER STURM KÖNNTE ZIEGEL VON DEN DÄCHERN FEGEN UND BÄUME ENTWURZELN. DAS WAREN

221

DIE NACHRICHTEN MIT FRIDOLIN KLEIN. ES IST ZWEIUNDZWANZIG UHR SECHS. UM DREIUNDZWANZIG UHR BRINGEN SIE DIE KOLLEGEN VOM NACHTMAGAZIN NOCH EINMAL AUF DEN NEUESTEN STAND. IHNEN EINE GERUHSAME NACHT!

Diana beobachtete, wie Tropfen aus ihren regennassen Haaren in den Wein fielen und den teuren Sud verwässerten. Als sie die Müggelseevilla ihres Vaters verlassen hatte, war ihr tatsächlich eine der Erlen vor die Füße geknallt. Hätte die Erle doch besser gezielt, dachte Diana, dann schüttelte sie den Kopf über sich selbst, leerte ihr Glas und schenkte sich nach. Der Sturm war eindeutig auf der Seite des Vaters gewesen, dachte sie, selbstherrlich und rücksichtslos hatte der Donner ihr das Wort abgeschnitten, im Radio erklangen Violinen.

Diana ging in den Flur und wechselte den Sender. Sie hasste Violinen. Nach zehn Uhr abends hasste sie alle Streicher. Und sie hasste es, wenn Fridolin, wie sie den Sprecher seit einiger Zeit nannte, so viel von der Nacht sprach. DIE KOLLEGEN VOM NACHTMAGAZIN! NOCH EINMAL AUF DEN NEUESTEN STAND! GUTE NACHT! Als würde Fridolin sich nicht für den Abend verabschieden, als würde er sich für immer verabschieden, als versänke Diana in den folgenden Stunden in einem uferlosen und schwarzen Brei, der sich irrtümlicherweise Nacht nannte und in Wirklichkeit nichts anderes darstellte als einen stillen und einsamen Tod.

Sie sank auf ihre Couch, leerte erneut das Glas und warf es dann auf den Boden, wo es in drei grazil geschnittene

Scherben zersprang. Diana wusste nicht, ob ihre unwetterdurchweichte Kleidung ihre missliche Lage verschuldet hatte oder ihr größenwahnsinniger Vater, ihre debile Mutter oder der Rotweinfleck auf ihrer Hose, war Bruno Bunter schuld, fragte sie sich, der kam und sich an ihr rieb und dann wieder ging, was einen Monat lang lustvoll gewesen, ein Jahr später aber fast traurig war, oder, fragte sich Diana, stellte das zersprungene Glas auf dem Wohnzimmerboden das weitaus größere Problem dar? Diana setzte die Rotweinflasche an den Mund und leerte sie in vier kräftigen Zügen, sie lächelte still.

Natürlich wusste sie, dass das größte Problem wie immer sie selbst darstellte, wie jeden Abend hatte sie genug getrunken, um sich das unter zaghaften Tränen einzugestehen, auch auf dem neu gewählten Sender verabschiedete sich indes der Nachrichtensprecher, wie jeden Abend schaltete Diana das Radio aus und legte ein Hörbuch ein, wie jeden Abend entkorkte sie die zweite Flasche Wein. Der Korken saß viel zu fest, Diana hatte wieder vergessen, einen Korkenzieher mit besserer Hebelwirkung zu kaufen. Sie stand auf, klemmte sich die Flasche zwischen die Beine und zog mit aller Kraft, bis der Korken aus dem Flaschenhals ploppte. Diana verlor das Gleichgewicht und schlug auf den Boden, die Flasche balancierte sie schützend auf ihrem Bauch, vorerst gab es keine weiteren Scherben.

Vor dem Badezimmerspiegel untersuchte Diana, ob sie sich verletzt hatte, zumindest im Gesicht durfte sie sich keinen Kratzer leisten und keinen Bluterguss, sie hatte in weniger als zwölf Stunden wieder Dienst auf ihrer Station. Sie rückte ihren Ausschnitt zurecht, der nasse Stoff spannte über dem Busen, sie richtete ihre Frisur, band den Zopf so eng, dass sie das Gefühl hatte, jemand ziehe an ihren Haaren, sie grinste sich an, frech und frivol. Und erstmals, seit Diana ihre Wohnung betreten hatte, erkannte sie wieder sich selbst. Die Frau, die sie im Spiegel angrinste, gefiel ihr. Die Frau war nicht eben schlank, aber überaus attraktiv. Diana hätte sich gern noch eine Weile betrachtet, aber es zog sie zurück zu ihrer Flasche Wein. Sie warf einen letzten Blick auf ihren Busen, der sie schon mit Stolz erfüllt hatte, als ihre Klassenkameradinnen noch kaschierend die Schultern nach vorne wölbten, Diana liebte ihren Körper, und sie teilte ihn gern mit einem Mann.

Natürlich hatte auch Bruno Bunter nicht verstanden, dass man einen Körper selbst dann mit jemandem teilen konnte, wenn man ihn nicht berührte, der Mann kam und ging, wie es ihm passte, immer nur rein und raus, würgte Diana einen zu großen Schluck Rotwein wieder die Kehle empor, immer nur kommen und gehen, schüttelte sie den Kopf, und niemals bleiben, was sie sich mehr wünschte als alles andere auf der Welt: dass endlich mal einer blieb, Diana war sich sicher, dass sie Bruno genügend Hinweise gegeben hatte darauf, sie war sich sicher, dass sie Bruno tief in die Augen geschaut, ihm zugezwinkert hatte, noch deutlicher werden, dachte Diana, hieße plump sein, sie war gewohnt, dass um sie geworben wurde, und nicht, dass sie um einen anderen warb.

Als Bruno Bunter seinen Außendienst in Friedrichshain beendet hatte und ständig in Dianas Nähe weilte, hatten sie an manchen Tagen mehrfach miteinander geschlafen, im Labor und im Chefzimmer und auf den Rollstühlen im Keller, Diana hatte Bruno Tag für Tag tiefer in die Augen gesehen, wie sie nicht eine Sekunde bezweifelte, und Bruno alsbald den Laufpass gegeben, bevor der Mann sie verließ, hatte Diana gedacht, verließ sie lieber den Mann, warum hatten die Männer kein Interesse, bei ihr zu bleiben, warum trennten sich alle wieder von ihr?

Diana, die ihre Gedanken für überaus schlüssig hielt, goss sich einen zu großen Schwall Rotwein ins Gesicht, der links und rechts aus dem Flaschenhals über ihre Mundwinkel lief, ihre Bluse einfärbte und auf dem Schonbezug der Couch versickerte. Mit aller Kraft versuchte Diana sich vorzustellen, wie sie in wenigen Stunden im gestärkten Weiß ihres Arztkittels ein Dutzend Schwestern befehligen und über Leben und Tod bestimmen würde, aber alles, was sie sah, war eine kleinlaute Tochter, die vom Vater eine Standpauke erhielt, deren eigene Argumente vom Donner hinweggewischt wurden und die nun in sich zusammengesackt und rotweinbesudelt auf der Couch ihrer Singlewohnung saß.

Warum gehorchte sie dem Vater, warum lehnte sie sich nicht gegen ihn auf, wenigstens in diesem einen Punkt, in dem ihre Auffassung der ihres Vaters diametral entgegenstand? Der eigene Vater tötete Dianas eigene Patienten, und das auf ihrer eigenen Station, und sie hatte nicht den geringsten juristischen Spielraum, das Walten des Vaters zu verhindern. Noch enger als ihre juristischen Zügel aber schienen Diana ihre menschlichen Fesseln, Hendrik war der einzige Mann in ihrem Leben, der nicht kam und ging, wie es ihm passte, Hendrik war der einzige Mann in ihrem Leben, der blieb. Stürbe der Vater, wäre Diana allein. Ihre Mutter war nichts als eine aggressive dumme Ziege.

Diana schluckte. Sollte sie wirklich? Was gab es jetzt noch zu verlieren! Sie wankte an den Schreibtisch und fuhr ihren Computer hoch. Alsbald klickte sie sich ins Netz. Über den Screen liefen wellenförmige Schlieren, die Buttons lösten sich aus der Ebene und kamen Diana entgegen, der Cursor flirrte wie ein Insekt. Sie rieb sich die Augen, knallte sich Wein in die Gurgel und sah wieder auf den Bildschirm. Die Adresse hatte sie bereits seit Wochen im Kopf. COMETOGETHER, tippte sie, DOT COM. Ohne Verzögerung baute sich die Seite auf, der Server war für Hunderttausende Anfragen gerüstet. FRAU, wählte Diana dann aus dem Drop-down-Menü, 30-40 JAHRE, wählte Diana, sie wählte: SUCHT MANN. Schlimmer, wusste Diana Miller, würde es so bald nicht mehr werden.

11.
PROST!

Kungebein war enttäuscht. Er hatte drei Viertel des gestrigen Gesprächs damit verbracht, seine Beine in eine neue Stellung zu bringen, an seiner Jeans zu zupfen und seine Hosentaschen zu weiten, er hatte sich gefühlt wie ein Teenager, und je mehr er vom Tod gesprochen hatte, desto mehr Leben hatte sich in seinem Schoß ausgebreitet, und dann verabschiedete sich dieses Mädchen mit einem kurzen Hinweis auf eine ziemlich bekloppte Lebensphilosophie. STRAIGHT EDGE! Kungebein schlug seine Stirn auf die Schreibtischplatte im Wachturm, nur die neueste Ausgabe von KOMPAKT dämpfte den Stoß, das Blatt war noch unberührt.

Natürlich hatte Kungebein nicht die Journalistin gemeint, als ihn ihre mädchenhaften Züge erregten, natürlich hatte er dieses Mädchen von früher gemeint, dieses Mädchen, auf das nur wenige Frauen gefolgt waren, die Journalistin musste volljährig sein, dachte er, sie arbeitete immerhin für KOMPAKT, dort arbeiteten keine Kinder, beruhigte sich Kungebein, der vor nunmehr zehn Jahren mit einer Minderjährigen geschlafen hatte und der in der Journalistin eine Frau gefunden hatte, die nur so aussah, als wäre sie noch immer ein Mädchen.

Kungebein fürchtete, dass er ohnehin versagt hätte,

wenn er vor dem Akt nicht mindestens zwei Liter Bier getrunken hätte, er hatte seit Jahren mit keiner Frau mehr geschlafen, und ob er sich nun, am Morgen danach, an einen ONE-NIGHT-STAND nicht erinnerte, weil er ihn im Suff begangen hatte, oder ob er sich nun, am Morgen danach, an einen ONE-NIGHT-STAND nicht erinnerte, weil er ihn gar nicht begangen hatte, tröstete sich Kungebein, machte auch keinen Unterschied mehr.

Er ließ erneut seinen Kopf auf die Schreibtischplatte sinken, dann schlug er die neue KOMPAKT auf, und seine Enttäuschung wuchs und wurde zu Wut. Erst auf Seite drei fand er den Artikel über die Agentur, das würde doch niemand mehr lesen, dachte er und konnte nicht glauben, dass auch KOMPAKT die Brisanz des Themas heruntergespielt hatte. Mit nervösen Falten auf der Stirn vertiefte er sich in die wenigen Zeilen.

MARENS LETZTER WILLE
AGENTUR HILFT TODKRANKEN

MAREN U. HAT ES HINTER SICH. SIEBEN JAHRE LITT DIE 47-JÄHRIGE AN EINER SCHLIMMEN NERVENKRANKHEIT. IHR KÖRPER WAR VOLLSTÄNDIG GELÄHMT. NUR MIT DEN AUGEN KONNTE DIE ÄRMSTE NOCH BLINZELN. ZU HILFE KAM MAREN NUN DIE AMK, EINE AGENTUR, DIE TODKRANKE AM LEBENSENDE BETREUT.

AUF IHREN EIGENEN WILLEN HIN BEKAM MAREN EIN STARK DOSIERTES BETÄUBUNGSMITTEL. DANACH SCHLIEF DIE TODKRANKE FRIEDLICH EIN. MARENS

TOCHTER ANNELIES, 26, IST ERLEICHTERT: «ENDLICH HABEN IHRE QUALEN EIN ENDE!»

EINE ZEITUNG HATTE DIE ARBEIT DER AMK IN DEN DRECK ZIEHEN WOLLEN. DIE PATIENTIN SEI ZU KRANK, UM IHREN EIGENEN WILLEN ZU BEKUNDEN, HATTE DIE ZEITUNG GESCHRIEBEN. ABER DAS BLATT WAR SCHLECHT INFORMIERT:

EIN NOTAR HATTE MARENS LETZTEN WILLEN BE-GLAUBIGT. ALLES LIEF JURISTISCH EINWANDFREI. «WIR KONNTEN DER ARMEN FRAU HELFEN», SAGT PAUL KUNGEBEIN, SENSIBLER GESCHÄFTSFÜHRER DER AMK. «WICHTIGER ALS EINFACH NUR ZU LEBEN, IST DOCH, BIS ZUM SCHLUSS DIE FÄDEN IN DER HAND ZU HAL-TEN!»

WEITERE INFORMATIONEN: WWW.AMK.DE

Paul Kungebein war entsetzt. Nur dreiundzwanzig Zei-len, versteckt auf Seite drei. Und das nach einem zwei-stündigen Gespräch, das ihn an den Rand eines Nerven-zusammenbruchs geführt hatte. Die AMK würde auch weiterhin in ihrem dunklen Wachturm vermodern, är-gerte er sich, wobei er auf seine Zunge biss, dann sog er die Wangen ein, bis der Schmerz kam.

Kungebein, der in den nächsten Tagen und Wochen ler-nen sollte, dass ein Dreiundzwanzigzeiler auf Seite drei der KOMPAKT mehr ins Rollen brachte als ein Leitartikel auf Seite eins der DEUTSCHLANDZEITUNG, gönnte sich ein frühmorgendliches Bier. Er schluckte, ohne zu schme-cken, die Kohlensäure blähte seinen Magen auf, und nachdem er die Flasche geleert hatte, vollführten seine Gedanken plötzlich eine 180-Grad-Kehre, sah Kungebein plötzlich klar.

Noch in seiner Jugend hätte der KOMPAKT-Artikel zu einem bundesweiten Skandal geführt, dachte er, hätte der Chefredakteur seinen Posten verloren, hätte die Kirche lautstark an Herz und Verstand der Blattmacher gezweifelt. Gerade mal zwanzig Jahre später, dachte er, meldete Deutschlands populärste und konservativste Zeitung wie nebenbei und im Ton, als berichte man über einen Börsengang, dass eine Frau auf ihren Willen hin in den Tod gespritzt worden war.

Kungebein lächelte zaghaft.

Er erinnerte sich an eine Sommernacht vor Millers Müggelseevilla, er erinnerte sich an Hendrik Millers Worte über das Leben und über das Sterben, an Worte, die seither Kungebeins Handeln bestimmten, an Worte, die er seither nachbetete, nicht das Leben an sich sei das höchste Gut, hatte Miller proklamiert, sondern das bis zum Schluss selbstbestimmte, die Maschinen verlängerten nicht das Leben, hatte er deklamiert, sondern das Leiden, Hendrik Millers Meinung schien langsam anzukommen, dachte Kungebein, in der Mitte der Gesellschaft.

Wenn ein Massenblatt wie KOMPAKT aktive Sterbehilfe als Segen verkaufen konnte, ohne einen Skandal loszutreten, dachte er und lächelte immer stärker, bis ihm die Mundwinkel weh taten, dann hatte sich die öffentliche Meinung schneller gewandelt, als Miller und Kungebein zu hoffen gewagt hatten. Wofür Miller und Kungebein

kämpften, leidenschaftlich der eine, eher geschäftstüch-
tig der andere, das mauserte sich soeben zum COMMON
SENSE. Paul Kungebein nahm zwei weitere Flaschen Bier
aus dem Kühlschrank und prostete sich zu.

Geschafft, glaubte er.

FÜNFTES KAPITEL

1.

IM OSTSPEICHER

Ein Jahr und zwei Dutzend Patienten später war Kungebein Marktführer in seinem Gewerbe, sein Rat war gefragt. Er hatte eine neue Jeansjacke gekauft und ein Paar Schuhe mit extrahoher Sohle anfertigen lassen, mit seinen neuen Schuhen maß er nun fast einen Meter und achtzig, und die hinzugewonnenen Zentimeter, meinte er, setzten seine wiedergewonnene Größe für jedermann sichtbar ins Bild.

KOMPAKT hatte es nicht bei dem einen Artikel belassen, KOMPAKT hatte eine ganze Kampagne gefahren, für die Freiheit des Menschen, für ein würdiges Sterben, für die AMK, die Homepage der Agentur war nach wenigen Tagen zusammengebrochen, das Telefonsignal hatte keine drei Minuten mehr pausiert, auf Kungebeins Grafiken war die Kurve der Kundenakquise steil nach oben geschnellt, die Kasse klingelte, die Totenglocken läuteten, die niedere Arbeit im Ghetto machte er längst nicht mehr selbst, und wo immer er auftrat, begannen die Leute zu tuscheln.

Paul Kungebein lehnte sich in seinem Sessel zurück und beobachtete durch das Fenster, durch eine Glasfassade vielmehr, wie das Schneetreiben über der Spree Minute für Minute heftiger wurde, die Flocken fielen immer dichter, wirbelten kaum noch durcheinander, häuften sich auf dem zugefrorenen Strom. Nur in der Mitte der Spree war Bewegung, kämpfte sich Packeis voran, krachte es splitternd, was Kungebein sogar hinter den Doppelglasscheiben seines geliebten Büros noch vernahm.

Die AMK war zweimal umgezogen im letzten Jahr, aus dem modrigen Wachturm in ein Büro in der Friedrichstraße und aus der Friedrichstraße in diesen herrlichen Speicher im Osthafen, einen Altbau mit Klinkerfassade, in dem früher die schönen Menschen von MTV gewirkt hatten, bis dem Jugendsender die Jugend abhandengekommen war, das Alter hingegen, dachte Kungebein, wann immer er an seine Vormieter im Ostspeicher dachte, das Alter bliebe bis zum endgültigen Aussterben der Gattung ein unversieglicher Strom!

Es klopfte an der Tür. Kungebein ließ einige Sekunden verstreichen, bis er einzutreten bat, dann stand Johann Wullbaums hölzerne Gestalt in der Tür, der Mann zog den Kopf ein, sein silberner Haarschopf streifte dennoch den Türrahmen, Wullbaum schritt auf Kungebeins Schreibtisch, reichte seinem Chef die neue Ausgabe der DEUTSCHLANDZEITUNG und verzog das Gesicht, seine Gelenke schmerzten bei jeder Bewegung.

Knapp ein Jahr nach seinem Ziehsohn war Johann Wullbaum ebenfalls entlassen worden, er hatte die Haltung der DEUTSCHLANDZEITUNG in Sachen Sterbehilfe mit liberalen Kommentaren torpediert, und Paul Kungebein hatte seinen um zwanzig Jahre älteren Ziehvater umgehend eingestellt, die AMK benötigte ohnehin gerade ei-

235

nen Mann für die PUBLIC RELATIONS, Johann!, hatte Kungebein seinem Ziehvater geschmeichelt, wir waren und sind doch ein Team!

Der geschäftsführende Direktor der Agentur Miller und Kungebein überflog die markierte Seite der DEUTSCH-LANDZEITUNG, Johann Wullbaum wartete neben dem Schreibtisch, ein mit RED gekennzeichneter Artikel kam nicht umhin, die fünfzehnte Gründung einer Sterbehilfe-agentur zu vermelden und dabei auf die AMK zu verweisen, als allseits anerkannten Marktführer, der Artikel gab sich betont sachlich, und doch sprachen Missgunst und Abscheu aus jeder Zeile, Kungebein sah seine ehemalige Redakteurin bildlich vor sich, diese widerliche Frau mit ihrem Studentenfutter, und er wünschte ihr, obwohl er das längst nicht mehr nötig hatte, eiternde Krankheiten an den Hals.

Paul Kungebein bedankte sich bei Johann Wullbaum, seine Position als Geschäftsführer der AMK, glaubte er, erlaubte ihm keine spöttische Bemerkung über die DEUTSCHLANDZEITUNG, er nickte nur und bedeutete Johann, er könne nun wieder gehen. Johann Wullbaums silberner Haarschopf verschwand gerade im Türrahmen, als Kungebein seinen Angestellten zurückrief. Ob man nicht mal wieder zusammen trinken gehen wolle? Er setzte sich aufrecht, drehte seinen Sessel von der Glasfassade zu Johann Wullbaum, wie früher, sagte er, in der Schlesischen Straße, drei Packungen Marlboro, Pernod bis morgens um vier?

Wenn Paul das wünsche, dann gern.

2.

ZWEI ZU ZWEI – UNENTSCHIEDEN

Auf dem Gehweg vor seiner Haustür war der Schnee unberührt, nicht einmal Tierspuren zeichneten sich ab, keine Hundepfoten, keine Spatzenkrallen, mit den hohen Absätzen seiner Schuhe trat Kungebein Kreise und Muster in die weiße Schicht vor der Hofeinfahrt, dann trampelte er alles platt, als habe er noch eine Rechnung zu begleichen, auf seinen Haaren und Schultern sammelte sich derweil neuer Schnee.

Paul Kungebein betrachtete die orange gefärbten Flocken unter der Straßenlaterne, es war dunkel, wenn Kungebein aufstand, und es war dunkel, wenn Kungebein heimkam, dazwischen schimmerte für wenige Stunden ein grauer Himmel, richtig hell wurde es nie. Er genoss das leichte Frösteln, das Dunkelheit und Kälte und Stille auf seinen Unterarmen hervorriefen, er dachte an die Wärme seines Lofts, die ihn in wenigen Minuten umschließen würde, der Vater fror leicht in den letzten Wochen, im Loft war es warm.

Paul schloss die Haustür auf. Er passierte das Vorderhaus und überquerte den Hof. Er machte die Tür zum Seitenflügel auf und stieg die Treppe hinauf, dann betrat er sein Loft. Er hörte Wasser rauschen. Für einen Moment glaubte Paul, es würde draußen regnen, aber durch das

Küchenfenster sah er, wie Schneeflocke um Schneeflocke in den Hof niedersegelte. Es war still draußen, und es war still im Loft, nur das Wasser rauschte, plätscherte, in feinen Fäden, schien es, auf harten Grund.

Paul Kungebein sah Licht im Bad, die Tür stand offen. Das Rauschen kam aus der Dusche, der Vorhang war zugezogen, der Vorhang wehte unter einem Luftstoß vor und zurück. Paul hielt sich am Türrahmen fest. Der Vater duschte seit über einem Jahr nicht mehr selbst. Seit Victors Wutsturz, der das ganze Loft ruiniert hatte, gab Paul seinem Vater DORMIBENE oder DIAZEPAM, sobald er ihn alleine ließ. Wie kam der Vater unter die Dusche?

Kungebein spürte seine Halsschlagader hervortreten und einem leichten Schwindel aufkommen, als er das Bad durchquerte, seine Plateauschuhe klackten laut auf den Fliesen. Am Waschbecken machte er halt, weil ihm schwarz vor Augen wurde, er hielt sich am Becken fest, wollte nach dem Vater rufen, seine Stimme versagte. Im vierten und letzten Stadium der Demenz war alle Hoffnung begraben, wie Kungebein wusste, davor gab es Besserungen und Verschlechterungen, täglich neue Überraschungen, die froh stimmten, die traurig stimmten, aber Victor lag seit Monaten ausschließlich im Bett.

Victor?

Paul ging den letzten Meter auf die Dusche zu und zog den Vorhang mit einem Ruck zur Seite. Die Dusche war leer. Der Wasserstrahl erreichte ungestört die Wanne. Paul Kungebein griff nach dem Regler, wobei er in den Strahl fassen musste, seine Jacke wurde nass, dann drehte er das

Wasser ab. Das Plätschern erstarb, der Duschkopf tropfte ein wenig, dann war es still. Paul spürte eine Gänsehaut im Nacken, er drehte sich um.

Der Spalt zwischen Tür und Rahmen verringerte sich langsam, Paul sprang auf, die Tür fiel ins Schloss, die Klinke schlug auf die Fliesen. Irgendetwas sagte ihm, dass er gefangen war in seinem Bad, in seinem eigenen Loft, das Schloss schien beschädigt, sein Herz pumpte einen absurden Rhythmus, dann wurde ihm erneut schwarz vor Augen.

Als er wieder sehen konnte, bückte sich Paul nach der Klinke und führte den Vierkantstahl zurück ins Schloss, die Tür klinkte einwandfrei, und er trat auf den Flur hinaus. Seine Stirn und sein Hemd waren nass, er trug noch immer seine Winterjacke. Er streifte sie ab und warf sie unter die Garderobe, dann schnürte er seine Stiefel auf und schlüpfte heraus, umgehend büßte er an Größe ein, er hasste diese Bewegung, er hasste sich selbst.

Victor?

Der Vater lag im Bett und weinte, den Kopf akkurat auf dem Kissen, die Laken wie unberührt. Victor lag immer im Bett und weinte, wenn sein Sohn nach Hause kam. Paul setzte sich auf die Bettkante und strich seinem Vater die Haare aus der Stirn. Bis vor wenigen Wochen hatte das den Vater beruhigt, hatte Victor unter der Berührung seines Sohnes das Weinen eingestellt, inzwischen aber weinte Victor einfach weiter.

Papa, sagte Kungebein. Victor war längst kein Papa mehr, Victor war auch kein Vater mehr, war Victor überhaupt noch ein Mensch? Ohne es zu wollen, erinnerte sich Kungebein an die Definition eines Lebewesens, Paul sah sich vierzehnjährig auf einer Schulbank, der Lehrer rief ihn auf, Paul musste die Definition an die Tafel schreiben, ihm waren nur drei von vier Merkmalen eingefallen. Befriedigend.

Stoffwechsel? Gegeben. Kungebein erneuerte allabendlich Victors Windel. Fortpflanzung? Gewesen. Kungebein war immerhin Victors Sohn. Reflexe? Kaum. Auch als Kungebein vor dem Gesicht seines Vaters herumwedelte, blickte Victor durch seinen Sohn hindurch wie durch einen Kubikmeter Luft. Immerhin zwei zu eins für das Leben, dachte Paul, immerhin zwei zu eins gegen den Tod. Was aber war das verdammte vierte Merkmal gewesen? Würde es dann drei zu eins stehen oder zwei zu zwei? Und würde ein UNENTSCHIEDEN für das Leben sprechen oder doch für den Tod?

Paul Kungebeins Augen wurden feucht. Er zog seine kalt durchgeschwitzten Socken aus und legte sich zu seinem Vater ins Bett. Der Vater weinte. Sagte er nicht MARIE-SOPHIE? Der Vater sprach seit Wochen nicht mehr. Kungebein fror. Er deckte Victor auf und schmiegte sich an ihn, Victors Körper war warm. Paul legte die Decke über den Vater und über sich selbst, er achtete darauf, dass keine Freiräume blieben, durch die ihre Körperwärme entweichen konnte, er spürte Victors Herz.

Papa, sagte er leise.

Als Paul erwachte, war sein Vater eingeschlafen. Paul wusste, dass er sich das Lächeln auf Victors Lippen nur einbildete. Was ein Säugling noch nicht konnte, konnte Victor nicht mehr, der Vater wusste nicht, wie man lächelte. Paul Kungebein lag wach. Er glaubte die Schneeflocken draußen auf dem Fenstersims niedergehen zu hören. Wie jede Nacht fragte er sich, warum er Victor nie von seiner Arbeit erzählt hatte, von der Agentur, von den Formularen, wie jede Nacht fragte er sich, warum er den Vater nicht aufgeklärt hatte, als der Vater noch Wörter und Sätze und sogar den Sinn dahinter verstand.

Kungebein liebte die Stille seines Lofts nach einem verschneiten Tag im Dezember, und er liebte es, mit jemandem zu sprechen, wenn er nach Hause kam, ein paar Wörter zu artikulieren vielmehr, selbst wenn er keine Antwort bekam, Paul wechselte nicht gern Victors Windeln, aber er spürte gern Victors Wärme dabei, Paul schmerzten die Tränen des Vaters, und umso lieber sah er sie trocknen, Paul ekelte sich, wenn Victor beim Füttern um sich spuckte wie ein kleiner Vulkan, und Paul lachte, wenn der Vater sich nach dem Essen über den Bauch strich und ein Strahlen seine Augen erhellte.

Kungebein hatte sich Tag für Tag vorgenommen, von seiner Arbeit zu sprechen, er hatte Abend für Abend um das erste Wort gerungen, dem unweigerlich der klärende Satz gefolgt wäre, er hatte sich Nacht für Nacht gefragt, ob das Aufzeigen einer Möglichkeit seinen Vater bereits zur Erlösung gedrängt hätte, und irgendwann und ohne dass Kungebein den Zeitpunkt hätte benennen können, hatte Victor sich von seiner Umwelt verabschiedet, inzwischen hörte er höchstens noch auf sich selbst. Paul war feige gewesen, und er wusste, dass er feige gewesen war, und er schämte sich dafür. Aber er würde seine Feigheit wieder-gutmachen, schon bald.

Das war er seinem leiblichen Vater schuldig.

3.

GROSS UND KLEIN

Noch im Halbschlaf spürte Hendrik Elenas Wärme an seinen Schenkeln, an seinem Bauch, an seinem Geschlecht, wie gestern Morgen und wie am Morgen zuvor weckte Elena ihren Mann mit kreisenden Bewegungen, Hendrik Miller umschlang Elenas Körper mit seinen Armen, mit seinen Beinen, noch nicht ganz bei Bewusstsein legte er seine Hände auf ihren Busen, fiel er in Elenas rhythmische Bewegungen ein, dann erwachte er langsam, wollte sich gerade mit seiner Frau vereinen, als plötzlich sehr klein wurde, was gerade noch groß war, Hendrik Miller rollte sich weg.

Er knipste die Nachttischlampe an, damit diese Spritze vor seinem inneren Auge verschwand, diese wächserne Armbeuge mit den schwarzen Haaren darauf, dieses eingefallene Gesicht, das schon lebend einem Totenschädel glich, Hendrik starrte auf die Stoffbahnen, die Elena über ihrem Ehebett befestigt hatte, Spritze und Haare und Schädel tanzten nun auf den Stoffbahnen, und Hendrik gab auf.

Elena griff hinter sich und überprüfte, was sie ohnehin schon wusste, sie versuchte, den Schaden mit gezielten Handbewegungen wiedergutzumachen, und das nicht nur mit mäßigem, sondern mit rückläufigem Erfolg, wie

Hendrik Miller still konstatierte, Elena holte Luft und tätschelte ihrem Mann die Wangen, spielte mit den dicken Strähnen seiner schlafzerzausten Haare, warum er Licht gemacht habe?, Elena lächelte und gab Hendriks angespannten Gesichtszügen einen zur Lockerung bestimmten Kuss.

Das mache doch nichts, sagte sie, das sei doch nur eine Phase, Hendrik übernehme sich eben ein bisschen, er schlafe zu wenig, er rauche zu viel, Miller erinnerte sich an den wenig erbaulichen Morgen am Vortag und an den ebenso unbefriedigenden davor, und er konnte nicht glauben, wie sehr ihn nach dreißigjähriger Ehe, nach dreißig Jahren erfüllter Nähe, wie Hendrik und Elena sich immer einig gewesen waren, ein paar kleine Hänger so sehr aus der Bahn warfen, dass sich bis auf den entscheidenden Teil sein ganzer Körper versteifte.

Der Sex hatte Hendrik und Elena durch Routine und Krisen getragen, er hatte besser als alle Gespräche ihre Missverständnisse aufgelöst, wie eine Massage eine nervöse Verspannung, Hendrik Miller wusste, dass sein Leben ohne Elena keinen Sinn hatte, und er wusste, dass seine Liebe zu Elena ohne Sex keinen Sinn hatte, was man durchaus nicht so zusammenkürzen konnte, dass Elena nur seiner Befriedigung gedient hätte, wie Miller ganz genau wusste und seiner Frau nur schwer hätte vermitteln können.

Er solle sich doch entspannen, flüsterte Elena in Hendriks Ohr, und wie immer genoss Hendrik das feine Kitzeln ihres noch schlafwarmen Atems in seiner Ohrmuschel, er bekam dennoch Kopfschmerzen, dreißig Dienstjahre lang hatte er Heim und Arbeit trennen können, hatten ihn in der Villa keine Erinnerungen an Tote und Kranke gequält, schon gar nicht im Bett, er hatte zu Hause selten von seiner Arbeit gesprochen und schon gar nicht von ihr geträumt.

Elena hatte recht. Der rasante Aufschwung der AMK schien nicht nur Paul Kungebein nicht zu bekommen, Hendrik dachte an Kungebeins überdimensioniertes Büro im Osthafen, an Kungebeins Plateauschuhe, an seine eitlen Interviews, Hendrik Miller schüttelte den Kopf, der rasante Aufschwung der AMK schien auch ihm selbst nicht zu bekommen, er war als Chef der Ärzte-Ethik-Kommission wiedergewählt worden, und jede freie Minute verschlang seit dem Coup mit KOMPAKT die Agentur.

Zwar hatte Kungebein einen Mitarbeiter eingestellt, ausgerechnet für die PUBLIC RELATIONS, dachte Hendrik Miller, für die PUBLIC RELATIONS natürlich als Erstes, dachte er, zwar hatte Miller sich weder um die Verwaltung zu kümmern noch um die Kundenakquise, aber er musste noch immer jeden Beratungsschein unterschreiben, und meistens spritzte noch immer er selbst. Vielleicht, sagte Hendrik zu Elena und riss seinen Blick von den Stoffbahnen über ihrem Ehebett, die Spritze stach in den Totenschädel vor Hendriks Augen, er fixierte umso stärker Elenas Gesicht, bis endlich das Blau ihrer Augen zu ihm durchdrang, vielleicht sollte er seine Mitarbeit in der Agentur aufkündigen.

Elena küsste und schleckte Hendrik ab, als wäre sie eine

Hündin, sein Gesicht wurde nass vom Kinn bis zu den Schläfen, dann hielt Elena ihren Mann links und rechts an den Ohren, und sagte, während sich beider Nasen berührten, sie wünsche sich ebendas, seine Kündigung, mehr als alles andere auf der Welt, Hendrik möge endlich aus dieser unseligen Agentur aussteigen, und vor allem aus Kungebeins Fängen, Paul Kungebein werde immer größer, stehe jeden Tag in der Zeitung und bequatsche jeden Sender, und Hendrik werde immer kleiner, und damit meine sie nicht das Malheur gerade eben, sagte Elena, sondern Hendriks überaus bescheidene PUBLICITY, immerhin sei die Agentur Hendriks Idee gewesen und durch seinen Coup bekannt geworden, aber Kungebein allein sahne den ganzen Erfolg ab.

In der Tat verdiente Miller keinen einzigen Cent mit der Agentur, im Gegenteil hatte er die Existenzgründungskredite sogar aus eigener Tasche zurückgezahlt, was seinem jahrzehntelang wohlgenährten Konto indes kaum anzusehen gewesen war, aber auch nun, nach dem Durchbruch der AMK, hatte Miller sich nicht um das Finanzielle geschert, hatte er Kungebein nie gedrängt, die Konten offenzulegen.

Der bundesweit geschätzte Leiter der Ärzte-Ethik-Kommission an der Berliner CHARITÉ brauchte kein Geld, und er brauchte keinen Ruhm, umso mehr war Miller, der mit der Agentur keinen Cent verdienen wollte und keinen Cent dafür ausgegeben hätte, um seinen Namen in der Zeitung zu lesen, auf Kungebeins Ehrgeiz angewiesen. Nur wenn der andere durch die Presse mäanderte, wusste

Miller, in dieser schillernden Mischung aus Engel und Teufel, würde die Hilfe der Agentur dort ankommen, wo sie benötigt wurde, bei den Siechen und Todkranken dieser Nation.

Auf Kungebeins Bilanzen sah Hendrik Miller, wie vielen Kreaturen dieser traurige Kretin geholfen und wie viel Elend dieser Elendige verhindert hatte, Miller hatte zwar Mitleid mit Kungebein, mit dieser Mensch gewordenen Mischung aus Ehrgeiz und Einsamkeit, aber Kungebeins Existenz war schlicht irrelevant im Vergleich zu den vielen Existenzen, denen seine Eitelkeit Erlösung bot. Hendrik Miller hatte sich nicht verschätzt in seinem Kollegen, damals im Frühjahr, nach der Pressekonferenz, Paul Kungebein war und blieb genau Millers Mann.

Elena würde nicht verstehen, dass man aus einer guten Sache nicht auch gutes Geld machen wollte und sich selbst einen Namen, seine Frau betrieb ihre Kunst ausschließlich, um über sich in der Zeitung zu lesen, und so begnügte sich Hendrik mit der feinen Replik, dass Kungebein nicht immer größer werde, sondern sich immer größer mache, ob Elena nicht gemerkt habe, dass der Gockel neuerdings auf Plateausohlen durch die Straßen rausche, im Übrigen, sagte Hendrik mit einigem Timbre in seiner sonoren Stimme, im Übrigen beende er, sobald Kungebein einen Nachfolger gefunden habe, seine Arbeit für die AMK.

Versprochen?

Versprochen!

4.
DIE GUTE NACHRICHT

Wo ist Bruno Bunter?!

Paul Kungebein brüllte in seine Sprechanlage, mit der vorerst nur Johann Wullbaum vernetzt war, auch Johann Wullbaum hatte den ehemaligen Altenpfleger Bruno Bunter nicht gesehen, Kungebein artikulierte eher unverständlich die Wörter MILDE und MENSCHLICHKEIT, wobei er kleine Bläschen auf das Mikrofon seiner Sprechanlange spuckte, das habe er nun davon, rief er, dass er Bunter eingestellt habe, hätte der Mann doch bei seinen Alten voller Würmer bleiben sollen, auf den Mann, so Kungebein weiter, sei so viel Verlass wie auf die personifizierte Demenz!

Er unterbrach mit einem Fausthieb auf seine Sprechanlage die Verbindung – im selben Moment stand Bruno Bunter in der Tür. Ob sein Chef vielleicht Hilfe benötige?, fragte Bruno etwas unsicher und schob schildkrötengleich den Kopf seiner ohnehin untersetzten Gestalt nach vorne, er bückte sich nach einem Kalender, der ihm aus der Hand gefallen war, und während er sich bückte, rutschte sein Portemonnaie aus der Hemdtasche, geduldig hob Bruno erst den Kalender und dann das Portemonnaie wieder auf und näherte sich Kungebeins riesigem Schreibtisch.

Hallo, Bruno!, winkte Kungebein seinen zweiten Angestellten näher heran, nehmen Sie doch Platz! Ob Bruno
etwas trinken wolle? Oder vielleicht einen Keks? Der Altenpfleger Bruno Bunter hatte nicht nur seinen Außendienst beendet, in Friedrichshain, Bruno Bunter hatte
auch seinen Dienst auf Dianas Station beendet, im BER-
LINER STIFT, der Außendienst unterschied sich kaum von
der Arbeit im STIFT, hatte Bruno gelernt, hier wie dort
kringelten sich Würmer aus wund gelegenen Stellen, hier
wie dort stürzten Demente auf das Pflaster im Hof, einzig sein Verhältnis zu Diana hatte sich verändert, je
öfter die beiden sich sahen, desto weniger schliefen sie
miteinander, hatte er gelernt, dann hatte sich die Frau
ohne jeden ersichtlichen Grund von ihm getrennt, und
wer schon sonst keine Frauen verstand, verstand mit Sicherheit nicht Diana Miller.

Etwa ein Jahr später, an einem verschneiten Januarmor-
gen, in einem Speicher im Osthafen, wollte Paul Kungebein mit seinem Angestellten einige Termine abgleichen,
der Mann war Fahrer und Sekretär in Personalunion, am
Abend solle Hermann Borges seiner Behandlung zugeführt werden, sagte Kungebein, der Dienstwagen stehe
doch hoffentlich bereit? Bruno Bunter schaute in seinen
Kalender und dann etwas irritiert aus dem Fenster, auf
die Spree hinunter, Hermann Borges sei doch schon, also
vor einem halben Jahr sei Hermann Borges bereits, Bruno
meine, Hermanns Behandlung sei doch längst –

Paul Kungebein, der inzwischen fast fünfzig Patienten
begleitet hatte, kam langsam mit den Fällen durcheinan-

der. Hermann Borges? Hermann Borges! Kungebein erinnerte sich: der Mann, der klang wie ein ganzes Konzert, das Röcheln seines Atems, das Husten am Telefon. Hermann Borges hatte sich zunächst nur erkundigen wollen, rein theoretisch, hatte er rührend betont, wie eine Behandlung vor sich gehe, der Mann hatte Krebs im Endstadium gehabt, er hatte sich gegen eine Behandlung entschieden und wenig später dafür, und das ziemlich kleinlaut, wie Kungebein sich dunkel erinnerte. Bruno hatte recht, der Mann war längst tot. Paul Kungebein wühlte in seinen Unterlagen. Da habe er wohl etwas –

Das Telefonsymbol blinkte auf. Kungebein bedeutete Bruno Bunter zu warten und klickte die Leitung frei. Am anderen Ende meldete ein ziemlich erschöpft klingender Hendrik Miller mit ziemlich wenigen Worten, dass er seine Arbeit für die AMK beenden wolle, dass Kungebein sich nach einem anderen Arzt umsehen solle, Hendrik Miller gratuliere seinem Kollegen zum stetig wachsenden Erfolg, Hendrik habe seine Arbeit immer nur als Anschubhilfe verstanden, nun aber laufe die Agentur ja fast von alleine, natürlich stehe Hendriks Rat seinem jüngeren Kollegen weiterhin zur Verfügung, von seinen täglichen Pflichten hingegen wünsche er sich alsbald befreit.

Paul Kungebein täuschte Beschäftigung vor, das Telefon blinke ohne Unterlass an diesem Morgen, ob Hendrik das ernst meine?, in Kungebeins Büro gäben sich die Leute die Klinke in die Hand, Hendriks Entscheidung bedauere er sehr, er habe in einer Viertelstunde den nächsten Termin, Hendriks Entscheidung müsse man noch mal in

Ruhe überdenken, nun aber erwarte er einen neuen Klienten, wie Hendrik denn zu seiner bedauerlichen Entscheidung gelangt sei? Miller nuschelte irgendetwas von persönlichen Gründen, von seiner Frau Elena, dann legte er auf.

Was er da für eine gute Nachricht erhalten habe?, fragte Bruno Bunter, der das ganze Gespräch über in das verschmitzt grinsende Gesicht seines Chefs gestarrt hatte, Paul Kungebein zwang seine Mundwinkel nach unten, im Gegenteil, klärte er seinen Angestellten auf, der allseits geschätzte Hendrik Miller verlasse die Agentur, Brunos Stelle werde hiermit von einer halben auf eine ganze aufgestockt, im Übrigen werde ein eigener Arzt eingestellt, Kungebein wies auf seine Unterlagen, und dieser Termin heute Abend, der betreffe natürlich nicht Hermann Borges, sondern Heide Tohres, er lachte und zwinkerte Bruno zu, die phonetische Ähnlichkeit, Bruno müsse verstehen. Im Übrigen, wenn er den Dienstwagen für den Abend reserviert habe, könne Bruno nun gehen.

Als seine Bürotür ins Schloss fiel, schlug Kungebein seine rechte Faust gegen die Handfläche seiner Linken, seine Handgelenke knackten, er zog einen Flachmann aus der Schublade und leerte ihn in einem Zug, leicht benommen stellte er sich an seine Glasfassade und bewunderte das Schneetreiben über der Spree, das Packeis in der Mitte des Stroms, die reflektierenden Lichtpunkte darin, und am meisten bewunderte er sich selbst, den nunmehr alleinigen Chef der Agentur Miller und Kungebein, die er alsbald in Agentur Kungebein umbenannt hätte, wenn die

251

AMK nicht längst zur Marke avanciert wäre, zum allseits bekannten Label.

Zu Hause weste derweil der Vater.

5.
DREI WODKA UND EINE FLASCHE WEIN

Zwei Tage später saß Kungebein im XERXES und blickte verstohlen auf seine Armbanduhr. Er wartete bereits zwanzig Minuten, und er wartete nicht gern. Schon gar nicht an einem eingedeckten Tisch für zwei Personen, da konnte er sich ja gleich ein Schild um den Hals hängen mit der Aufschrift ICH BIN EIN LOSER – ICH WURDE VERSETZT. Geschäftig blätterte er in einem Wochenblatt, ohne auch nur einen Artikel zu lesen, dann sah er wieder auf die Uhr.

Zweiundzwanzig Minuten.

Vorsichtig hob Kungebein den Kopf. Zwei Tische weiter saßen drei ehemalige Kollegen von der DEUTSCHLAND-ZEITUNG, Kungebein hatte sie mit einem unachtsamen Nicken bedacht, als er zur Tür hereingerauscht war, und nun tuschelten sie bereits. Paul Kungebein beglückwünschte sich, dass er noch in der Agentur drei Wodka gekippt hatte, sonst würden längst schon nervöse Flecken sein Gesicht verunstalten.

Seit die Agentur Schlagzeilen gemacht hatte, verabredete sich Kungebein ausschließlich im XERXES, normalerweise genoss er es, zu seinen alten Kollegen hinüberzugrüßen und dann mit Persönlichkeiten aus Politik und Wirtschaft zu Mittag zu essen, die seine alten Kollegen allenfalls interviewen durften, heute aber kaute er verbissen auf seinem Pfefferminzbonbon. Ob man Wodka wirklich nicht roch?

Eigentlich hatte er den Schnaps gekippt, um vor dieser Frau, vor diesem Mädchen vielmehr, nicht ins Stottern zu geraten, Kungebein fiel exakt ein Mensch ein, für den es sich lohnte, allein im XERXES zu warten, für den es sich lohnte, die Schmach zu erdulden, und mit genau diesem Menschen war er verabredet. Paul Kungebein schmunzelte. Er hatte den Geruch der Journalistin in der Nase, als stünde sie vor ihm, er sah ihre blonden Haare, ihre jugendliche Haut.

Er blickte auf. Ein grauer Mann Ende vierzig stand an Kungebeins Tisch und räusperte sich. Ob er sich irre, fragte der Mann und deutete eine Verbeugung an, oder ob vor ihm der Geschäftsführer der AMK sitze? Paul Kungebein, der sich von niemandem gestört fühlte, der ihn erkannte, lächelte mild. Was er für den Herrn tun könne?

Der Fremde nahm seinen Hut ab, Schneereste fielen auf den Boden, der Mann schien gerade erst zur Tür hereingekommen zu sein, er setzte seinen Hut wieder auf und hängte ihn schließlich an eine Stuhllehne, er habe gehört, dass Kungebein um die Mittagszeit öfter im XERXES – ob er vielleicht für einige Minuten um seine Aufmerksamkeit –

Paul Kungebein blickte auf seine Armbanduhr. Er wartete bald eine halbe Stunde, die Journalistin hatte ihn wirklich versetzt. Immer noch besser, den falschen vor sich zu haben, dachte er, als gar niemanden, und er bedeutete dem Mann, Platz zu nehmen. Kai Winkeler, stellte der Fremde sich vor und schob sofort hinterher, dass sich Kungebein an keine frühere Begegnung erinnern müsse, es habe keine frühere Begegnung gegeben, sicherlich sei es schwierig, sagte Kai Winkeler, wenn man ständig von Leuten erkannt werde, die man selbst nicht kenne, Kungebein schnalzte mit der Zunge und wiegelte ab.

Er sehe das zweite Gedeck vor sich, sagte Kai Winkeler, der noch immer einen schwarzen Filzmantel trug, in den Fasern schmolz langsam der Schnee. Er wolle wirklich nicht… Kungebein, der an Kleidung und Gebaren seines Gegenübers erkannte, dass der andere sich zum ersten Mal im XERXES aufhielt, erklärte gelassen, die Tische würden immer komplett eingedeckt, er sei durchaus nicht verabredet, er habe nur kurz etwas essen wollen, womit dem Herrn also zu dienen sei?

Kai Winkeler bedeutete dem Kellner ziemlich barsch, dass er nichts trinken wolle, Kungebein überlegte, ob der Mann womöglich doch öfter hier verkehrte, dann erklärte Winkeler, dass sein Vater seit bald zehn Jahren im BERLINER STIFT lebe, Jahr für Jahr weniger werde, von der Außenwelt nichts mehr mitbekomme und von vier Graden der Demenz den letztmöglichen erreicht habe, Winkeler scherzte nervös, über Demenzgrade brauche er den Geschäftsführer der AMK ja nicht aufzuklären! Kungebein wusste, dass der Mann auf die Arbeit in der Agentur anspielte und nicht auf Pauls Vater Victor, und dennoch fühlte er sich gekränkt.

Kai Winkeler ordnete seine graugelben Gesichtszüge, der Mann musste Kettenraucher sein, dachte Kungebein, oder mit Chemikalien hantieren, Winkeler gab sich einen Ruck und fuhr fort. Sein Vater, Friedbert heiße er übrigens, Friedbert Winkeler, sein Vater also habe noch Glück gehabt, beteuerte der Mann an Kungebeins Tisch, die Station des Vaters werde von einer überaus lebensfrohen und, Winkeler stockte, sah Kungebein tief in die Augen, etwas üppigen Frau, sagte Kai Winkeler, der sich soeben etwas zu verheddern schien – die Stationsleiterin sei in jedem Fall, sagte er, ein guter Mensch, zu dem sein Vater eine gewisse, nun ja, Beziehung aufgebaut habe.

Paul Kungebein, der nicht wusste, worauf genau der Mann hinauswollte, bestellte nun doch eine Flasche Wein statt eines Mittagessens, überdeutlich hatte er die runden Formen Diana Millers vor Augen, Kungebein war froh, dass er nichts mehr mit Diana Miller zu tun hatte, mit dieser lauten Erscheinung, die Kungebein nun doch wieder zu verfolgen schien, ein Jahr nachdem sie mit mäßigem Erfolg seine Masturbationsfantasien genährt hatte.

Kungebein versuchte zusammenzufassen. Die Stationsleiterin führe also eine Beziehung mit Kai Winkelers Vater, der hochgradig dement sei? Er blickte dankbar auf die Weinflasche, die ihm zur Abnahme unter die Nase gehalten wurde. Der Kellner entkorkte die Flasche und goss dem Gast einige Tropfen zur Degustation ins Glas, Kungebein kaute und schmeckte den Wein, dann nickte er, und der Kellner dekantierte die Flasche. Kai Winkeler wartete, bis der Kellner wieder abgezogen war, und rückte dann zurecht, dass es sich nicht um eine Beziehung im erotischen Sinne handle, die Stationsleiterin sei überaus honorig, Kungebein wunderte sich über das seltsame Wort und nahm einen großen Schluck Wein.

Er habe sich soeben etwas verrannt, gestand Kai Winkeler kleinlaut, das Thema sei schwer zu umreißen, er habe eigentlich nur wissen wollen, ob seinem Vater vielleicht zu helfen sei, mit der Agentur, der Vater liege Tag und Nacht im Bett und kote sich ein. Kungebein setzte sein Glas ab, erst jetzt fiel ihm auf, dass Kai Winkelers Glas leer war, in einem Anfall von Nähe, die Kungebein augenblicklich bereute, schob er Winkeler sein eigenes Glas hinüber, der andere lehnte dankend ab.

Ob der alte Herr Winkeler denn eine Willenserklärung unterzeichnet habe? Kai Winkeler rutschte auf seinem Stuhl herum und zog seinen Mantel aus, wie bereits erwähnt, sei der Vater im vierten und letzten Stadium dement. Und woher Kai Winkeler dann den Willen des Vaters kenne?, fragte Kungebein, den seine eigene Frage entsetzte, der Misstrauen säte, wo er eigentlich zustimmen wollte, er meine, schob er korrigierend nach, ohne den expliziten Willen des Vaters sei es nun einmal schwer –

Kungebein habe natürlich recht, gestand Winkeler etwas erschöpft, er habe nur gehofft, diese Frage nicht gestellt zu bekommen, nicht vom Geschäftsführer der AMK, den er aber nur aus den Medien kenne, den er womöglich vollkommen fehl einschätze, er habe eben gehofft, es gebe eine andere Lösung, einen dritten Weg, auch ohne Willenserklärung, überhaupt seien seine Erkundungen rein theoretischer Natur, versicherte Kai Winkeler, der Vater von früher habe immer einen Horror gehabt vor dem Zustand des Vaters von heute, es müsse doch auch der immanente Wille gelten, flehte Kai Winkeler, selbst wenn er nicht schwarz auf weiß manifestiert worden sei?

Kungebein schwieg.

Schließlich könnten einen auch Unfälle oder Katastrophen jederzeit in eine prekäre Situation bringen, fuhr Winkeler fort, bei dem Mann schien ein innerer Damm gebrochen zu sein, während Kungebein immer höhere Mauern um sich errichtete, Paul Kungebein solle sich vorstellen, er wache nach einer Massenkarambolage im Krankenhaus auf, bewegungslos, sprachlos, aber bei vollem Bewusstsein, in diesem Fall müsse ihm, oder Kai Winkeler wolle es allgemeiner halten, in diesem Fall müsse EINEM doch zu helfen sein, auch ohne Willenserklärung, wer unterzeichne schon in der Blüte seiner Jahre eine Willenserklärung, da müsste ja jedes Schulkind eine aufsetzen, sofort nach dem Erlernen der Schrift.

Noch ehe Kungebein sie sah, roch er die Journalistin. Mit fliegenden Haaren und wehenden Rockschößen stürzte sie unter tausend Entschuldigungen zur Tür herein. So hatte er sich das vorgestellt, nur eine halbe Stunde früher und ohne die Entschuldigungen. Kungebein lächelte nicht, er grinste. Wenn Kai Winkelers Vater Friedbert keine Willenserklärung aufgesetzt habe, sagte er, ohne die Journalistin aus den Augen zu lassen, könne die Agentur leider nichts für ihn tun. Im Übrigen habe er nun einen wichtigen Termin.

Kai Winkeler klappte das Kinn herunter, die graugelbe Haut warf scharfe Falten dabei, er nahm seinen Hut, warf einen Schein auf den Tisch und verschwand. Kungebein winkte die Journalistin näher heran, er betrachtete ihre hohen Stiefel, die ihn nur deswegen nicht verunsicherten, weil keine Frau sie trug, sondern ein Mädchen, er bat die Journalistin auf den noch sitzwarmen Stuhl, nach drei Wodka und einer halben Flasche Wein fühlte er sich bestens für sie präpariert. Leider war die Journalistin noch immer STRAIGHT EDGE, wie Kungebein bei ihrer Getränkebestellung erfahren musste, und schon eine Stunde später saß Kungebein wieder an seinem Schreibtisch.

Allein.

6.

IN EIGENREGIE

Am Abend lagen Paul Kungebein und sein Vater Victor vor dem Fernseher, Paul blickte auf das Gerät, Victor blickte an die Decke, beide schwiegen, beide weinten, Pauls Hand lag auf Victors Knie. Der Sohn hatte dem Vater zu viel DIAZEPAM in den Brei gemischt, er hatte einen ruhigen Abend verbringen wollen, er überlegte zu jeder Stunde, wie er sich später an sie erinnern würde, er blickte längst aus der Zukunft auf die Gegenwart zurück, und er wollte sich nicht an ein Untergangsszenario erinnern müssen aus Scherben und Bissen und Geschrei, Paul fragte sich, ob das Tranquilizer-Opfer zu seiner Rechten eine bessere Erinnerung böte, später, dachte er, wenn alles vorbei wäre, dachte er und schaltete um.

Paul hatte sich längst angewöhnt, den Ton abzuschalten, wenn er mit dem Vater fernsah, die wilden Schnitte aus Filmmusik und Geschrei machten den Vater unnötig nervös, Paul beobachtete den Wortwechsel einer Suizidkandidatin mit ihrem Retter, die beiden standen auf einer Dachrinne und redeten und redeten, ihre Münder bewegten sich monoton, Paul hielt die schiere Anzahl der Wörter für unwahrscheinlich, was gäbe es in dieser Situation noch zu sagen, zum Glück verstand er ohnehin nicht ein Wort.

Er schaltete um. Mit der linken Hand wischte er dem Vater schaumigen Speichel aus dem Gesicht, seine Hand wurde nass, er trocknete den Speichel an der Hose ab, im Fernseher begatteten sich Kühe. Was hatte sich dieser Winkeler eigentlich gedacht!, zürnte Kungebein, der sich vorgenommen hatte, den ganzen Tag nur an die Journalistin zu denken, der aber den ganzen Tag an Kai Winkeler gedacht hatte, sollte Kungebein dem Mann vielleicht eine Spritze mitgeben, für dessen Vater, oder sollte er die beiden zu sich nach Hause einladen, zu einem gemütlichen Kaffeestündchen mit anschließendem Tod?

Einem Zuchtbullen wurde Samen entnommen. In der Schulter einer Kuh steckte eine riesige Spritze. Kai Winkeler hatte Paul nichts Neues erzählt. Die AGENTUR MILLER UND KUNGEBEIN hatte einen entscheidenden Schwachpunkt, wusste Paul und sah, wie ein behandschuhter Arm ein Kalb aus dem Hintern einer Kuh zog, die AGENTUR MILLER UND KUNGEBEIN reizte zwar den Rahmen des rechtlich Möglichen aus, dachte er zum hundertsten Mal, nicht aber den Rahmen des moralisch Gebotenen, wir helfen denen, die danach schreien, dachte Paul einmal mehr, und wer nicht mehr schreien kann, den lassen wir links liegen, ein blutverschmiertes Bündel plumpste ins Heu.

Kungebein spielte mit dem Gedanken, auch etwas mehr DIAZEPAM zu nehmen als üblich oder gar eine von Millers TAVOR, es langweilte ihn, über Probleme nachzugrübeln, für die es ohnehin keine Lösung gab, und er hasste es, wieder und wieder durch die Ganglien zu schleusen, was er lieber die Toilette hinuntergespült hätte – wenn er seine Gedanken nur materialisieren könnte, dachte er, dann könnte er wenigstens auf sie einschlagen oder ein kleines Massaker veranstalten mit ihnen, und wie üblich hatte er alsbald eine hochtourig laufende Kettensäge vor Augen, vollgetankt, frisch geölt.

Paul wischte neuen Speichel aus Victors Gesicht und schmierte sich den gräulichen Schaum auf die Hose, seine Tränen waren versiegt, aber die des Vaters flossen ununterbrochen. Er bettete Victors Kopf in seinen Schoß, der Vater starrte noch immer an die Decke, an eine Decke, die er nicht mehr wahrzunehmen schien, Paul fragte sich, wie oft er in den letzten Monaten in die Augen des Vaters gesehen hatte, in die grünlichen Punkte der Iris, in die Adern im wässrigen Weiß, wie oft er auf eine geheime Nachricht gehofft hatte, auf ein Blinzeln, auf den finalen Hilferuf. Dreimal kurz, dreimal lang, dreimal kurz. SOS.

Wie viele Abende hatten Vater und Sohn auf diese Art schon verbracht? Victors Kopf auf Pauls Schoß, vor dem Fernseher, Victors Augen geöffnet und tränengefüllt, das Kinn zitternd, als verabschiedeten sich statt Victors Hirn Victors Nerven, stundenlanges Vegetieren vor dem Apparat ohne Ton. Der Abend, an dem Kungebein das letzte Mal eine authentische Reaktion seines Vaters erleben durfte oder vielmehr erleben musste, lag zwölf Monate zurück. Er erinnerte sich an die zersplitterten Teller und Gläser in der Küche, an die Blutspur auf den Dielen, an den zerbrochenen Spiegel im Flur.

Seit jenem Abend hatten Victor immer stärkere Psychopharmaka zu einem willenlosen Säugling degradiert, seit jenem Abend wartete Kungebein auf einen Auslöser, auf einen Wendepunkt, auf ein Initial, er wartete, dass ihm die Entscheidung abgenommen würde, aber es lag allein in seiner Hand, ob der Vater lebendig vermoderte oder ob eine Spritze dem Vater Erlösung bot. Paul war zu feige gewesen, den Vater aufzuklären, er war zu feige gewesen, von der Agentur zu berichten, und feige wollte er nie wieder sein. Das war er seinem leiblichen Vater schuldig.

Victor schnarchte.

Paul Kungebein schaltete den Fernseher ab. Er wischte Speichel auf seine Hose. Er bettete den Kopf des Vaters auf die Couch. Dann stand er auf. Wie in Trance lief er auf sein antikes Telefon zu, er nahm den Hörer ab und wählte Hendrik Millers Nummer. Kungebeins Augen waren nass. Hendrik meldete sich bereits nach dem dritten Klingeln, Paul wusste nicht, ob er ein viertes abgewartet hätte. Ob Kungebein verschnupft sei, erkundigte sich ein hörbar gut gelaunter Hendrik Miller, oder ob er neuerdings etwas ziehe, Kungebein klinge so vernuschelt. Miller fand sich unglaublich komisch, Paul blieb stark.

Ob Hendrik ihm einen letzten Gefallen tun könne?

Hendrik Miller empörte sich, Paul spreche ja schon wie seine Patienten, für seinen letzten Willen sei es doch hoffentlich noch zu früh, Kungebein ging nicht darauf ein, er habe da einen speziellen Fall, sagte er, den wolle er nicht über die Bücher – ob Hendrik ihm in diesem Fall vielleicht noch einmal behilflich – Kungebein verstummte. Ob das schon der POINT OF NO RETURN war?, fragte er sich, ob dieser Satz das Schicksal des Vaters bereits besiegelte? Paul Kungebein hoffte es, und er hoffte es nicht.

Miller schüttelte seine gute Laune ab wie einen unliebsamen Gegenstand, Paul sah geradezu, wie dem anderen die Mundwinkel nach unten rutschten, Miller hatte alles verstanden.

Paul?

Kungebein versuchte zu schlucken, aber seine Gurgel fühlte sich an wie zugeteert, sein Atem entwich in unkontrollierten Stößen. Auf dem Sofa seufzte der Vater. Kungebein wischte sich die Augen trocken. Auf den Unterarmen stellten sich seine Haare auf.

Ja?

Paul, ich werde Ihnen alles besorgen, aber die Arbeit, die machen Sie selbst! Kungebein legte auf. Der Vater schlief. Im Loft war es still.

7.

DIE TERRAKOTTAFLIESE

Wenige Abende später stand Hendrik Miller nackt am Fenster seines Schlafzimmers, Nase und Bauch an das kalte Glas gedrückt, er betrachtete das Flackern seiner Augen, das sich im Fenster spiegelte, er atmete aus, eine feuchte Schicht bildete sich auf dem Glas, er atmete ein, und die Schicht verschwand. Hendrik fröstelte, aber er zog sich nicht an. Elena hatte soeben das Haus verlassen, um die Premiere einer Freundin zu beklatschen, im Admiralspalast, schon wenige Minuten später fehlte Elena ihrem Mann, er lauschte dem Heulen des Windes, der um die Hausecken strich, er beobachtete das Schmelzen der Schneeflocken am Glas.

Hendrik löschte das Licht im Schlafzimmer. Nach einigen Sekunden schälte sich Elenas Podest aus dem Dunkel, weit unter ihm, im Garten, die verbliebenen Erlen zeigten fahl ihre schütteren Kronen, der Müggelsee nahm Konturen an, und dicht und grau fiel über See und Podest und Erlen der Schnee. Hendrik Miller fröstelte immer stärker, er machte einen Schritt zur Seite, um sich in den Vorhang zu wickeln, er stolperte über einen der Wasserbälle, die Elena am TAG DES WASSERS von ihrem Podest geholt und im ganzen Haus verteilt hatte.

Hendrik bückte sich, sein Bauchfett wurde rasch von

seinen Schenkeln in die Schranken gewiesen, die Bewegung fiel ihm schwer, aber er ertastete den Ball und hob ihn auf, Hendriks Fingernägel quietschten auf dem prall aufgeblasenen Plastik. Er presste den Ball an sich wie eine Geliebte, dann wickelte er sich samt Ball in den Vorhang und prüfte, ob der Stoff es wohl aushielte, wenn Hendrik sich an ihm nach oben hangelte. Hendrik zweifelte. Ein Schaudern überzog seinen gedrungenen Körper, dann wurde ihm warm. Er fühlte sich wohl.

Hendrik Miller wusste genau, was sich wenige Kilometer weiter westlich abspielte, im selben Moment, im selben Schneesturm, Hendrik spickte aus dem Vorhang hervor, betrachtete mit großen Augen den aufgewühlten, schwarzen See, auf den der Wind und der Schnee einpeitschten, er genoss den Blick auf das Naturschauspiel, aus der Ruhe heraus, verschanzt hinter Doppelglasscheiben, gewärmt von der Fußbodenheizung, er hatte alles im Griff.

Miller hatte Kungebein umgehend die nötigen Papiere besorgt, und Kungebein war nicht schwach geworden, Miller war stolz auf seinen Jünger, er hatte Kungebein auf den richtigen Weg gebracht, ohne Hendrik hätte Paul genauso gut Chef einer Unternehmensberatung werden können, einer Schauspielagentur oder einfach nur Hotelier. Hendrik Miller hatte seinen Adlatus geführt und geformt, der Mann ließ sich lenken wie eine Drohne, befehligen wie ein Zootier, ferngesteuert, dressiert.

Miller lächelte. Er konnte es sich nicht erklären, aber Kungebeins Auftreten rührte ihn. Der Mann war eine ganze Generation jünger, und mit ihm an der Spitze würde die Agentur auch ohne Hendrik bestehen, würde die Agentur die ganze Gesellschaft durchwachsen, sich verzweigen und verästeln, sich einweben und verspinnen wie ein Krebsgeschwür oder wie ein Pilzgeflecht vielmehr, denn mit dem Tod würde die Agentur neues Leben bringen, glaubte Hendrik, die Agentur nahm dem Tod seinen Schrecken, glaubte Hendrik, bald würde jeder das Leben genießen können, ohne Angst vor dem Tod zu haben, und wenn eine tödliche Krankheit ausbräche, gäbe es eine winzige Grauphase, ein winziges Intermezzo nur, und alles würde gut. Im Vergleich zur Agentur erschien Hendrik Miller sein leibliches Kind, erschien ihm seine Tochter Diana, als wäre sie nach über dreißig Jahren noch immer nicht fertiggestellt.

Hendrik Miller wurde heiß. Er schälte sich aus dem Vorhang und fächerte sich mit dem Wasserball Luft auf die nackte Haut und warf den Ball dann in die Höhe. Im Dunkel des Schlafzimmers beobachtete er die Flugbahn des Wasserballs, den sanften Aufstieg, das kurze Verharren auf dem Scheitelpunkt, den langsamen Abstieg, Hendrik fing den Ball wieder auf und warf ihn erneut in die Höhe, unter der ungewohnten Bewegung begann er heftig zu atmen.

Paul Kungebeins Vater war zweifelsohne geholfen, Hendrik Miller hatte dennoch nicht assistieren können. Er wusste, dass Paul Kungebein seinen Vater Victor in diesen Minuten ermordete. Einem Mörder assistierte Miller nicht. Mit Kungebeins Vater schied erstmals jemand aus dem Leben, der nicht darum gebeten hatte, der Mann war ein Wrack gewesen, Miller hatte den Mann nie gesehen, sich seinen Zustand aber minutiös schildern lassen, das wäre der nächste Schritt, dachte er, dass auch diejenigen erlöst würden, die nicht mehr darum bitten konnten, noch aber fehlte dazu das Gesetz. Und Hendrik Miller brach keine Gesetze.

Ein Windstoß knallte etwas auf die Terrasse, einen Ast oder einen Blumentopf vielleicht, Hendrik hörte es splittern, nur leicht gedämpft durch den Schnee, wahrscheinlich war eine von Elenas Terrakottafliesen gebrochen, der Wind heulte und pfiff und jaulte um Erlen und Schilf und um das Dach und das Haus. Hendrik Miller köpfte den Ball in die Luft, drehte sich einmal um sich selbst und fing ihn dann wieder auf.

Von seinen sportlichen Fähigkeiten überrascht und begeistert, versuchte Hendrik, den Wasserball mit der Linken zu werfen, der Ball entglitt ihm und rollte unter das Bett. Hendrik Miller bückte sich, das Blut schoss ihm in den Kopf und verursachte Schwindel, er fiel auf die Knie und fischte unter dem Bett nach dem Ball, wobei er ihn immer weiter unter den Lattenrost schob. Er legte sich flach auf den Boden und robbte unter das Bett, sein Gesäß passte nicht unter der Bettkante hindurch, Hendrik steckte fest. Aber er hatte den Ball.

Mit einigen Rucken, die in Wellen das Fett über seine Seiten trieben, befreite sich Hendrik, und erschöpft setzte er sich auf das Bett. Für wenige Sekunden brach der Mond durch die Wolkendecke und leuchtete in das Zimmer, angewidert betrachtete Hendrik die wächserne

Haut seiner Bauchfalten, der Mond verschwand wieder hinter den Wolken, Hendrik warf den Ball in die Luft. Ohne seine bescheidene Mithilfe würden Nervenkranke und Krebspatienten noch immer über Jahre an Maschinen verenden, Hendrik unterbrach seine Gedanken mit einem zynischen Lachen, über Jahrzehnte!, dachte er, an Kabeln, an Schläuchen, einsam, allein. Dank der Agentur, glaubte Hendrik, brauchte keiner mehr Angst zu haben, wer litt und nicht mehr leiden wollte, wendete sich an die AMK. Die Gesellschaft war eine bessere geworden, glaubte Hendrik, die Gesellschaft war auf dem richtigen Weg. Die Agentur würde Kungebeins Vater erlösen und Heerscharen anderer Väter, sie würde Mütter erlösen und Söhne und Töchter, Hendrik Miller dachte daran, was sich im selben Augenblick in Paul Kungebeins Loft abspielte, und Hendrik sah, dass es gut war.

THE END

INHALT

Mit herzlichem Dank an die Berliner Senatsver-
waltung für Forschung, Wissenschaft und Kunst.

Weiterhin gilt mein Dank dem Künstlerhaus Cismar
des Landes Schleswig-Holstein und dem Künstlerdorf
Schöppingen des Landes Nordrhein-Westfalen.

Schließlich danke ich dem Deutschen Literaturfonds
Darmstadt e. V. für die Unterstützung meiner Arbeit.

Vielen Dank!